HALCONES DE LA NOCHE

Autores Españoles e Iberoamericanos

ROBERTO AMPUERO

HALCONES DE LA NOCHE

 Planeta

© Derechos de autor de Roberto Ampuero 2004
    c/o Piergiorgio Nicolazzini Literary Agency
    via G.B. Moroni 22, 20146 Milano, Italia

Diseño de cubierta: Peter Tjebbes
Composición interiores: Salgó Ltda.

Derechos exclusivos de edición en castellano reservado para
    Chile, Argentina y Uruguay
© 2003, Editorial Planeta Chilena S.A.
    Av 11 de Septiembre2353, 16º piso, Providencia
    Santiago, Chile.

1ª edición: octubre, 2004

Inscripción Nº 142.130
ISBN 956-247-356-2

Impreso en Quebecor World Chile S.A.

*Para
Claudia Arenas y
también para
Hugo Bertolotto.
Por la bella amistad
que nos brindan desde la distancia.*

Los halcones de la noche
con ojos negros y grandes
te miran y no los ves
te espían y no lo sabes
hasta que un día cualquiera
te despiertas en la cama
y adentro de tu cabeza
los ves volando sin alas.

"Halcones"
OSCAR HAHN

Al general Horacio de la Serna le fascinaba contemplar las avenidas arboladas, los portones de fierro y las opulentas mansiones del reparto El Laguito, donde asistía ahora a un exclusivo agasajo gubernamental. Sin embargo, para él la existencia estaba regida por cosas simples y sentimientos claros. A los cincuenta años le bastaba el bungalow de concreto construido entre cocoteros y pinares, que ocupaba con su familia junto a una calle tranquila en el otro extremo de la ciudad. Un líder revolucionario, pensaba De la Serna, debía practicar la sencillez espartana del legendario Camilo Cienfuegos y sus guerrilleros de la primera hora, única forma de prevenir el apetito desenfrenado por el poder y la riqueza que consumía a tantos dirigentes del proceso.

—General, por favor —dijo alguien a su espalda—. Lo necesita el Comandante...

Se apartó de la rueda de oficiales y siguió al escolta de verde olivo por entre los invitados a la recepción. Franqueó una puerta vigilada por dos guardias con Browning hasta una sala amplia y fresca, en cuyo centro, sentados a una mesa circular, conversaban el Comandante y el ministro del Interior. Un débil haz de luz caía en diagonal sobre ellos, lo que a De la Serna le hizo evocar el óleo de Caravaggio que había admirado años atrás en una céntrica iglesia romana, durante una visita secreta a Italia. Desde la distancia el ministro le indicó que aguardase. Ocupó el sillón desde el cual podía contemplar al Comandante: no era ya, desde luego, el barbudo joven y de rostro casi angelical que repetían millares de retratos suyos colgados a lo largo de toda la isla. Con la piel cerosa, la barba cana y las manos temblorosas a causa del Parkinson, el Comandante había perdido definitivamente el brillo de su mirada y la facilidad de la palabra, pero no su asombrosa habilidad para monopolizar el poder.

—Acércate —le ordenó al rato el ministro.

De la Serna vio que el Comandante carraspeaba con la vista fija en su President dorado como si lo apremiase otra cita o él fuera un fantasma. Al dirigirse a la mesa las piernas le flaquearon y tuvo la sensación de que subía a un escenario ante una platea oscura. Tomó asiento y posó las palmas sobre la superficie bruñida de la mesa de caoba mientras los pequeños ojos vidriosos del Comandante lo escrutaban inexpresivos.

—De la Serna —dijo el ministro—. Estás detenido.

Unas garras de hierro anclaron al general súbitamente a la silla. Intuyó que eran las manos de Azcárraga, el primer escolta del Comandante. La vista se le nubló y sintió que la cabeza estaba a punto de estallarle.

—Pero, ministro, por favor... —suplicó De la Serna.

Por respuesta escuchó el clic del seguro de una pistola junto a su sien izquierda, y luego sintió que lo despojaban con pericia de su Magnum de servicio. Vio al Comandante ponerse de pie lentamente, apoyado en sus manos finas, cubiertas de venas y lunares. Desde afuera se filtraba lejano el escándalo de la fiesta.

—Comandante, por favor... ¿De qué se me acusa?

—Lo sabes bien, De la Serna —repuso el ministro mientras la silueta del Comandante se desvanecía en las penumbras con las manos a la espalda y se apagaba el eco de sus botas sobre las baldosas—. Estoy hablando de la Operación Foros, la que tú dirigías.

14

ENERO 8, 08.30 hrs.

Constantino Bento estacionó el BMW 725 en el parqueo
de La Carreta, arrojó el Robusto Pyramid a la gravilla
mirando los carros que se dirigían a los clubes de Key
Biscayne, y entró al aire frío del restaurante. En un *booth*
que mira a través de las persianas hacia una vegetación
espesa y de hojas gruesas, lo aguardaban los directores
de Restauración Democrática. No había nadie más allí.
La clientela, gente adinerada del norte de Estados Unidos y de América Latina que descansa en esa zona de
Miami, suele arribar allí después de las diez de la mañana en sus convertibles, bicicletas y patines, y prefiere desayunar en su rústica barra al aire libre.

Bento había estado acariciando en la cama los magnífi-
cos senos de Linda, cuando recibió el llamado por celular
para que acudiera a La Carreta. Maldijo el timbrazo porque le gustaba emerger lento de las profundidades del
sueño aferrado al cuerpo de su mujer y buscar con ella el
éxtasis en forma pausada y silenciosa, y luego dormitar
hasta que la empleada salvadoreña abriera la mampara
de la terraza y les sirviera el desayuno frente a las aguas
mansas de Coconut Grove. Sin embargo, aquella mañana
el timbrazo lo había arrancado de las sábanas para llevarlo a toda prisa a un urgente encuentro.

Allí estaban los otros dos directores de RD: Rick Reyes, el propietario de una cadena de supermercados que
se extendía por Florida, Texas y California; y Joe

15

Comesaña, un *self made man* del rubro de seguros, que mostraba en los últimos años un despegue económico tan vertical que le decían *Sea Harrier*. Estaba también Ana Cervantes, la heredera de una fortuna amasada por su padre en el sector inmobiliario, una mujer de edad mediana y atractiva que se desempeñaba como secretaria ejecutiva. Restauración Democrática era la organización más secreta, selectiva y poderosa del exilio cubano de los últimos diez años y una de las pocas no infiltradas por el régimen de La Habana. Bento tomó asiento, esperó a que el mozo le sirviera jugo de guanábana y llenó su plato con lascas de mango y melocotón.

—No logramos contactar a De la Serna desde el viernes —anunció Ana Cervantes cuando Bento hubo ordenado un café a un mozo que se mantenía atento a cierta distancia, consciente, por la cilindrada de los carros parqueados afuera, de la solidez de sus clientes.

—¿No estará de viaje?

—Lo pensamos primero, pero habría avisado —dijo Comesaña. Era un hombre demacrado, de hombros estrechos y tez cetrina, que esgrimía un puro en una mano—. Jamás se nos habría desaparecido en las actuales circunstancias.

—Tampoco tenemos respuesta de nuestro contacto en el ejército —dijo Reyes untando una tostada con margarina—. Demasiada casualidad que ambos estén en el extranjero. Además, ¿adónde van ahora los oficiales cubanos? ¿A China? ¿A Corea del Norte?

—No me refiero a un viaje al extranjero —aclaró Bento mientras le servían el café. En rigor, ¿adónde podía ir un general de la seguridad del Estado como De la Serna en estos tiempos? Se pasó la mano por las mejillas y constató que había olvidado afeitarse—. Pueden andar en la isla revisando unidades.

Comesaña expulsó una bocanada de humo y dijo:

—No solo no responden ellos. En sus viviendas no atienden sus familiares.

Dos hombres de pelo corto y aspecto deportivo ingresaron al comedor y tomaron asiento en un mesa apartada. El grupo bajó instintivamente la voz. Podía tratarse de agentes del FBI o del Comandante. De un tiempo a esa parte Miami no era ya lo que había sido. Ahora los castristas disponían de publicaciones y radioemisoras, y la policía miamense, en lucha contra todo lo que oliese a terrorismo, desconfiaba incluso del exilio, a pesar de que éste había apostado por Miami cuando era solo una ciudad chata, monótona y desconocida, y la había convertido en una urbe moderna, turística y próspera.

—La televisión cubana mostró anoche a Raúl Castro —dijo Ana Cervantes—. Habló ante el cuerpo de generales sobre la lealtad del ejército hacia su hermano.

Ana era una mujer elegante, de rostro armonioso y cabellera larga y oscura. Ni sus mejillas tersas ni sus párpados llenos revelaban su verdadera edad.

—Y un editorial de *Granma* destaca hoy la unidad del ejército y el ministerio del Interior —añadió Comesaña—. Pero el Comandante está desaparecido.

—Y no saldrá a la calle mientras no esté convencido de que descabezó la conspiración completa —dijo Bento. Luego meneó la cabeza mordiéndose los labios, y comentó—: Hay que tocar a retirada para que el resto se ponga a salvo. O si no, los perderemos a todos.

—No te hagas ilusiones, Constantino —dijo Comesaña y soltó una bocanada de humo con los párpados entrecerrados—. Ya los perdimos a todos.

ENERO 9, 19.45 hrs.

Chuck Morgan abrió la puerta del Pontiac que lo esperaba con los faroles apagados en el estacionamiento del MCI Center, de la Sixth Street. Al volante se hallaba un hombre con el cual nunca imaginó tendría que vérselas un día. Pese a las penumbras, lo reconoció de inmediato. Era Don Pontecorvo, el enlace operativo entre la Casa Blanca y la CIA, un funcionario de confianza presidencial, de quien no se hablaba ni aparecía en los medios, y que solo había visto de lejos, en ceremonias en el cuartel central de Langley.

—Me alegra que podamos conversar tranquilos —comentó Pontecorvo en tono patriarcal. Tenía el rostro surcado por arrugas profundas, mandíbula prominente, cabellera alba e intacta, y mirada metálica—. Este es un lugar inusual para reuniones, lo admito, pero el adecuado para lo que debo comunicarte. Te hablo como tu superior y en el marco de la más absoluta reserva.

—Entiendo, señor.

—Existen asuntos que resolvemos sin dejar indicios, porque comprometerían los intereses nacionales. Por tu expediente y trayectoria eres el hombre ideal para cumplir una misión sobre la que debes guardar secreto, incluso dentro de la compañía...

Chuck asintió con la cabeza mientras sus manos sudaban levemente en los bolsillos del abrigo. Esa mañana había encontrado en su cubículo una hoja sin timbre, firmada solo con una P, que indicaba el lugar y la hora precisos donde debía presentarse aquella noche. Supuso en un inicio que se trataba de una broma de algún colega, porque Pontecorvo era uno de los dioses inalcanzables en la comunidad de inteligencia, pero cuando más tarde el alto funcionario se le acercó en el Memorial Garden y le preguntó al paso si había recibido su mensaje, supo que todo era cierto.

—El asunto es simple —agregó Pontecorvo. Vestía terno gris perla, corbata verde eléctrico y una camisa blanca—. En Cuba estuvieron a punto de derrocar a Castro, y al parecer el asesinato de esta mañana en Miami de Joe Comesaña, director de Restauración Democrática, está vinculado a la conspiración. Lo sabes, ¿verdad?

—Lo vi en reportes, señor.

—Nosotros no tuvimos nada que ver con esa conspiración —dijo Pontecorvo mientras paseaba su índice por el cuello de la camisa—. Peor aun, no teníamos idea de Operación Foros.

—¿Por qué Foros, señor?

—Por el Cabo Foros, en Yalta, donde en agosto de 1991, durante sus vacaciones, Mijaíl Gorbachov fue detenido y obligado a dimitir. Allí comenzó en verdad el fin del comunismo en el mundo.

—¿Pensaban hacer algo semejante en Cuba, señor?

—Supongo que pensaban apresar a Fidel Castro en su residencia de verano de Vista Alegre, en el oriente de la isla. Y puedes imaginar lo que significa no tener idea de una conspiración en una isla que está a noventa millas de Florida: es el peor fracaso de la CIA desde el 11 de septiembre del 2001. El presidente montó en cólera al enterarse de todo por la prensa internacional.

—Es increíble, señor.

—La RD estuvo a punto de lograrlo. Y una conspiración

19

en Cuba solo se consolida si liquida al Comandante. ¿Sabes qué hubiera ocurrido si esos aventureros hubiesen logrado su objetivo? —preguntó Pontecorvo posando sus manos enguantadas sobre el manubrio del Pontiac—. Habrían estallado enfrentamientos entre tropas leales e insurrectas creando el caos en la isla, iniciando una guerra civil. ¿Te lo imaginas, verdad?

—Habría sido el fin del comunismo en la isla, señor.

Pontecorvo sacudió la cabeza. Una mujer hispana con tres niños cruzó delante de ellos en dirección al centro comercial, sugiriendo que arriba la vida continuaba su rutina acostumbrada, ajena a las amenazas que acechaban en la sombra.

—Sería peor, Chuck. Hay que imaginarse una estampida de millones de cubanos en lanchas, botes y balsas con destino a Florida; a nuestros guardacostas en el golfo deteniendo o hundiendo las embarcaciones, y a miles de cubanos ahogándose o siendo devorados por los tiburones ante las cámaras de la CNN y la BBC... Ese espectáculo acarrearía una ola de protestas mundiales, el incremento del terrorismo en contra nuestra, la imagen de Estados Unidos por el suelo, la caída libre del dólar...

—Entiendo, señor.

—Pero mucho peor sería si esos cubanos arribaran a Florida. Se desatarían allá el pillaje, el saqueo y la anarquía, el desempleo masivo y la delincuencia descontrolada, el naufragio de la ayuda social, la bancarrota de la industria turística de Miami... El partido perdería al gobernador y la Casa Blanca, y todo eso por un crimen político que, bien mirado, no es más que un acto terrorista.

—¿Qué me quiere decir con eso, señor?

—Que a los directores de RD se les puso entre ceja y ceja que hay que liquidar al Comandante para instaurar la democracia en la isla, medida que nosotros no apoyamos por razones obvias.

—¿Entonces?

—Muy simple: hay que evitar que maten a Fidel Castro.

—¿Aunque sea el exilio cubano el que desea eliminarlo?

—Aunque sea el exilio.

—Son nuestros aliados históricos, señor.

—Estados Unidos no tiene aliados, Chuck, solo intereses.

—De acuerdo, señor. Pero, ¿y mi tarea?

Pontecorvo se desprendió de los guantes mirando al oficial de la CIA. Morgan había estudiado en la Academia Naval de Annápolis, cursado estudios de política internacional y luego sorteado *cum laude* Fort Peary, el campo de adiestramiento de la agencia. Además, había recorrido Cuba como turista canadiense y desplegado una encomiable labor en la Venezuela de Chávez para el Directorio de Operaciones. Por su expediente destacado, su aspecto mediterráneo y su dominio del español y conocimiento de América Latina, era el hombre ideal para realizar la misión.

—Tu tarea es simple, Chuck —resumió Pontecorvo—. Consiste en proteger la vida del Comandante sin que nadie se entere nunca de ello, ni siquiera el resto de la CIA. Contarás con un reducido número de comandos que no conocerán necesariamente el sentido de la misión, fondos reservados ilimitados, y solo te reportarás ante mí. Si te descubren, no te defenderemos; es más, te acusaremos de mercenario. Esa es tu tarea. ¿Está clara?

ENERO 10, 11.30 hrs.

—¿Cómo? ¿Así que nunca mencioné a Mijaíl Bajtín, el gran teórico literario ruso? —preguntó escandalizado el profesor Félix Inostroza, mientras Schultz, el mesero del Café Riquet, colocaba sobre el mantel las copitas de sherry y un plato con aceitunas negras, queso manchego y rodajas de chorizo—. Pues sepa usted, Cayetano, que tanto le gustan los misterios, que Bajtín escribió bajo muchos pseudónimos por miedo a Stalin, y hoy ya ni sabemos qué textos escribió él y cuáles otra gente.

—Terminó escondiéndose no solo de Stalin, sino de todos y *per sécula* —comentó Cayetano Brulé tras oler el sherry y hacerle un guiño a Schultz aprobándolo.

—Y era un tipo interesante, decía que la novela es el primer género literario que engloba todos los lenguajes sociales —repuso Inostroza arponeando una aceituna. Tenía cara mofletuda y ojos vivaces detrás de las gafas de marco oscuro—. Bajtín hablaba de la polifonía de las novelas, pero eso ya no es tema que ataña a investigadores como usted.

—Lo que sí estoy esperando, profesor, es que un día nos hable al menos de algún detective japonés —aseveró Suzuki y apartó su bloc de apuntes para devorar varias rodajas de chorizo—. Tiene que haber buenas novelas japonesas de detectives.

No era mala idea reunirse de vez en cuando con el jubilado de la Universidad de Playa Ancha, el académico estilaba cultura por los poros, pensó Cayetano. Al menos le servía en esos días veraniegos sin trabajo para cambiar de tema y conocía la asombrosa pasión de Inostroza por los libros en una época en que ya nadie leía. Los fines de semana, para mejorar su misérrima jubilación de maestro, el profesor, que había estudiado filosofía y literatura, conducía a parejas de novios a la iglesia en un antiguo Mercedes Benz, que funcionaba por milagro y había reconstruido con el auxilio de un mecánico de apellido Coroceo.

Durante los encuentros, Inostroza hablaba de temas complicados, pero los explicaba de modo pedagógico usando símiles del fútbol, en especial del aguerrido, popular y siempre sufrido equipo local Wanderers; o de la política, que en Chile caía cada vez más en manos de caudillos, millonarios, oportunistas y *lobbystas*. Basándose en comparaciones, les hablaba del sinsentido de la historia, de la búsqueda final de la filosofía y hasta de la poética de Aristóteles. Terminaba sus charlitas doctorales atacando con sorna a los teóricos literarios, a quienes consideraba náufragos a la deriva en el cauceo que formaban entre la literatura y la filosofía.

Todo aquello no solo le servía a él y a su ayudante de origen japonés como barniz cultural, sino que contribuiría, según Inostroza, a elevar el nivel de sus investigaciones, suposición que Cayetano, desde luego, se negaba a compartir del todo. Pero, en fin, escuchar esas enrevesadas construcciones verbales resultaba ameno durante las mañanas de ese verano tórrido, implacable, en que escaseaban los encargos, la macroeconomía seguía floreciendo para los de arriba y la gente en la calle andaba sin un peso en los bolsillos. Sí, escucharlo era lo mejor que podía hacer en esas jornadas de incendios forestales cercanos que apaciguaba la neblina espesa que a veces se cernía sobre la ciudad, desdibujando la bahía, las callejuelas y los ascensores, apagando el grito de los vendedores de pescado y de los afiladores de cuchillo. Escuchar a Inostroza era, en verdad, como recorrer el mundo sin necesidad de abandonar las confortables sillas del Riquet.

—No hay primera sin segunda —escuchó decir a Schultz mientras Inostroza ordenaba una nueva copa de oporto, lo que encarecía sus clases. Al acordar los honorarios había afirmado que le bastaba con el menú diario del Riquet. Y ese día había platos más baratos que la media botella de oporto que bebería: *guatitas* a la italiana con salsa de tomates, *niños envueltos* en bife argentino y raviolis caseros con salsa nogada.

—No se preocupe, pedí otro oporto, pero lo pagaré yo porque el gobierno anunció un aumento para las jubilaciones —explicó Inostroza, que vestía siempre un traje gris brilloso y desgastado en los puños, camisas con cuellos que mantenía rectos mediante fósforos, y una pajarita negra que navegaba entre las solapas.

—Ojalá sea un gran aumento —dijo Cayetano—, que aquí al oporto no lo bautizan.

—Sí, es tan bueno que me alcanza justo para pagar esta copa —explicó Inostroza y la elevó en el aire con olor a pastelería y café del Riquet, y luego la bebió con los ojos cerrados—. ¿Y a usted qué le pasa, Cayetano? —preguntó tras limpiarse los labios con la servilleta—. Lo veo ansioso. ¿Extenuado ya de tanta teoría?

—Es por la hora —explicó Cayetano consultando su Poljot comprado en una feria de La Habana—. Se supone que iba a llegar a verme aquí alguien de la prensa.

—¿Una entrevista?

—Así es.

—¿Con quién?

—Con Débora Pessoa...

—¿La de la revista capitalina? —preguntó azorado Inostroza.

—La misma.

—Yo que usted no la atendía. Siempre termina contando lo que le conviene, lo que vende más y causa escándalo. Claro, no la culpo, yo haría lo mismo en su caso.

—Pues, yo sueño con aparecer en una de esas grandes revistas a color, porque aquí hay que dejar las cosas en claro: mi jefazo no da pie con bola sin mis tincadas —dijo Suzuki. Tenía el pelo chuzo, ojos rasgados y pómulos macizos, y se parecía a su padre, un marinero japonés de pura cepa al que nunca había conocido, y no a su madre, una alcahueta ya muerta sobre la cual muchos habían compuesto numerosas coplas de doble sentido—. Cuénteme, jefazo, ¿me va a mencionar en el asunto o no?

—Ella dice que está haciendo un reportaje sobre extranjeros en Valparaíso —anunció Cayetano y dejó el cuesco de una aceituna en un platillo—, pero no estoy seguro de lo que se trae entre manos. Por eso le dije que la esperaría en terreno neutral.

—Da lo mismo —opinó Suzuki, temeroso de que Cayetano rechazara la oferta—, si apareciéramos en esa revista, Madame Eloise se volvería loca de orgullo, mi puesto de pescado frito atraería más clientela y a usted, jefazo, seguro le lloverían encargos.

—Además, usted ya no es extranjero, Cayetano —apuntó el profesor Inostroza molesto—. Nació en La Habana, pero lleva más de treinta años en esta ciudad. ¿Cuántos años hay que vivir en este rincón de la tierra para que a uno no lo vean como extranjero?

Cayetano endulzó con parsimonia el *espresso*, se atusó el bigote a lo Pancho Villa y, tras acomodarse sus anteojos de varias dioptrías, dijo:

—Tal vez el profesor tenga razón. Un detective está

para investigar, no para ser investigado. Además, no soy extranjero, ni acá ni en la isla.

Entraban a esa hora al Riquet empleados de bancos, navieras y tiendas que pedían el menú del día, coronado con un postre de mote con huesillos y una taza de Nescafé. A través de las cortinas de tul, Cayetano vio la palmeras centenarias y la fuente de Neptuno de la plaza Aníbal Pinto, y a los transeúntes caminando atormentados bajo el sol.

—Lo que colijo de todo esto —dijo Suzuki y se chupó por unos instantes los dedos para inyectarle suspenso a sus palabras— es que a mi jefe lo pone nervioso lo que la periodista diga sobre nosotros. Pero usted, jefazo, debe reírse de los peces de colores y darse con una piedra en el pecho de que alguien se interese por nuestras pellejerías.

Schultz se acercó a ellos con su impecable chaqueta blanca y su estilo de señor a la antigua. Traía el inalámbrico tamaño ladrillo sobre la bandeja de aluminio:

—Llamada para el señor Brulé —anunció Schultz con tono grave—. Una señorita de apellido Pessoa necesita hablarle —y acercándose al oído, añadió en voz baja, insidiosa—: Dice que ya no alcanza a venir a verlo...

Enero 11, 08.45 hrs.

—Llovió toda la noche —anunció Rigoberta mientras abría las mamparas de la terraza a la mañana nublada—. El desayuno, señores.

Del mar se filtró una brisa salobre y fresca, pero solo el aroma a café recién colado, que traía en bandeja la criada salvadoreña, terminó de despertar a Constantino Bento. Linda dormitaba aún hecha un ovillo a su lado.

—Tráeme huevos fritos, aunque me suban el colesterol —dijo Bento—, pero que no se te pasmen como la última vez, que parecían duros.

En cuanto la criada dejó el dormitorio, ubicado en el segundo piso de la mansión de estilo mediterráneo, el índice de Bento comenzó a resbalar delicadamente por el cuello de Linda. Ella seguía durmiendo, de costado, ofreciéndole su grupa desnuda, con la cabeza sobre las manos enlazadas y la cabellera rubia derramándose en la almohada. Antes de salir de la cama, Bento le estampó un beso en el cuello. Se envolvió en la bata de seda, y pasó descalzo a la terraza, sintiendo el fresco perlado del cerámico italiano en sus pies. Su primer pensamiento fue para De la Serna y el fracaso de Foros. En ese instante, al otro lado del estrecho, bajo esas mismas nubes esponjosas, el general enfrentaba a sus interrogadores en un calabozo de Villa Marista.

Tomaban el desayuno en la terraza mirando hacia la pileta, al adoquinado donde estaba el BMW de Constantino, hacia el Antigua, el yate atracado junto al muelle de la propiedad.

Linda insistió en la conveniencia de que pasaran unas semanas en la Provence para escapar de las amenazas y permitir que el tiempo limase las desconfianzas dentro de Restauración Democrática. Los seguidores de Comesaña suponían que Bento, aprovechando el fracaso de la conspiración Foros, había eliminado a su caudillo para presentar el crimen como una represalia de La Habana.

—No soy culpable de la muerte de Comesaña y lo demostraré —repuso Constantino mirándola serio—. Si me alejo de Miami, lo interpretarán como una confesión. Tendrán que creerme, no tengo nada que ver con la muerte de Comesaña.

—¿Seguro que puedes convencerlos? —preguntó Linda al retirarse de la mesa. Estaba extenuada porque había logrado conciliar el sueño recién a las cuatro de la mañana. Al menos sus hijos estudiaban en un internado en Suiza, a salvo de la violencia que alimentaban los agentes del régimen cubano y a veces la propia fragmentación del exilio, pensó para infundirse ánimo. Nadie sabía con certeza quién azuzaba la violencia, por eso ella temía ahora tanto al castrismo como a los seguidores de Comesaña.

—Siempre he vivido al filo de la navaja —dijo Constantino y apartó de la mesa su silla de hierro forjado y se entregó al ritual de encender un Robusto Pyramid—. Así me conociste, así hemos vivido. Yo tengo mis compromisos cívicos. Así será mientras ellos gobiernen.

—Deja eso, Constantino, déjalo ya…

Bento recordó a su padre, su aspecto distinguido, de aristócrata español, su cabellera blanca y sedosa, su nariz prominente. Había sido un gran hacendado del azúcar en el centro de la isla y en 1965, después de tres años de prisión por razones políticas, pudo abandonar Cuba. Llevaba diez dólares en la billetera. Recordó la mañana en que él y sus padres salieron de La Habana, su padre con una maleta cargada de fotos y cartas amarillentas, su madre con las escasas joyas que una miliciana le permitió; y él con su primer oso de peluche, que un guardia destripó en el aeropuerto para ver si ocultaba dinero. Recordó a su padre, tres decenios más tarde, en su lecho de muerte en Coral Gables, y la promesa que le hizo de que jamás abandonaría la lucha por la democracia en la isla y la recuperación de sus propiedades legendarias.

—No puedo dejar esta lucha, Linda. Es de todos —dijo Bento soltando una bocanada.

—Pero nunca has estado más solo —reclamó ella—. Desde el desastre de Irak, la Casa Blanca ya no quiere más aventuras para imponer el *american way of life* en el mundo. Estás aislado, sin el apoyo del gobierno norteamericano, convertido en sospechoso ante tus propios camaradas, y apartado de tus inversiones. Es hora de que te retires, de que nos vayamos a vivir a Europa por un tiempo, cerca de los muchachos.

Tenía una forma lógica y apabullante de plantear las cosas. No podía expresarse de modo desapasionado y preciso. La sangre canaria de sus ancestros le desordenaba el lenguaje y los gestos, le alzaba el tono de voz y lo ofuscaba. Así habían sido ambos desde que se conocieron en el campus de Harvard, donde ella estudiaba psicología y él negocios. Los años pasaban, pero no cambiaban a la gente. Y Linda tenía razón, él estaba corriendo demasiados riesgos. Después de tanto tiempo ya no se podía contar con el exilio para deponer a Castro, quien tenía orejas en todo Miami. Era una verdad cruel y dura, pero objetiva. Solo había una alternativa, una sola, y no era sencilla, pero era la única carta con posibilidad de triunfo.

—Linda, acércate —dijo Bento.

Ella se devolvió lentamente desde la mampara del dormitorio. Se sentó sobre sus rodillas y le preguntó:

—¿Nos vamos entonces a Europa?

—Me bajaré de todo, tal como tú lo anhelas, te lo prometo —ella lo abrazó emocionada—, pero antes debo intentarlo por última vez. Será la última vez.

Linda se apartó de él y lo miró con ojos enrojecidos. Conocía ese tipo de frases.

—Creo que solo un extranjero puede ayudarnos —dijo Bento acariciándole las mejillas—. Alguien que no tenga vínculos con el exilio ni esté infiltrado por La Habana. Y creo saber quién puede cumplir esa misión. En cuanto se la entregue, te lo juro, te lo juro por nuestro amor y nuestros hijos, me retiro de todo.

Intuyó que Linda se marchó desconfiando de sus palabras. Acudiría al gimnasio y después al peluquero, finalmente pasaría a una agencia de viajes del Coconut Walk a consultar itinerarios para Europa y se iría sola a visitar a los muchachos. Era espléndida su idea de recorrer la Provence en invierno y ver a los muchachos en Lausanne, pensó aspirando el tabaco, a sabiendas de que le convenía olvidarse de asuntos que escapaban a su control: el destino sellado del general De la Serna y su gente, y las declaraciones del portavoz gubernamental norteamericano llamando al exilio a la cordura, sugiriendo de alguna manera que la muerte de Comesaña podía obedecer a un ajuste de cuentas interno. Para derribar al régimen no podía confiar ya en sus antiguos aliados ni en sus compatriotas, y esa era toda la tragedia, concluyó al ver a Linda cruzando el jardín en dirección a los garajes.

—Me marcho en tu carro porque volviste a dejarlo frente a mi portón —gritó ella con las llaves en la mano. Iba espléndida, toda de blanco y con un bolso de cuero colgando del hombro—. No vuelvas a obstruir la salida de mi carro.

—Está bien, llévatelo, pero no me lo estrelles de nuevo. Los topones que tiene son suyos, mi querida Schumacher —gritó Bento bromeando desde la balaustrada.

—Serán topones, pero mi Mercedes nunca anda con manchas de barro.

—Recuerda que anoche cayó un aguacero terrible...

—El único que cayó anoche fue el señor Bento. Parece que te hubieses arrastrado hasta la puerta del carro —dijo Linda—. ¿Así terminan ahora tus reuniones?

—Ya, vete mejor para que vuelvas temprano, chica —Bento gesticuló con el tabaco y entró al cuarto a ducharse. Tenía varias cosas en su agenda ese día.

Y en ese momento una intuición restalló como un latigazo en su cabeza, y lo hizo girar sobre los talones y correr hacia la balaustrada gritando con desesperación:

—¡No, no, Linda, no!

Ella volvió la cabeza hacia su marido y pulsó la manilla del BMW. Ocurrió en una fracción de segundo: la detonación ensordecedora, el carro convertido súbitamente en una gran bola de fuego junto a los cocoteros inclinados, y el cuerpo de la mujer arrojado en medio de llamas y fragmentos por los aires de Coconut Grove.

—Fueron demasiado lejos al liquidar a esa mujer, Romeo —dijo el ministro—. Una cosa es ajusticiar en Estados Unidos a criminales simulando un ajuste de cuentas, como en el caso de Comesaña, pero algo muy distinto es realizar allá un acto de esa envergadura. ¿Quién lo hizo?

—El péndulo de las vendettas que comenzó a operar dentro de RD —aclaró el coronel de la Dirección General de Inteligencia. Era un hombre de mediana edad, bien conservado, con un vasto expediente en operaciones clandestinas dentro del mundo árabe y América del Sur—. Fue la gente de Comesaña. Querían vengar la muerte de su dirigente.

El ministro se pasó la palma por las mejillas y luego por el cuello.

—¿Irán ahora por Bento o todo quedará así? —preguntó.

—Difícil pronosticarlo, ministro, la RD está en una crisis profunda de dirección.

—Si no le ocurre nada a Bento será una pésima señal, Romeo. La RD seguirá actuando y el resto de la contrarrevolución pensará que puede conspirar contra el Comandante impunemente. Algunos pueden sentirse alentados.

Conversaban en la pequeña casa de seguridad de El Vedado situada frente a una escuela secundaria. Al ministro le acomodaba aquel sitio no solo porque, a diferencia de lo que ocurría en su despacho central, estaba a salvo del espionaje norteamericano y disponía de un garaje comunicado con la cocina, que protegía de las miradas el ingreso de los agentes, sino también por la nostalgia que le causaba el barrio. En su adolescencia, antes de la revolución, había vivido en ese reparto, que en la Colonia estaba vedado para los negros; y en su plaza había tenido lugar su primera cita romántica y en esa vivienda su primera fiesta de quince, la de una amiga, que ahora vivía en Boston.

—¿Y quién eliminó a Comesaña?

—Ya se lo dije, ministro: gente nuestra en Miami.

—¿Y por qué escogieron a Comesaña y no a Bento, que es el jefe de RD?

—Porque Bento se cuida mucho, ministro, y además porque iba a ser muy evidente quién estaba detrás. Ahora sospecharán seguramente de Bento, supondrán que él se deshizo así de su principal detractor en RD.

El ministro inclinó las persianas oscureciendo la sala. Era un hombre espigado en sus sesenta, vestía camisa Lacoste de mangas largas, jeans y mocasines italianos. Cualquiera en la calle, se dijo Romeo hundido en el sillón con un vaso de agua en la mano, lo confundiría con un inversionista en busca de oportunidades.

—Discúlpeme, ministro, pero, ¿De la Serna ya confesó?

—Aunque le ofrecieron perpetua a cambio de colaborar, no revela sus contactos con la CIA. Solo conocemos la participación de la RD, pero nada sobre el gobierno yanqui. De la Serna quiere hacernos creer que unos oficiales traidores y unos millonarios de Miami iban a apresar a Fidel y hacerse cargo de la isla a espaldas de la Casa Blanca.

Romeo se puso de pie y fue a la cocina, donde comenzó a preparar café. Como en todas las casas de seguridad de la DGI, allí había también galletas, botellas de Havana Club, cerveza y aspirinas. El aroma a café inundó la planta baja reconfortándolos.

—Tal vez la RD actuó en verdad sola —dijo Romeo—. No olvide que son *la crème de la crème* de la mafia de Miami. La más secreta, actúan por su cuenta para asesinar al Comandante, al margen de los partidos y movimientos.

El ministro saboreó el café parado junto a la ventana, mirando hacia la plaza. Luego dijo:

—Es imprescindible ubicar a los cómplices de Foros y actuar contra ellos, estén dónde estén. Es la única forma de que recuperemos la tranquilidad. Y eso exige, por sobre todas las cosas, castigar a Constantino Bento.

La Habana

Enero 12, 16.00 hrs.

Lety subió corriendo las escaleras del solar, con la respiración entrecortada golpeó la puerta y, cuando Carlos abrió, se echó a llorar en sus brazos. El joven, despeinado y con la camisa desabotonada, la condujo al interior del cuarto, donde apenas cabían una cama, un ropero, una mesa con un televisor y una nevera sobre la cual había solo libros viejos.

—¿Qué pasó ahora? —preguntó mientras ella se sentaba en la cama. A través de la ventana abierta se veían el Malecón, el mar liso y el cielo nublado—. ¿Malas noticias?

—Me echaron.

—Los cabrones —murmuró Carlos, la abrazó y comenzó a acariciarle la cabellera colorina, aleonada—. ¿Y te dieron alguna razón?

—Pérdida de la confianza política.

—¿Por lo de tu padre?

Ella asintió sin palabras. Era pecosa, tenía rasgos duros, la frente estrecha, cejas negras y demasiado gruesas, pero unos senos contundentes, llamativos, que gustaba enseñar mediante provocadores escotes. Carlos extrajo de la nevera una lata de Heineken, que ella bebió con los ojos entornados. Del Malecón llegaba el estrépito de vehículos.

—Ocurrió simplemente lo que esperábamos —dijo Carlos.

35

Si el coronel Lazo, de las Fuerzas Armadas Revolucionarias, había sido detenido por formar parte de la conspiración de Foros, lo mínimo que podía ocurrirle a su hija era perder su trabajo en la recepción del Hotel Riviera, un establecimiento para extranjeros. El régimen no perdonaba ni a los familiares de los caídos en desgracia. Lo más probable era que pronto despidieran a la madre de Lety Lazo del consorcio Gaviota.

—Chica, no sufras más, ya encontraremos algo —insistió Carlos—. No será fácil, pero nos recuperaremos. Vamos, chica, ahora hay que preocuparse de tu padre, es el más jodido. ¿Sabes algo de él?

—El Ministerio del Interior se niega a revelarnos su paradero.

En la década del noventa Carlos Betancourt había estudiado ingeniería naval en Leningrado gracias a una beca estatal, pero con el derrumbe del socialismo la flota cubana de guerra se redujo a una decena de torpederas viejas. Las naves de mayor calado no disponían de combustible ni para realizar maniobras. Gracias al mercado negro, el *jineterismo* con turistas europeos y el cuidado de las mascotas de diplomáticos, Carlos había logrado reunir un capital para abrir El Mirador, un modesto *paladar* de siete mesas, instalado en los bajos del edificio. No era un restaurante elegante, desde luego, pero fresco gracias a la brisa marina, atractivo por la vista privilegiada y barato por la atención familiar. Y *tocando* a los inspectores Carlos conservaba su tranquilidad y lograba sobrevivir, aunque en Cuba nunca se sabía.

—¿Y llamaron hoy a tu madre del trabajo?

—Ni siquiera respondieron sus consultas.

En la tarde anterior a la madre de Lety le habían comunicado que no volviera a su oficina hasta nuevo aviso. En la corporación estatal ella se encargaba del suministro de aparatos de aire acondicionado a centros turísticos. Lo más probable era que no la llamaran nunca más, y que a Lazo lo fusilaran junto a De la Serna, el líder de Foros, según el *Granma.*

—Te propongo lo siguiente —dijo Carlos apoyado en la ventana. Era robusto y llevaba un arete en la oreja izquierda. Lety yacía boca abajo en la cama. El calor comenzaba a declinar—. En estos días tú podrías ayudarme en El Mirador. Te pago en dólares, no mucho, pero lo suficiente como para que apuntales a tu madre.

—Sabes que soy pésima cocinera.

—Pero podrías ir ayudando en la barra, siempre has sido buena para preparar cócteles. Necesito a alguien de confianza ahí, que la gente roba mucho. Además, los turistas se mueren por los tragos cubanos. Vamos, chica, además…

—Además, ¿qué?

—Podrías ayudarme con lo de los perros.

—¿Los perros de los diplomáticos que salen de viaje?

—Exacto —dijo Carlos y se sentó a su lado y paseó su mano sobre las pequeñas nalgas de Lety—. ¿Qué opinas?

—¿Y pagan bien esos diplomáticos? —preguntó ella dejándose voltear dócilmente. Carlos, ya sin camisa, se recostó a su lado. Tenía treinta años, diez años menos que ella.

—Pagan bien y en dólares —aclaró—. Basta alimentar al perro, sacarlo a dar una vuelta y ya —la despojó de la blusa y sus pechos llenos recibieron la última luz de la tarde—. Eso es mejor que andar vagando por ahí.

El *Antigua* navegaba aquella mañana al oeste de Cayo Largo, mientras sus tripulantes desayunaban en la popa bajo una sombrilla verde. La vela mayor flameaba con la brisa de cinco nudos que mantenía tirante la escota y causaba un cabeceo suave y rítmico, al compás del oleaje calmo en ese día de nubes nacaradas y gaviotas que planeaban impacientes alrededor de la nave. Al mando de Constantino Bento, su patrón y dueño, el *Antigua* había zarpado temprano con sus pasajeros de Black Point, en el sur de Miami, una marina arrasada en los noventa por el huracán *Andrew*.

—Pueden acusarme de lo que quieran, pero no de haber traicionado la causa ni de malgastar un solo peso de nuestros fondos. Las cuentas están claras —repitió Bento a los comensales sentados a la mesa. Lo acompañaban Rick Reyes, dueño de la cadena de supermercados, Ana Cervantes, la heredera del imperio inmobiliario, y José Brito, un hombre bajo, gordo y calvo, el sucesor de Joe Comesaña en la dirección de RD—. Acabo de perder a mi mujer a manos de la DGI, pero seguiré luchando, pues somos los únicos que podemos cambiar el destino de Cuba. Y el que también hayan asesinado a nuestro compañero Comesaña comprueba que somos el peor enemigo de la tiranía.

—¿Pero qué propones en concreto, Bento? —preguntó Reyes, harto de fracasos—. Todos aquí compartimos tu dolor, pero no podemos seguir solo con declaraciones, faltan hechos. Hemos perdido a Linda, a Comesaña y De la Serna y no podemos permanecer de brazos cruzados después de estos traspiés.

—¿Traspiés? ¿Los llamas traspiés? Son tragedias —corrigió Ana Cervantes escandalizada detrás de las gafas oscuras—. Hemos perdido a dos amigos, Constantino está amenazado y nuestros oficiales en la isla detenidos, ¿y lo llamas traspiés? Por favor.

Se hizo un silencio incómodo, que algunos aprovecharon para beber o para probar la ensalada de frutas. La nave se balanceaba con suavidad en el mar resplandeciente. Hacia el sureste, bajo las nubes borrosas en el horizonte, estaba Cuba, su gran obsesión, pensó Bento. ¿Es que acaso él, al igual que su padre, iba a morir en el exilio sin retornar jamás al otro lado del estrecho?

Dirigió su mirada a Brito, el imperturbable, que guardaba silencio bajo su guayabera finamente bordada. Entre sus dedos sostenía un vaso y un pañuelo blanco. Nadie de aquel grupo, que representaba la unidad ya vulnerada de RD, sabía hasta cuándo Brito lograría contener a sus seguidores más exaltados, quienes sospechaban que Bento estaba detrás de la muerte de Comesaña.

—¿Qué opinas? —le preguntó Bento.

—No donaremos un peso más a esta organización que ha fracasado —repuso Brito golpeando con el índice el borde de la mesa—. Lo que corresponde ahora es gastar de forma razonable los fondos. Después nos retiraremos de RD.

Así Restauración Democrática pasará a engrosar el vasto panteón de las organizaciones anticastristas fenecidas, pensó Bento. Sin embargo, se sintió aliviado: el anuncio le permitía presentar su última propuesta para impedir que el régimen continuase rematando la isla entre europeos, canadienses y sus testaferros cubanos. Castro usaba palos blancos extranjeros para reinvertir las divisas que conseguía mediante la venta de empresas estatales a los inversionistas foráneos. Las perspectivas eran dramáticas: la dirigencia no solo cimentaba el despojo definitivo de los antiguos propietarios en el exilio, sino que se adueñaba además de la economía isleña a través de sus agentes, que de la noche a la mañana aparecían en América Latina con fortunas legalizadas con informes tributarios cubanos.

—Yo les pido solo una cosa —dijo después de llenar su vaso con agua mineral y recordó con emoción la promesa hecha a Linda en Coconut Grove. El sol encendía los cristales de la primera línea de casas de Cayo Largo. Por el oeste, con un zumbido lejano, se aproximaba una lancha—. Les pido que me otorguen poderes plenos para reclutar a quien puede cumplir nuestra tarea. Durante años he buscado a esa persona, y estoy convencido de que la encontré.

El grupo se miró en silencio, sorprendido, atraído por esa idea vaga y novedosa, pero sospechando a la vez que Constantino Bento podía haber perdido la razón con la horrenda muerte de Linda. Bento esperó. Un momento después Ana hizo escuchar su voz:

—¿Hablas de una persona que existe?

—Hablo de una persona de carne y hueso.

—¿Y qué garantías ofrece? —preguntó Rick.

—Que no vive en la isla ni en el exilio, ni es cubano, pero conoce al dedillo el sistema —repuso Bento—. Todas nuestras operaciones fallan porque estamos infiltrados. El régimen comenzó a infiltrarnos con la primera ola emigratoria. No podemos hacer nada sin que lo sepa La Habana.

—Es un extranjero, entonces —dijo Rick dejando pasar lentamente las palabras por su boca de labios mezquinos.

—Así es.

—¿Y no será un agente plantado por el castrismo?

—De ninguna manera. A ese hombre lo he estudiado a fondo y durante años; está libre de toda sospecha.

—Lo que no entiendo es qué esperas de nosotros.

Bento bebió un sorbo de agua y colocó lentamente el vaso sobre la superficie de la mesa. Sabía que todo dependería de la selección de sus palabras.

—Si el directorio me otorga facultades especiales para negociar un plan y el monto del pago, la misión se cumple —dijo—. Pero es preciso que confíen en mí. En Florida están mis inversiones —añadió con la voz quebrada—, mi apellido tiene prestigio, no soy aventurero ni sinvergüenza, y estoy convencido de que encontré al hombre que necesitamos.

—¿Propones acaso que te demos un cheque en blanco? —masculló Brito. No era una decisión que fuese a ser comprendida fácilmente por los suyos, menos ahora, pensó. RD aún contaba con fondos jugosos y pocos aprobarían entregárselos a Bento a ciegas.

—Es que esos fondos ya están ahí —dijo Bento—, y como Foros fracasó, tardaremos años en planear algo sólido, más ahora que el FBI nos sigue de cerca... ¿Me otorgan las facultades para operar en nombre de RD?

Los directores guardaron silencio. Por el sur la lancha continuaba aproximándose al *Antigua*, y arriba las gaviotas graznaron desanimadas. Con el fin de permitirle al directorio deliberar con tranquilidad, Bento se marchó a la proa del velero. Era un Tartan de 30 pies, construido en Ohio, en 1978, el año legendario de esa serie. Lo amaba porque era ideal para el *cruising* y navegaba veloz, y en él había pasado momentos dichosos junto a la familia. Permaneció largo rato acodado en la baranda mirando hacia el sur, mientras recordaba la promesa hecha a Linda. Nunca había estado tan convencido de la conveniencia de impulsar el plan definitivo. Volvió lentamente a la popa, donde aún conversaban los miembros de RD, y preguntó:

—¿Y qué decide el directorio?

ENERO 17, 21.00 hrs.

La blanca y suave corvina al horno del Bar Restaurante Cinzano, acompañada de arroz graneado y una ensalada de lechuga, palta y apio, había constituido el plato ideal para conversar con Débora Pessoa tras el prolegómeno de pisco *sour* dobles, bastante mareadores, con que abrieron la noche. Ubicado frente a la plaza Aníbal Pinto, el establecimiento no solo consigue pescado fresco y palta regada con agua de pozo de Granizo, donde crece más aromática que en Los Vilos, sino que cuenta además con cantantes de tango y boleros que invitan a los comensales a exhibir sus destrezas sobre una mínima pista de madera. Esa noche, como si fuese poco, cantaba allí la incomparable Palmenia Pizarro, acompañada por la guitarra siempre dulce del maestro Carlos Lloró y las maracas de Cheo Portuondo, oriundos ambos de Cuba.

—Lo siento, Cayetano, pero la entrevista la cancelaron a última hora y por eso no vine la semana pasada —explicó Débora, que era una trigüeña de treinta años, ojos vivaces y llamativa figura. Vestía completamente de negro—. Y como a mí no me gusta quedar mal ante las personas, vine a verte a Valparaíso.

—No te preocupes, de todas maneras la idea de la entrevista no me entusiasmaba —dijo Cayetano. Sentía que los pisco *sours* y las copas de chardonnay lo dotaban de una fogosidad inusual, agravada por el escote de Débora, sus carnes firmes y el brillo intenso de sus ojos.

—Pasó lo de siempre —dijo ella molesta—, tenemos pocas páginas y al final la editora le entregó el espacio a los extranjeros que están invirtiendo en la ciudad.

—Mejor, prefiero no ventilar mi vida privada en una revista. Salud.

Vaciaron sin darse cuenta la segunda botella de vino. Débora tendría dificultades para encontrar su camino al Brighton, una construcción victoriana de color amarilla que cuelga de la ladera del cerro, casi encima del Cinzano. Las callejuelas empinadas, las escaleras sin baranda que serpentean entre casas y acantilados, los pasajes sombríos, los ascensores que suben chirriando los cerros; en fin, todo el caprichoso trazado de Valparaíso desorienta al forastero más pintado, y más aun si anda con algunas copas de más. Tal vez le correspondería acompañar a Débora hasta el hotelito, cosa que haría con el mayor de los gustos, total no quedaba lejos del paseo Gervasoni.

—Voy a cerrar con papayas al jugo —dijo Débora y ordenó también un *araucano* de bajativo. A juzgar por el precio, las papayas no crecían en la cercana ciudad de La Serena, sino en el golfo de Tonkín, pensó preocupado Cayetano. Eso de que los hombres debían pagarle la cena a las damas no le gustaba tanto en épocas de vacas flacas—. Y después bailaremos boleros, Cayetano. Muéstrame cómo bailas y te diré cómo amas.

Prefirió guardar silencio. Lo desconcertaban las mujeres modernas que expresaban sin inhibiciones sus preferencias eróticas y se apropiaban de iniciativas reservadas en el pasado a los hombres. La voz áspera y apasionada de Palmenia Pizarro interpretaba «Contigo en la distancia» cuando Cayetano y Débora salieron a la pista. Al estrecharla entre sus brazos descubrió entusiasmado que su holgada blusa negra disimulaba muy bien la contundencia de sus senos, y mientras se deslizaban por entre la mesas siguiendo la melodía del bolero, Cayetano sintió como un mensaje la suave resistencia de la periodista contra su vientre.

—¿Nos olvidamos entonces del reportaje? —le susurró ella al oído arrancándole escalofríos.

—Olvidado está —dijo él.

—Eso me tranquiliza, pero, cuéntame —insistió ella cerca de su oreja—. ¿Tienes mujer?

—Tuve.

—¿Y qué pasó?

—Me abandonó.

—¿Por otro?

Palmenia comenzaba «Nosotros», y el público estalló en aplausos.

—Me dejó cansada de mi oficio. Quería algo más distinguido para mí... ¿Y tú?

—Yo, ¿qué?

—Chica, si tienes tipo fijo...

—Bobito —repuso ella con una sonrisa y plegó más su cuerpo contra el suyo—. ¿Crees que estaría así contigo si tuviese alguien fijo?

—Uno a estas alturas ya no sabe.

—Tú quieres saber demasiado. Yo soy la periodista.

—Sospecho que te interesa este rollo solo para conocerme y lanzar después un reportaje sobre los detectives —reclamó Cayetano acercando sus labios al cuello de ella—. Pero si te revelara todas mis maldades, tu reportaje sería un exitazo.

—¿Y vas a revelármelas?

—Comencemos por el principio entonces —sugirió él y besó delicadamente su cuello—. ¿Por qué no seguimos bailando en mi casa? Tengo boleros del Beny Moré, un ron añejo incomparable y vista a la bahía. Y por la mañana, cuando el Pacífico empiece a resplandecer, el aroma a café recién colado te despertará entre las sábanas de mi lecho.

45

Enero 17, 17.30 hrs.

Pontecorvo recibió el llamado de Chuck a la hora acordada. El teléfono estaba en el último nivel del mall Old Post Office, de la Pennsylvania Avenue, desde donde se domina la entrada del edificio de estilo románico construido en 1899. Es una construcción de historia tortuosa, pues varias veces estuvo a punto de ser demolida para dar paso a nuevas edificaciones. Solo la oposición de agrupaciones vecinales logró detener los proyectos modernizadores, salvando así un hito arquitectónico de la capital estadounidense. Por el carácter de la operación, Pontecorvo prefería utilizar teléfonos públicos o celulares robados, ya que los canales internos de la CIA o los aparatos personales dejan huellas indelebles.

—¿Alguna novedad? —preguntó Pontecorvo. Bebía un *latte* de Starbucks con dosis doble de café.

—Al fin ubicamos al abuelo —dijo Chuck desde Miami.

—¿Vivo?

—Vivo.

Pontecorvo bebió otro sorbo. Constantino Bento se había hecho humo días atrás y al parecer la RD se proponía reaccionar de modo contundente después del fracaso de su conspiración para recuperar terreno. Lo grave era que con la muerte de Joe Comesaña la CIA había perdido a su agente en la dirección máxima de la organización más resuelta, poderosa y secreta del exilio cubano. Sin ese infiltrado era imposible anticipar qué se proponían sus directivos. Intuía que pretendían eliminar al Comandante, pero desconocía el modo en que planeaban hacerlo. Además, Brito, el sucesor de Comesaña, era un nacionalista que había rechazado en dos oportunidades la oferta de reclutamiento, y al resto del directorio sus fortunas personales los convertían en seres insobornables. Pontecorvo introdujo una mano en el bolsillo del abrigo celebrando que Chuck le diese al menos una buena noticia. Ahora se trataba de ejercer sobre Constantino Bento una marcación al hombre, como en los segundos finales de los partidos de básquetbol entre Los Angeles Lakers y los Chicago Bulls. Si la RD actuaba por su cuenta podía generar una catástrofe de carácter internacional.

—¿Dónde lo ubicaron? —preguntó.

—Dejó el país anoche, en un vuelo de American Airlines con destino a Santiago de Chile.

—¿A Chile? —repitió Pontecorvo extrañado. Jugó con el vaso de Starbucks. ¿Qué llevaba al último rincón del mundo a un millonario cubano que se proponía eliminar a Fidel Castro? Giró sobre sus talones y su mirada se encontró de lleno con la de un hispano sentado en una mesa. Washington se está llenando de hispanos, recordó, estamos cosechando los frutos de los fracasos políticos de América Latina. ¿Qué sería de esos países si no existiésemos?

—Arribó a Chile a las seis y media de la mañana —precisó Chuck—. Amigos nuestros de la embajada lo acompañan de cerca.

—¿No diste a conocer detalles, no?

—Solo les dije que nos interesa saber en qué anda porque nos parece sospechoso. Es, después de todo, ciudadano norteamericano.

Chuck había cometido un error al pedir auxilio a la embajada, pensó Pontecorvo apretando el vaso de Starbucks. Aquello había quedado registrado ya en la bitácora del jefe de estación de la CIA en Santiago. Tarde o temprano podría salir a la superficie si una comisión investigadora del Congreso tomaba cartas en el asunto.

—¿Y qué busca allá? —preguntó antes de beber otro sorbo.

—Lo ignoramos, señor.

—¿Viaja solo?

—Solo. Y anda sin cola. Se instaló en el Atton, hotel ejecutivo de una zona exclusiva de la capital. Ya averiguamos cuál es su habitación.

—Bueno, usted debe viajar cuanto antes para hacerse cargo allá del personaje.

Volvió a girar sobre los talones. Un mozo le sirvió una copa de vino blanco al hispano mientras consultaba el menú. Vestía terno gris, corbata y zapatos de calidad, y sobre una silla yacía su abrigo, que parecía de excelente paño. Tal vez era diplomático. Los países de esa región estaban en la ruina, pero cuidaban la apariencia de su gente en Washington como si fuesen franceses. De los europeos orientales más valía ni hablar, el tren de la moda no se había detenido en sus estaciones tiznadas de hollín, pensó.

—Hay algo más que tengo que contarle, señor —agregó Chuck, y Pontecorvo admitió que Chuck investigaba a conciencia, aunque era un pésimo relator de los pormenores.

—¿De qué se trata?

Era conveniente cambiar ya de teléfono. Chuck no podía violar las normas de seguridad, aunque operase con un aparato robado. Estos garantizaban solo temporalmente el anonimato.

—Es algo importante, señor. Lamento no habérselo dicho al comienzo.

—En fin, dímelo de una vez...

—Comprobamos que ayer, antes de coger el avión, el abuelo retiró de bancos del *downtown* de Miami la friolera de un millón de verdes en efectivo.

Enero 18, 03.15 hrs.

El pesado Mercedes S-500 negro con su blindaje de catorce milímetros, patente M0001, y su gemelo con igual identificación, se desplazaban lentamente por el solitario malecón flanqueados por tres Ladalfas con sus ventanillas abiertas. A través de ellas asomaban los escoltas y los cañones de sus AKM-45. Los Ladalfas son el principal aporte cubano a la industria automovilística mundial: surgieron de un cruce entre Ladas rusos ya extintos y Alfa Romeos italianos de dos mil centímetros cúbicos. Nadie en la isla arranca con mayor velocidad que los Ladalfas preparados en el Taller Uno del Ministerio del Interior. Aquella noche avanzaban en zigzag en torno a los Mercedes y chequeaban por radio las postas a lo largo de la denominada «vía expedita» del comandante en jefe.

Al Comandante le fascina conversar a altas horas de la noche en su carro blindado con huéspedes extranjeros mientras la caravana recorre La Habana. A estos les halaga el tiempo que él les brinda, de lo cual se ufanan después en sus países, pero ignoran que fueron escogidos solo para hacer llevadero un insomnio perenne. Ahora los cinco vehículos se desplazaban hacia el túnel de Miramar por la «vía expedita», que comprende el trayecto que va desde el aeropuerto de Baracoa hasta la sede de gobierno, en la Plaza de la Revolución. La pareja que hacía el amor entre los roqueríos no se percató del paso de los vehículos, menos del denominado JUNO, el carro del máximo líder, mientras el mar jugaba manso con el reflejo de la ciudad.

—Aquí aún no das con la madeja —afirmó el Comandante y se reclinó contra la ventana en el asiento trasero, que compartía con el ministro del Interior—. Y tienes que aclarar esto cuanto antes, porque vivir así, a la defensiva, en la incertidumbre y sin identificar a esos halcones, no se puede.

El ministro deseó disponer de más tiempo mientras la suspensión del coche absorbía un bache profundo. Hasta ese momento los traidores habían confesado todo. Aunque pareciese inverosímil, el ex jefe de la Seguridad del Estado, Horacio de la Serna, había fraguado la operación para liquidar el proceso revolucionario con el apoyo de exiliados cubanos de Miami. El plan era simple, fulminante y efectivo. Consistía en arrestar al Comandante en su residencia del barrio de Villa Alegre, en la oriental Santiago de Cuba, alegando que sus colaboradores cercanos lo mantenían secuestrado aprovechándose de su Alzheimer. Luego convocarían a elecciones generales y solicitarían el envío de cascos azules de Naciones Unidas a la isla. La operación inicial estaba calcada del golpe de Estado contra Mijaíl Gorbachov realizado en Yalta. Y aunque resultase paradójico, entre los conspiradores no aparecían la Casa Blanca ni la CIA.

—No es que yo sea obcecado —subrayó el Comandante—, pero tengo metido entre ceja y ceja que detrás de la conspiración está en primer lugar la CIA, y que el hecho de que ella no aparezca es indicio de que aún no alcanzamos el meollo del asunto.

—Comandante, hemos empleado a los mejores interrogadores de Villa Marista y estudiado en forma concienzuda los desplazamientos, las oficinas, residencias, reuniones y telecomunicaciones de los conspiradores, y no aparece por parte alguna la CIA.

—¿No? ¿No aparecen los yanquis detrás de todo esto? ¿Y por qué se planeaba arrestarme en Santiago de Cuba, a escasa distancia de la base norteamericana de Guantánamo? De la Serna oculta la principal parte del plan, ministro, estoy seguro de que pretendía entregarme a las autoridades de esa base.

—Es una observación aguda, Comandante, pero no tenemos indicios de eso...

—Escucha, ministro, aquí hay dos cosas que debes saber tú mejor que nadie —dijo el hombre de la barba agitando su mano derecha con el índice alzado, pronunciando lentamente las palabras—. La primera es que esos cubanos son instrumentos de la política norteamericana, y la otra es que si no se castiga a los conspiradores de dentro y fuera, se volverán soberbios y nos perderán el respeto.

—Los castigaremos, Comandante, ya verá usted. Enviamos a nuestro mejor hombre a Miami a castigar al autor intelectual de la conspiración.

—¿Cómo dices?

—Que estamos haciendo lo que usted ordena, Comandante.

—Pues no parece.

Que lo llamara ministro y no por su nombre de pila, y al mismo tiempo lo tuteara, resultaba inquietante, pensó alarmado el ministro mientras el carro continuaba la marcha. En el asiento del copiloto, Azcárraga, el jefe de los escoltas, mantenía la comunicación con otros carros y postas. El ministro carraspeó, miró a su jefe, aunque ahora este contemplaba absorto las calles de La Habana, y le dijo:

—Comandante, usted tiene toda la razón. Intensificaremos las operaciones.

—Si no aclaras esto es que me equivoqué medio a medio al nombrarte en el cargo. La idea de apresarme como un monigote e instaurar un gobierno servil a Estados Unidos no surgió de De la Serna —aseveró el Comandante recordando que solo la infidencia del médico que debía certificar su enfermedad había permitido descubrir el complot—. Yo lo hice grande y por eso conozco sus limitaciones. Era un hijito de su papá en 1959, un playboy sin destino, yo le di una causa por la cual vivir, sin ella habría terminado inyectándose heroína en Las Vegas. Es un mal agradecido, un ambicioso y un figurón, pero le faltan cojones para lanzarse solo a una aventura como esta.

En realidad, el mundo está lleno de mal agradecidos, adulones e inconsecuentes, pensó el Comandante. Sus enemigos cubanos de antaño trataban de invertir ahora desde el exilio a través de palos blancos. Sus enemigos capitalistas de Europa y América Latina procuraban ventajas tributarias, y sus compañeros de la primera hora formaban una despreciable junta de conversos. ¿Quién entendía aquello? Pasaron cerca del hotel Riviera, en cuya puerta había jolgorio. ¿Y por qué los turistas bailaban hasta tarde unos ritmos endemoniados y solo anhelaban templarse una mulata, y no admiraban los logros de la revolución? La isla tenía poco que ofrecer debido al bloqueo yanqui, pero allí se templaba como en ningún otro punto del globo porque la gente era libre, pensó. Lamentablemente muchos de quienes llegaban a gozar de la vida a Cuba, lo hacían al servicio de la CIA. El mundo estaba lleno de ingratos, envidiosos y traidores, por eso él estaba siempre alerta.

—Te voy a decir algo —agregó y las ruedas del Mercedes cayeron en otro bache. Pese a la amplitud y comodidad del vehículo, no se sentía a gusto en él. Prefería los jeeps, fuesen rumanos o yanquis, y le incomodaba

53

aquella sensación de quedar a ras del piso, llegándole a los transeúntes al ombligo, como si cagase en una bacinica en plena calle—. Ya que no avanzas con tu investigación y los yanquis solo temen a quien pueda hacerle a ellos lo mismo que ellos hacen a otros, pienso en algo que los intimidará...

—Lo escucho, Comandante.

—Orlando, vete mejor por Paseo hacia Veintitrés —le ordenó al chofer, un negro grande, de rostro duro y huraño, como esculpido.

El Comandante disfrutaba también recorrer la ciudad por la noche, cuando la gente dormía. Le deparaba la sensación de que velaba el sueño de su pueblo. En rigor, la masa ignoraba cuántos malos ratos pasaba él para protegerla de sus enemigos. Y los criticones, los oportunistas y los gusanos veían solo un lado del poder, ese Mercedes, la escolta, la «vía expedita», sus residencias, los agotadores encuentros con políticos de otros países, pero eran incapaces de imaginar el sacrificio diario que implicaba guiar esa isla a noventa millas del imperio, el peor Goliat de la historia humana. No, quienes lo criticaban ignoraban lo que era dedicar la vida entera a la causa popular, y lo hacían impulsados por la envidia y el egoísmo, sin saber lo que eran noches de insomnio con mandatarios y empresarios que lo visitaban para ingresar por la puerta trasera a la historia, asegurar reelecciones o conseguir beneficios para sus inversiones. Ninguno, o mejor dicho, muy pocos eran dignos de ser recibidos como los recibía. Por todo aquello prefería recorrer las cooperativas agrícolas y los cañaverales, las fábricas y los planes ganaderos, donde lo vitoreaba enardecida la gente humilde para la cual él gobernaba.

La caravana comenzó a subir por Paseo. En la bandeja central un grupo alimentaba una fogata. Tuvo la sensación de que los escasos transeúntes de la madrugada, en su mayoría extranjeros acompañados por jineteras o maricones, no reparaban en el paso de su caravana. Era como si sencillamente no lo viesen.

—Detrás de esta conspiración están los yanquis —insistió con las manos enlazadas sobre el cinturón, mirando el semáforo de Veintitrés, que mostraba roja, pero la caravana cruzó igual por la calle desierta—. Y si quieren proseguirla, tendrán lo que quieren. No seremos como el Irak de Hussein, que cometió el error fatal de esperar a que lo invadiesen...

—Tiene razón, Comandante —dijo el ministro contemplando a los travestis sentados junto a un monumento.

—Hay que cargar los helicópteros rusos de la región occidental con lo que tengamos —afirmó el máximo líder—. Si vuelven a atentar en contra nuestra, sufrirán una lección inolvidable y fulminante en su propio territorio.

Enero 18, 11.20 hrs.

Boris Malévich saludó a la vieja a cargo del aseo del edificio, le regaló rublos, como lo hacía a menudo, la fregona agradeció con sonrisa de bruja desdentada; luego bajó las escalas de madera hacia la Málaya Morskaya. Al encontrarse con la acera nevada y el cielo límpido, aspiró profundamente la brisa fría que llegaba del Neva, mezclada con los gases que expelían los Volga, Lada y Moskvich, y se sumó a la marea variopinta de gente abrigada que transitaba presurosa.

Caminó a buen paso hacia el Nevski Prospekt, mientras la cúpula dorada de la catedral de San Isaac relumbraba a su espalda. Se dijo que los diez grados bajo cero preservarían al menos el manto blanco sobre San Petersburgo y la capa de hielo del Neva. Malévich tenía una *dacha* veinte kilómetros al sur de la ciudad, en un pueblo ubicado entre bosques de abedules, al cual se llegaba recorriendo un camino en pésimo estado y con demasiados milicianos ansiosos de conseguir mordidas. Aunque disfrutaba ese sitio apartado y tranquilo, donde tenía un criadero de perros y un centro de adiestramiento canino, Malévich viajaba a menudo a San Petersburgo a resolver negocios menores y a beber con sus ex camaradas del KESE, para lo cual pernoctaba en el departamento de su padre, ubicado en el mismo edificio destartalado donde había vivido Fiodor Dostoievski.

Los negocios menores se relacionaban con la venta en

el mercado negro de computadores robados, y el KESE eran las siglas del Komitee der ehemaligen Sondereinheiten, una cofradía secreta, organizada en Berlín oriental en 1990, que coordina, en el más absoluto secreto, a miembros de tropas especiales de los ex países socialistas. El KESE se reúne cada año en alguna ciudad europea bajo un nombre de fantasía para pasar revista a la situación de sus miembros y ayudarles a adaptarse a los nuevos tiempos. A medio camino entre la Málaya y la Bolshaya Morskaya, siguiendo por el frecuentado Nevski Prospekt, Malévich ingresó al Pushkin, el local de Piotr, un sitio oscuro y mal ventilado, largo como corredor, con sillas de madera y óleos anónimos, que ofrece un té pasable, ambiente temperado y, a mediodía y por la noche, una *solianka* de pescado y *pelmenis* que son una verdadera delicia.

—¿Tienes ya la pasta? —preguntó al hombre que plegaba servilletas de papel en el mostrador. El local estaba desierto y de la radio llegaba una canción de Beyoncé.

—La tendré hoy por la tarde.

—Eso ya me lo contaste ayer.

—Pero ahora es seguro, Boris. Hoy por la tarde pasa el comprador. ¿Qué saco con engañarte? —imploró el hombre apoyando sus manos en el mesón.

Boris cogió una botella de Pertsovka, un vodka perfumado con pimienta roja, vertió una medida en un vaso y lo bebió al seco con un estertor. Luego se contempló en el gran espejo que colgaba detrás de Piotr. Estaba ojeroso y mal afeitado, pero comenzó a sentirse mejor con el alcohol en la sangre. No había caso, jamás iba a ser duro con Piotr. El dueño del Pushkin era un gordo honesto que había servido como cocinero en el ex Instituto de Lenguas Extranjeras de la KGB de la ciudad, pero cuando la ciudad se llamaba Leningrado y albergaba al centro donde se formaban hombres para el Primer y Octavo

Directorio Central, los del espionaje externo y de comunicaciones, respectivamente. Entonces Piotr se las arreglaba para revenderle raciones de carne de vacuno y botellas de vodka, que robaba de su puesto de trabajo reduciendo sencillamente las porciones de carne en las *soliankas* y vertiendo agua en las últimas botellas que se bebían en las fiestas del instituto, cuando ya los borrachos no alcanzaban a percatarse del engaño.

En fin, por respeto al pasado común y a sabiendas de que al pobre Piotr lo timaban ahora sus clientes, como él había timado a la KGB, prefería no ser rudo con él. Pero lo cierto es que combinando la mano milagrosa de Larissa, su mujer, quien cocinaba delicioso, con una administración medianamente razonable, el local debió haberse convertido en un chiche para turistas occidentales. ¿Qué iba a hacer, entonces? Se miró las manos, unas manos grandes y moradas, de nudillos gruesos que aún no se adecuaban a las nuevas circunstancias. No podía agarrar a Piotr por el cuello para despojarlo de los rublos que no tenía. Larissa, con su delantal y pañuelo a la cabeza, sufriría un ataque al ver aquello. ¿Y quién lo obligaba a él a reducir computadoras robadas a través del imbécil de Piotr?

—¿El último Gateway se lo pasaste a Sokolov, no? —preguntó.

—Y me juró que pagaría de inmediato —dijo Piotr.

Larissa los observaba preocupada a través de la ventanilla de la cocina. Piotr era rechoncho, de cabeza grande, calva amplia y lustrosa, y tenía unas cejas blancas y tupidas como de viejo pascuero.

—Ya ves, Sokolov no tiene arreglo —comentó Malévich.

Sokolov estudiaba computación en la Strelka, el espolón donde está la hilera de edificios de ladrillo de la

Universidad de San Petersburgo. Hijo de un ex colega suyo y miembro del KESE, en los ratos libres se dedicaba a refaccionar y montar computadoras robadas. No era un negocio lucrativo por la permanente caída de los precios en el mercado, pero los estudiantes estaban dispuestos a adquirir equipos robados con tal de ahorrar algunos rublos. Malévich conseguía los aparatos a cambio de una paga tardía, abusiva e irregular. El asunto no le significaba demasiado esfuerzo, ya que en sus años mozos, cuando pertenecía al Noveno Directorio Central de la desaparecida KGB, donde se encargaba de la seguridad de los líderes soviéticos, había aprendido a descerrajar puertas y ventanas. Como otros ex colegas caídos en desgracia ante el Ministerio de Seguridad ruso, debido a su expediente «bolchevique», se dedicaba ahora a desvalijar residencias y tiendas. A veces la fortuna lo acompañaba y conseguía relojes, figuras de porcelana, euros y hasta joyas.

—Regresaré mañana, es tu última oportunidad, Piotr —advirtió Boris sirviéndose otra ración de Pertsovka, pero sabía que lo suyo no era nada más que una bravata. De la cocina le llegó olor a fritura—. ¿Qué preparas hoy, Larissa?

—Es día de *pirozhkí* salado —gritó la mujer a través de la ventanilla con sonrisa insegura—. ¿No te animas a llevar un plato contigo?

—Se escapó el abuelo, señor.

Pontecorvo estaba frente a un teléfono público de la calle H, pleno Barrio Chino, y al contemplar la gran Puerta de la Amistad, la asoció de inmediato con la mala suerte.

—¿Y cómo ocurrió eso? —preguntó apoyando la mano enguantada en el aparato. El frío apagaba el pulso de ese barrio atestado de asiáticos, de letreros en rojo y amarillo, restaurantes con cocina a la vista y casas de loza barata.

—Ayer salió en un vuelo de Lan hacia el sur de Chile y se apeó en Puerto Montt, una ciudad que creo queda en la Patagonia. Había reservado previamente habitación para tres noches en el hotel Vicente Pérez Rosales, de esa ciudad.

—¿Y entonces?

—Nunca llegó a la ciudad, señor.

—¿Qué?

—No sabemos cómo se nos hizo humo en el mismo aeropuerto de Puerto Montt.

Pontecorvo soltó una maldición y trató de apaciguar el malhumor. No debía responsabilizar a Chuck. Él mismo le había orientado no dirigirse a la policía chilena ni causar aspaviento en la embajada en Santiago. Una petición oficial para el seguimiento de Constantino Bento hubiese sido admitir legalmente la existencia de una tarea, la que para el gobierno de Estados Unidos no existía.

—¿Estás entonces ahora en la Patagonia?

—Al menos cerca de ella. Llueve y sopla un viento frío a pesar de que es verano, señor. No es el país tropical que me había imaginado.

Pontecorvo contempló con una mueca de fastidio los alrededores del barrio y comprobó que comenzaba a caer una nieve fina y tranquila. Se preguntó cómo sería ir al fin del mundo.

—¿Tienes gente contigo? —preguntó.

—Dos personas, una de Portland, que se siente a gusto aquí, y otra de Tampa, que lo único que desea es regresar al esmog de Santiago. Creen que estamos en otra cosa.

—A ese abuelo tienes que encontrarlo. Nuestro vecino de la barba amenaza con las penas del infierno si ocurre algo. Interceptamos una inquietante orden suya.

Enero 20, 11.00 hrs.

La idea de ir a comer kuchen de murras al balcón de la
Casa de Suecia, en la calle Lautaro Rosas, desde donde
se divisa el Pacífico por entre los techos de calamina y
las palmeras, fue de Cayetano. Un detective de Chicago
acababa de llamarlo al despacho pidiéndole una cita. A
lo mejor se trata de un nuevo caso, pensó Cayetano
esperanzado, porque el tipo de acento caribeño parecía urgido. Y ahora estaban en el balcón. El sueco, que
había dejado su próspero país siguiendo a su mujer en
una empresa de final incierto, colocaba los *cortados* y el
kuchen sobre la mesa, mientras abajo la calle dormitaba y un vendedor de pescado ofrecía congrio y machas
frescas.

—Así que somos colegas —concluyó Cayetano, anima-
do. El hecho de que el hombre de jeans y camisa hawaiana
fuese colega, anunciaba quizá investigaciones propias de
lo que llamaban por ahí la globalización.

—Colegas, sí, señor —repuso Tom Depestre. No había duda de que en Chicago invertía más tiempo en el
gimnasio y el solario que en sus pesquisas, lo que sugería
que en Estados Unidos la actividad del gremio era más
rentable que en Chile—. Y llámeme Tom, mejor, porque
también soy cubano. Dejé hace mucho la isla.

Cayetano lo escuchó revolviendo el cortado. Había
tanto cubano en el mundo que no le sorprendía encon-
trarlos en los lugares más insólitos. Tom colocó su

camarita digital en la mesa y endulzó su cortado con las píldoras que llevaba en un frasco. La mañana estaba transparente y fresca; y la brisa los alcanzaba por entre los maceteros con claveles y petunias que se equilibraban en la baranda de hierro.

—Quiero ir al grano, colega —dijo Tom—. Este año presido la IDA, la Asociación Internacional de Detectives, que agrupa a detectives privados y cultiva relaciones con organizaciones afines europeas. Desde mi cargo rotativo y con motivo del cincuentenario de la institución, quiero estrechar vínculos con colegas latinoamericanos.

—Interesante —dijo Cayetano y sorbió el café mientras suponía que pronto Tom le pediría donaciones para la IDA.

Pero si Tom Depestre pensaba que en América Latina los detectives privados, que andaban al dos y al cuatro, como la situación económica, estaban en condiciones de entregar recursos como los millonarios en Estados Unidos, entonces significaba que Tom llevaba simplemente demasiado tiempo en el Norte o era un sablista consumado. ¿De dónde iba a sacar él dinero si apenas podía pagar el alquiler, las cuentas y las reparaciones del Lada?

—En verdad es importante ampliarse hacia el sur del mundo —comentó Tom—. Sobre todo en esta era de la diversidad cultural.

Cayetano se afincó los anteojos, se pasó una mano por la calvita y se atusó el bigote a lo Pancho Villa. Comparó de reojo su guayabera verde nilo con la hawaiana de Tom Depestre. Podían ser compatriotas, pero a él lo había conquistado el espíritu comedido de los chilenos, y a Tom una curiosa mezcla de exotismo anglohispano. En fin, a esas horas, pese al kuchen y el café, prefería estar con Débora. Con el paso de los años necesitaba una compañera para combatir el desarraigo que lo corroía, un desarraigo que no era de la tierra, sino de algo más profundo y doloroso, de la vida misma.

—Hay detectives privados solo en ciertos países latinoamericanos —continuó Tom como si repitiese un discurso archisabido—. Fuera de Chile, en Argentina, Brasil y México, y pare de contar. Hay cerca de un centenar, aunque muchos ya no ejercen porque se cansaron, murieron de hambre o los mataron. Ese detalle aún no logro esclarecerlo del todo.

Pésimo sitio entonces para recaudar fondos, se dijo Cayetano. Quizá algún día él debía organizar con colegas la Asociación Nacional de Detectives Privados. Si la convertía en ONG tal vez pudiera conseguir fondos en Europa y Estados Unidos, y llevar una existencia placentera. Tendría que apuntar esa idea en la libreta en cuanto se deshiciera de Tom Depestre, que seguro se iría sin pagar su propio cortado.

—Bueno, pero no estoy acá para robarle tiempo, no, señor —dijo Tom entrelazando las manos sobre la mesa—. Vine para invitarlo a nuestro próximo congreso, porque usted exhibe una trayectoria destacada y prestigiosa.

—Vamos, tampoco es para tanto. De algo hay que vivir.

—Nosotros hacemos un escrutinio serio, Cayetano. Conocemos los casos de un empresario de apellido Kustermann, el de un bolerista que se refugió en La Habana, el de los alemanes que depositaron desechos tóxicos en Atacama; en fin, cómo ve, dominamos su *currículum vitae*. Somos una organización con tradición y por eso lo invitamos.

—Me siento honrado, Tom. Le agradezco de veras, pero solo podría asistir si me sacara la lotería o me consiguiera un caso con Bill Gates, que es mejor que sacarse la lotería.

Tom esbozó una sonrisa dejando al aire dos hileras de dientes albos y brillantes.

—Cayetano, ¡la IDA lo invita! —anunció radiante—. Ella le paga el viaje, la estadía en un hotel y le entrega un viático modesto, eso sí, por pasar una semana con nosotros.

—¿Ustedes pagan todo? —preguntó Cayetano azorado y se ajustó el nudo de la corbata de guanaquitos para reforzar su aspecto profesional.

—Lo único que usted tiene que hacer —advirtió Tom— es preparar una charla de quince minutos sobre su experiencia policial en Chile. Nos interesa que nos hable sobre el estatus del detective privado en el Tercer Mundo, sobre sus relaciones con la policía y el poder político, sobre su seguridad personal, su tren de vida y el empleo de tecnologías. ¿Me entiende?

—¿Y la IDA paga todo eso?

—Por supuesto. Las leyes tributarias estadounidenses nos reembolsan las invitaciones de colegas; además, hay numerosas empresas y personas que nos entregan donaciones —agregó con sonrisa maliciosa—, y usted imaginará por qué...

—¿Entonces no me está invitando a la inglesa?

—¿Cómo a la inglesa?

—Así llamamos a las invitaciones en que cada uno paga lo suyo.

—Lo estoy invitando a la norteamericana, con todos los gastos pagados, colega.

—Esto es de no creerlo para un proletario de la investigación, Tom —exclamó Cayetano y se echó un trozo de kuchen a la boca. Abajo pasó un colectivo enloquecido en dirección al sur y después un gato negro cruzó la calle.

—Eso sí que solo podemos ofrecerle pasaje en clase ejecutiva —advirtió Depestre—. ¿Pero eso no le incomoda, verdad?

ENERO 20, 20.40 hrs.

—¿Lucio? —preguntó Constantino Bento tras bajarse del jeep que había alquilado en la plaza central de la ciudad llamada Castro. El hombre, sentado bajo el alero de la casa de alerce, lo miró impávido mientras avanzaba hundiendo las botas en el fango. Una bandada de choroyes provocaba escándalo en el bosque aledaño. Los picos andinos se veían nevados, pero sin nubes; y sobre la isla el cielo colgaba como una carpa gris.

El hombre se puso de pie. Era fornido, de ojos verdes, rasgos filudos y bien parecido. El pelo, canoso y tupido, lo llevaba corto. Vestía jeans, sudadera y botas. Bento tuvo la convicción de que por fin, en la mayor isla del fin del mundo americano, había hallado al hombre que buscaba desde hacía tanto tiempo.

—Soy Esteban Lara. ¿Puedo servirle en algo?

—Solo Lucio Ross puede ayudarme —aclaró Bento subiendo al piso de tablas. Bajo el alero había dos sillones y una mesa de mimbre; de las paredes colgaban un sombrero de yarey y una manta de lana. Bento alargó su mano y Lara se la estrechó a la expectativa.

—¿Quién lo envía? —preguntó Lara serio.

—Un ex sandinista, que terminó refugiado en Florida. Usted lo conoció hace años en Punto Cero. Le decían Elmo Guerra.

Lo invitó a que se sentara no solo porque sabía que Punto Cero era el principal campo de entrenamiento

67

cubano para la formación de guerrilleros extranjeros, sino porque afirmaba conocer a Elmo Guerra, un nicaragüense de los primeros años del Frente Sandinista de Liberación Nacional, cercano al comandante Tomás Borge. Se sentaron en los sillones de mimbre mirando hacia el embarcadero de la casa, donde las olas columpiaban una lancha. El viento frío convenció a Bento de que no estaba abrigado para el verano del sur del mundo.

—¿Qué es de Elmo? —preguntó Lara.

—Lo despachó hace un año un cáncer al pulmón.

—Fumaba como condenado. ¿Murió en Miami?

—En una casita de Hialleah. Pobre y solo.

Lara inclinó la cabeza varias veces como señalando que así era el destino y preguntó:

—¿Murió tranquilo o con demasiada nostalgia?

—Un hombre que muere lejos de su patria muere siempre en la nostalgia —afirmó Bento.

Pero no estaba allí para filosofar, sino para convencer a Lucio. Procuró reprimir el recuerdo de la promesa hecha a Linda en el balcón de la casa en Coconut Grove, y la formulada a su padre, la de que jamás olvidaría la isla; no era tiempo para nostalgias. Si lo seguían, no tardarían en dar con su paradero, y si descubrían que estaba en aquel lugar, entre la ciudad de los palafitos y el pueblo de Dalcahue, donde había pasado la noche en una pensión, su proyecto se iría al tacho.

—Elmo se marchó el 96 a Miami —dijo Bento. Pensó que le convenía establecer cierta confianza con aquel ermitaño oculto en una casa de madera construida en una isla del fin del mundo—. Durante el gobierno sandinista fue asistente del ministro del Interior, servía de enlace con los cubanos, pues los conocía desde los setenta, cuando Castro los unificó. Se fue a Miami harto de la piñata sandinista, de la repartija de casas y tierras iniciada por Daniel Ortega. Lo consideraba una traición a Sandino, al general de hombres libres que se rebeló contra el primer Somoza, y un insulto a los mártires de la revolución sandinista.

—Seguro que en Miami lo recibió la CIA. ¿Usted a qué se dedica?

—La CIA lo dejó caer después de exprimirle la última gota. Fue entonces que comenzó a trabajar para mí, como chofer primero, y luego como mensajero de confianza. En Miami tengo una compañía *punto com* que asesora a empresas de contabilidad.

—Las vueltas de la vida —comentó Lara—. ¿Y qué opinión le merece Guerra?

—Que era un tipo honesto, consecuente, y que debió haber rectificado antes. O, al menos, haber cobrado bien por todo lo que hizo, como cobraron otros.

Lara escuchaba en silencio mirando hacia el embarcadero. Acomodó las piernas en la mesa y se cruzó de brazos. No parecía descortés ni hospitalario, esperaba simplemente a que Bento le revelara el propósito de su viaje. Ya la noche empezaba a caer sobre la isla, sumiendo el mar y los bosques en penumbras.

—Aún no me explica cómo llegó aquí —afirmó.

—Elmo encabezaba una brigada para trabajos sucios —agregó Bento—. Me dijo que un chileno de confianza de los cubanos lo formó en eso, un tal Lucio Ross. Había nacido en un lugar único en el mundo: Sewell, una ciudad minera que sube en terrazas por la cordillera. Me dijo que el tipo era de Tropas Especiales cubanas, había asaltado bancos en Brasil y Líbano, secuestrado empresarios en México y contrabandeado marfil y diamantes en Angola para financiar causas revolucionarias.

—Pero nada de eso explica su aparición aquí.

—Eso es un logro mío —comentó risueño Bento—. Le contó a Guerra que el día en que se retirara de todo, no se iría a Sewell, sino a Chiloé para estar fuera del mundo. Usted había visto demasiadas veces la muerte a los ojos y ya no era capaz de sostenerle la mirada a un león sin pestañar de miedo, como exigía Hemingway.

—Aquí no hay leones.

—Hace dos años usted atropelló en Puerto Montt a un borracho. El asunto salió en la versión electrónica del diario *El Llanquihue*. Era solo una nota, hablaba de usted, daba su edad, decía que vivía fondeado en Chiloé aunque era oriundo de Sewell, y que había vivido exiliado en Cuba.

—¿Y eso le bastó para ubicarme?

—Solo podía tratarse de usted. No puede haber dos chilenos de su edad, que hayan nacido en Sewell, vivido en los trópicos y residan en esta isla del fin del mundo.

—Es posible…

—Y por eso supongo que esto no puede ser lo que usted imaginó como realización personal en los sesenta —dijo Bento indicando hacia la oscuridad—. Esto no es el retiro para alguien que se arriesgó por la revolución. En este y otros países hay hombres que hicieron lo mismo y hoy son potentados.

—A ver, Bento. ¿De qué estamos hablando? A mí me gustan las cosas claras. ¿por qué no desembucha de una vez?

Bento se acomodó en el asiento. Había dado con el hombre e imaginado desde la distancia su frustración y resentimiento, su desilusión con la utopía por la que había combatido.

—Supongo que estoy hablando con un profesional que aún sabe hacer las cosas para las que fue adiestrado —agregó—. Y supongo que usted, a estas alturas de la vida, encallado aquí sin las perspectivas de que gozan ex colegas suyos, esperando solo la muerte, sigue siendo un profesional. Pero antes de entrar en materia, ¿me permitiría ocultar el jeep en su garaje?

VALPARAÍSO

Enero 21, 11.00 hrs.

No hay mal que dure cien años ni porteño que lo aguante, pensó Cayetano Brulé mientras revolvía su cortado en el Riquet, donde compartía mesa con el profesor Inostroza y Débora, quien había llegado a verlo luciendo un par de exóticos papagayitos de madera como pendientes. Llevaba más de un mes sin trabajo; el país mejoraba solo para algunos. Ahora del cielo le caía ese ángel llamado Tom Depestre con una generosa invitación para asistir al congreso de la IDA en Chicago.

—Viajo esta noche porque el asunto comienza mañana —precisó, mientras Débora tomaba un gin tonic y el académico inauguraba el mediodía con oporto. Ocupaban la mesa de siempre, junto a la ventana que daba a la plaza Aníbal Pinto, donde colgaba el letrero de neón con el nombre del local. El salón estaba lleno de parroquianos bulliciosos. En las paredes, los óleos resplandecían bajo la luz opalina de las lámparas. Afuera se había instalado la camanchaca fría que apaga ecos y entristece a Valparaíso.

—Es un honor que un grupo prestigioso le extienda esa invitación —dijo Inostroza. Junto a su copa yacía *Prolegómenos a la estética marxista*, de Georgy Lukacs, libro que estaba revisando—. Con eso usted pasa ya a otra categoría. Ojalá no se quede allá.

—La próxima semana me tienen de vuelta, no hay nada como este puerto —dijo Cayetano tirando de la

72

manga del vestón azul marino que acababa de comprar en Falabella. Seguía endeudándose, pero no podía viajar con su vestón histórico. El nuevo le quedaba holgado. Si no usaba la corbata de guanaquitos podría hasta pasar por turista ante la ahora puntillosa inmigración de Estados Unidos.

—La colega periodista estaba impaciente —afirmó Inostroza refiriéndose a Débora—. No escribió el artículo que le prometió, pero aquí la tenemos, en persona.

—En una semana estoy de vuelta —repitió Cayetano con sus ojos puestos en Débora.

Se sentía bien junto a ella, pensó. No lo asfixiaba como Margarita de las Flores con sus exigencias desmesuradas de que dejase el oficio de detective. Menos mal que ahora vivía en Santiago, donde había abierto una nueva agencia de empleadas domésticas, esta vez en el subterráneo mohoso de un antiguo edificio de Providencia. Sí, Débora era diferente; él recién a esas alturas de la vida caía en la cuenta de que por sobre todo necesitaba una mujer a la que admirar, y no una mujer que lo esperara cada día con la comida hecha y las pantuflas en la puerta de casa. Sí, de Débora le impresionaban su agudeza, su independencia, la forma directa de decir las cosas y, tenía que admitirlo, la desinhibición descocada con que hacía el amor. Ella no era de esas mujeres con las cuales uno se acuesta, sino de aquellas que se acuestan con uno, pensó satisfecho.

—Buena cosa que vuelva pronto —acotó Inostroza y pidió a Schultz otro oporto.

—Veo que está celebrando de nuevo —dijo Cayetano afilándose el bigotazo.

—¿Cómo no voy a celebrar con el notición que trae? ¿Y dónde está el pasaje?

Cayetano lo mostró. Afuera un organillero hacía girar la manivela de su instrumento de madera, del cual colgaban pelotitas de aserrín. Sobre el organillo llevaba un choroy en una jaulita. Salió a comprar un papelillo del destino, que el piquito del choroy escogió, Inostroza alzó con unción el papel entre sus manos y lo leyó emocionado a la luz de la ventana.

—Chi-ca-go —pronunció el profesor con incredulidad—. Chi-ca-go. ¡Y en clase ejecutiva! Y yo que nunca he puesto un pie fuera de Chile, solo he viajado a través de guías turísticas.

Cayetano volvió con el papelillo guardado en el saco, después exhibió la invitación con el timbre de la IDA.

—¿Y usted es de Santiago? —le preguntó Inostroza a Débora con la invitación en las manos, tras felicitar de nuevo a Cayetano.

—Llegué allá hace quince años de Concepción, siguiendo a mi ex marido, un abogado.

—¿Viuda? —preguntó el profesor a la vez que Schultz colocaba el oporto en la mesa.

—Separada. Abandoné a mi esposo llevándome a mi hija hace diez años.

Schultz le dirigió una mirada furtiva, pero impertinente, como de censura.

—No se entendían —concluyó Inostroza con indulgencia.

—Nada de eso. Me enamoré de otro hombre, siete años menor que yo, y casado. No se puede estar con un hombre por los papeles, ni siquiera por los hijos. Una tiene que estar enamorada del hombre con quien vive o si no la vida se convierte en un infierno.

—Entiendo —dijo Inostroza mirando alarmado a Cayetano.

—No, usted no entiende —dijo Débora. Los papagayitos se agitaron colgando de sus lóbulos—. En su generación si el hombre no amaba a su mujer, se buscaba queridas, y

74

si la mujer no amaba al hombre, tenía que reprimirse nomás. Así que no creo que me entienda.

—Entiendo las concepciones liberales, soy un humanista tolerante —aclaró Inostroza sin perder la calma, luego vació de un trago la copa—. En fin, debo marcharme —dijo mirando el reloj—. Señorita...

—Señora —corrigió Débora.

—Señora, que tenga un bello día —dijo recogiendo el libro de Lukács—. Cayetano —se dirigió al detective—, la próxima vez le contaré de una novela siempre vigente: *Madame Bovary*. Mucho éxito en ese viaje, es su consagración definitiva, cosa que se merece.

Lo vieron pasar delante del escaparate con el sombrero de fieltro ligeramente inclinado, mientras el organillero tocaba un tango. Cayetano preguntó:

—¿Y por qué tan agresiva con el profe, Débora?

—De agresiva cero, Cayetano. Sencillamente siempre digo lo que pienso, y me cargan los machistas perdonavidas.

—¿Y qué piensas ahora que me marcho a Chicago?

—Que lo mejor es que no sigamos perdiendo el tiempo y nos vayamos de inmediato al Brighton para que tiremos hasta desfondar el catre, darling.

ISLA DE CHILOÉ

Enero 21, 11.30 hrs.

—¿Usted sabe lo que me está pidiendo, verdad? —preguntó Lucio a Constantino Bento mientras caminaban contra el viento por la arena ceniza de la playa. El predio daba al mar interior de Chiloé. Por el este, a la distancia, más allá del canal que separa a la isla de tierra firme, se divisaban los picos nevados de los Andes.

—Sé lo que le estoy pidiendo y por eso vine a verlo —repuso Bento y expulsó una bocanada de humo del Robusto Pyramid, que el viento disipó en seguida.

—No es fácil, y además es riesgoso —dijo Lucio con las manos en los bolsillos de su chaqueta de cuero. El viento arreciaba trayendo a ratos lluvia—. Existe un principio no escrito en el régimen cubano: quien atente contra el Comandante caerá víctima de un atentado. Lo buscarán por cielo, mar y tierra, estudiarán sus movimientos, sus rutinas y lugares predilectos, tendrán paciencia de chino, y en cuanto se descuide, plaf.

—Lo sé, no tiene para qué describírmelo, recuerde que llevo años en esto.

—Los búlgaros mataron en Londres a un traidor con un paraguas envenenado, la Stasi instaló cargas radioactivas en casas de disidentes, y la Securitate despachó a renegados vertiendo veneno en sus lentes de contacto. En fin, los ejemplos de asesinatos perfectos abundan en esa escuela.

—Estoy aquí porque usted conoce precisamente todo aquello —insistió Bento.

La madrugada los había sorprendido conversando y continuaron la plática alrededor del desayuno. La vieja de la pensión tal vez estaría alarmada por su ausencia, pensó Bento, era de esperar que no hubiese alertado a la policía por supuesta desgracia. Ahora se detenían junto a las rocas, donde la marea reventaba con estruendo y espuma y los huiros se mecían en el agua como la cabellera de una sirena dormida.

—Y no crea que esto será como en la novela *Chacal*, donde alguien se instala en una ventana con un fusil de mira telescópica a esperar que llegue el objetivo. Estamos hablando de un país donde cada metro cuadrado por donde pasa el hombre está prechequeado, chequeado y rechequeado, donde no es posible burlar a los mejores guardaespaldas del mundo, donde algo semejante a lo que le ocurrió a Kennedy, a Reagan o a Carrero Blanco sería imposible.

—Pero tiene que haber una posibilidad, la escolta no puede ser siempre perfecta.

—Mire, Bento, cada vez que el Comandante se desplaza por la ciudad, miles de hombres se instalan horas antes a lo largo de sus probables rutas. Están en azoteas, parques, cruces, puentes y túneles, y también, por si no lo sabe, en los acueductos. Miles de sujetos que durante su vida no hacen otra cosa que velar por el hombre de la barba. Nadie sabe nunca cuál ruta tomará al fin la comitiva, solo Azcárraga, el jefe de la escolta, y el propio Comandante.

Comenzaron a caminar de vuelta, esta vez el viento soplaba a su favor. En el oeste los bosques nativos formaban una pared densa, infranqueable, que a Bento le hizo recordar la manigua cubana.

—Todo esto lo sé por el general Abrantes, que durante decenios estuvo a cargo de la seguridad del Comandante y murió en la cárcel por saber demasiado. Mire, Bento —dijo Lucio en tono patriarcal—, para que el plan no fracase como Foros hay que planear algo absolutamente inimaginable para la escolta, y para eso necesito apoyo logístico.

—¿Hombres?

—Me refiero a algo que le detallaré más adelante.

—¿Puede ser más específico?

—De ninguna forma. No le revelaré mi plan a nadie, ni a usted. Es lo más seguro. Solo le queda confiar en mí. Puedo asegurarle, eso sí, que mi plan será infalible.

Cuando cumpliera el encargo, compraría un fundo al otro lado del canal, pensó Lucio, en la región de ríos, montañas y selvas, y ofrecería la aventura que buscaban los europeos hastiados de su existencia en el mundo industrial. La isla, por grande y bella que fuese era un espacio de tierra acotado del cual no podría escapar si llegaban por él. Sí, ejecutaría lo que el visitante le encargaba, aplicaría de nuevo aquello para lo cual había sido adiestrado en su juventud, y cobraría lo suyo del mismo modo en que sus antiguos camaradas habían cobrado su parte en La Habana.

—A partir de ahora quiero que solo se refiera a la operación llamándola Sargazo —agregó—. ¿Está claro? Es la primera medida que adoptaremos.

—¿Sargazo?

—Sí, como ese mar tranquilo y tibio, cuyas algas no perdonan la vida a quien cae en él.

—Está bien. Así lo haré a partir de ahora, pero dígame, ¿dónde le entrego el saldo?

—No creo en saldos. Esto se paga por adelantado —exigió Lucio clavándole sus ojos verdes—. La mitad ahora mismo, en billetes, la otra en una cuenta en Bahamas que le comunicaré más adelante. Si le gusta lo toma, si no, lo deja.

—Lo tomo, no tiene por qué preocuparse —dijo Bento con el tabaco humeando en la mano—. Yo cumpliré. Pero, dígame ¿cuál es mi garantía de que usted ejecutará el plan Sargazo?

—Su garantía es simplemente mi trayectoria —repuso Lucio y siguió caminando junto al mar encabritado.

Cuando llegaron al cuarto del hotel Brighton, Débora despidió al botones, presurosa echó llave a la puerta y abrazó a Cayetano, quien tuvo la sensación de que la periodista pasaba a un nuevo *blitzkrieg* en el cual no le quedaba más que cumplir un papel decoroso. Advirtió que sus presunciones eran fundadas en cuanto la mano diligente de la mujer, que había vuelto a Valparaíso a despedirse de él antes de que viajara al congreso de detectives privados en Estados Unidos, comenzó a soltarle el cinturón.

Valparaíso seguía envuelto en una camanchaca densa que no dejaba ver ni siquiera el cementerio emplazado en lo alto de un cerro vecino, desde donde en cada terremoto nichos y mausoleos se desploman vomitando su carga de muertos y ataúdes sobre el centro de la ciudad. Es por eso que los porteños contemplan inmutables su prolongada decadencia, pensó Cayetano, saben que nada ni nadie se va para siempre.

—No podía dejarte ir sin estar una vez más contigo, Cayetano —exclamó Débora mientras lo libraba del saco azul marino. La semana anterior habían hecho el amor en la casa del detective, tras beber y bailar en el Cinzano, pero ahora ella lo había conducido a un cuarto con catre antiguo, de barras de bronce y una gran claraboya que miraba a la bahía—. Una mañana con camanchaca es ideal para despedirse, mi amor.

No le quedó más que desprenderse del resto de la ropa y tenderla con cuidado sobre la cama de bronce. Si se iba esa noche a Chicago que al menos las prendas no se le arrugaran. Vamos, quería dejar las cosas en claro: Débora estaba bien formada y era excitante, tenía un rostro bello y dientes parejos, pero él prefería prolegómenos más graduales y espaciados, dosificados con mojitos y boleros, fuesen del Beny Moré o Bienvenido Granda, en lugar de saltar del trampolín al agua gélida.

—Por si sufres una emergencia, te traje Viagra —anunció Débora colocando un frasco sobre el velador.

—Chica, yo no necesito nada de eso.

—Eso lo dicen todos. Y después le echan la culpa al empedrado, que resulta ser siempre la mujer.

—Tal vez no quedaste feliz durante nuestro último encuentro —repuso Cayetano desde el borde de la cama, desconcertado. Se miró en el espejo de la cómoda: estaba en calzoncillos, camiseta y calcetines, y aún llevaba anteojos. Los resortes que alimentaban el deseo en la mujer seguirían siendo un enigma para él hasta la tumba.

—No estuvo mal, pero fue con gusto a poco porque bebimos demasiado —comentó Débora y se desabotonó la blusa, bajo la cual llevaba un minúsculo sostén negro de seda que apenas afincaba sus pechos—. Si necesitamos pasar a tercera o cuarta, el frasquito te ayudará. Mira que te vas a Chicago y allá las gringas tiran hasta en el metro.

Por la ventana entraba una luz deslavada, opaca. Cayetano encendió la lamparita del velador, que inundó el cuarto con un tono ambarino, acorde con lo que allí se fraguaba. En ropa interior, despojado de la prestancia que acostumbraba a exhibir ante otras mujeres, se deslizó dentro de las sábanas. Débora sonrió desde el pie de la cama mientras se quitaba la falda. Llevaba un calzón negro que resaltaba su vientre terso.

—¿Te importa si te amarro? —preguntó ella hurgando en la cartera.

—¿Amarrarme? ¿Pero vamos a hacer el amor o vas a torturarme?

—Las dos cosas. Y saca las manos de debajo de las sábanas, que te ves ridículo asomando solo el bigotazo y los anteojos. Eso es, aférrate ahora mejor a los barrotes.

Diciendo esto, Débora extrajo un par de esposas, que hicieron suponer a Cayetano que deliraba, pero el frío contacto del metal frío con sus muñecas le demostró lo contrario. Débora se sentó a horcajadas sobre él, aproximándole sus senos. Él escuchó súbitamente el clic que lo encadenaba a la cama.

—Ahora no me digas que vas a azotarme —reclamó sin convicción.

—Pero, ¿estás loco, mi amor? —repuso ella recogiéndose la melena negra. Los papagayitos se balanceaban alegres en los lóbulos de sus orejas, enmarcando su rostro. Luego se despojó del sostén y sus senos surgieron perfectos. No tardó mucho en retirarle los anteojos a Cayetano y depositarlos junto al Viagra.

—Ahora sí que ya no veo nada —comentó Cayetano.

—Usted, por ahora, no tiene nada que ver, sino sentir —afirmó ella dejando de tutearlo, empleando esa forma íntima de las chilenas a la hora del amor, y utilizó el sostén como venda.

Sumergido en las tinieblas, Cayetano percibió que lo desnudaban, pero no protestó porque los pezones de Débora comenzaron a dibujar misteriosos símbolos sobre su pecho. Lo inundó eso sí la incertidumbre porque de pronto la mujer mantenía el silencio en algún punto de ese cuarto encumbrado en lo alto de Valparaíso, cerca o lejos suyo. Aguardó desnudo, prisionero e impotente, exasperado por no ver. Sería terrible si terremoteara, pensó con alarma, caería sobre la ciudad encadenado a ese catre como los muertos caían prisioneros de sus ataúdes. Desde afuera llegó el pitazo de un barco distante, el ladrido de perros y el olor a mar.

—Deberíamos tener música de Muddy Waters —dijo Débora—. ¿Te gustan los blues?

—¿Es esto ahora una entrevista para MTV?

—Si conociera las canciones de Muddy Waters, esas que hacen mascar la soledad, me entendería. Le voy a regalar un cidí de blues para que lo lleve a Estados Unidos.

—A este paso va a darme una pulmonía y no podré ir a parte alguna —reclamó Cayetano, y maldijo el momento en que se había dejado esposar.

Le respondió el silencio y temió que Débora se hubiese marchado. Pero de pronto sintió la punta de una lengua que descendía húmeda y delicada por su cuello, y exploraba su pecho y resbalaba después ombligo abajo.

—Débora —murmuró Cayetano gozoso.

En ese instante le llegó la voz lánguida de otra mujer, que no era la de Débora y que le enderezó el asiento anunciándole que aterrizaban ya en Chicago.

Lo despertaron unos golpes a la puerta. Entreabrió los ojos sin saber dónde estaba. A través de la ventana vio la impecable línea de rascacielos de Chicago recortándose contra la noche. Recordó que tras cambiar de un Lan a un American en Miami, había arribado a O'Hare cerca de mediodía y después se había tendido a descansar un rato quedándose, por lo visto, profundamente dormido.

Debía ser Tom Depestre. Se levantó y abrió la puerta. Se encontró con dos fornidos hombres de terno, corbata y pelo corto. Uno de ellos exhibía una placa policial.

—Señor Brulé, necesitamos revisar sus valijas —dijo el de la placa.

No parecían gente voluble, por lo que los invitó a pasar. Su maleta y maletín de cabina permanecían cerrados sobre un sillón. En el velador descansaban dos botellitas de Johnny Walker vacías. Los agentes ingresaron al cuarto con desconfianza, como si temiesen una emboscada, lo que a Cayetano le resultó exagerado.

—¿No la ha abierto aún, verdad? —preguntó el de la placa indicando hacia la maleta. Hablaba un español pasable y gozaba, al igual que su compañero, del impecable estado físico de los agentes del FBI en las películas de Hollywood.

—No.

—Sírvase abrirla, por favor.

La abrió con desgana de par en par.

—¿Usted mismo hizo su maleta en Chile?

—Así es.

—¿No se alejó en ningún momento de ella?

—Solo cuando la despaché en el aeropuerto.

El otro se calzó unos guantes de cuero y comenzó a examinar la maleta con aire rutinario.

—¿Se puede saber qué buscan? —preguntó Cayetano.

No le respondieron.

De pronto el intruso extrajo del fondo de la maleta un paquete del tamaño de un libro, cuidadosamente amarrado con un cordel y envuelto en un sobre plástico. Cayetano no recordaba haberlo colocado en el equipaje. Los agentes se miraron entre sí y el que hablaba español asintió con un movimiento de cabeza.

—Abra eso, por favor —ordenó—. Pero sobre el escritorio.

Las manos de Cayetano depositaron el paquete bajo la lamparita encendida del escritorio. Al otro lado de la ventana la ciudad parecía desolada. Al rasgar el plástico y retirar el papel encontró otra bolsa, de celofán.

—Ábrala —ordenó el de la placa. El de guantes se mantenía a unos pasos, detrás de Cayetano, fuera de su alcance visual.

Cuando el polvo se derramó sobre la superficie de vidrio, el agente se untó con saliva el índice y lo probó.

—Alta pureza, señor Brulé, excelente suministrador —dijo burlón—. Está detenido. Todo lo que diga a partir de ahora puede perjudicarlo. ¿Para quién era el paquete?

Cayetano sintió que se le aflojaba el estómago. Escuchó ensimismado que el agente repetía la pregunta y trató de recordar cuándo se había apartado de la maleta. Quien le plantó el paquete, lo había hecho después de que él despachara el equipaje en Santiago.

—Oficial, no tengo nada que ver con esto, créame —aseguró—. Solo vine a un congreso de detectives privados, que se inaugura mañana en el Hilton de la Michigan Avenue.

—¿Congreso de detectives privados en el Hilton de la Michigan Avenue?

El otro cogió el teléfono y pidió a la operadora que lo comunicara con el hotel.

—*There is no such congress in that hotel* —dijo el del teléfono mientras colgaba.

—Ya ve usted, señor Brulé. No mienta, no hay congreso de detectives en esta ciudad.

—Pero, oficial, soy invitado de honor de América Latina —afirmó con la esperanza de remediar el malentendido—. Me invitaron a mí y a varios colegas. Vea la invitación.

Tras leerla, el agente le dictó a su colega el teléfono que aparecía al final del texto.

El otro escuchó el audífono con rostro imperturbable, y dijo:

—No existe ese número, señor.

—Inténtelo entonces con este otro —sugirió Cayetano ya lívido y extendió la tarjeta de Tom Depestre. Al menos él podría defenderlo. A esa hora estaría en casa.

—Este es de un MacDonald's del barrio italiano —anunció al rato el otro a su espalda.

Sintió que un sudor frío le cubría la frente y las manos; no le quedó más que sentarse cabizbajo al borde de la cama. Comenzó a limpiar con el pañuelo los cristales de sus anteojos en busca de consuelo.

—No necesito advertirle lo delicado de su situación, señor Brulé —escuchó decir—. Tiene dos alternativas: colabora con nosotros y negociamos una rebaja de la pena por tráfico de drogas, o sigue intentando burlarse de nosotros y se va a Florida.

—¿A Florida?

—Sí, a brindarle compañía vitalicia al general Manuel Antonio Noriega, siete pisos bajo tierra.

ENERO 21, 15. 30 hrs.

Pese a los sinsabores y altibajos, la vida le había deparado una segunda oportunidad, admitió Joseph Richter cuando subió los peldaños de la estación del metro que conducen al Alexanderplatz. Sobre la vasta explanada de concreto enmarcada por edificios de la época comunista soplaba el viento y yacía nieve sucia. Pocas cosas le resultaban más deprimentes que la nieve de varios días en una ciudad, se dijo recordando con deleite la nieve intocada de su jardín en Bernau, en las afueras de Berlín. Con el rostro huesudo y demacrado de las esculturas de Ernst Barlach, el hombre caminó al pequeño barrio medieval donde tenía su oficina de equipos de seguridad. Por los aires del Nikolaiviertel le llegó el aroma de *Bockwurst* que asaban en un quiosco y pidió una con mucha mostaza. No había almorzado ese día por instalar una alarma en un departamento de Pankow, barrio que hasta 1989 ocupaban funcionarios del partido y del régimen anterior, y que ahora congrega a profesionales y artistas de éxito.

Era indudable que la vida le sonreía, se dijo Richter reconfortado por la salchicha. Bien pudo haber terminado como un mendigo tras la disolución de la Stasi, a la que había servido en el regimiento Félix Dzerjinsky, la unidad especializada en proteger las fronteras y a los líderes del SED. Su mujer también había sufrido lo mismo porque en la Stasi se dedicaba al contraespionaje.

Erich Mielke, el ex ministro de la seguridad del Estado y ex jefe de su mujer, había muerto en 1991, pero no lo habían enterrado en el cementerio de Friedrichsfelde, junto a comunistas ilustres como Rosa Luxemburgo y Karl Liebknecht. Los mismos que durante decenios vitorearon enardecidos a Honecker y a Mielke, ahora renegaban de ellos. Jamás olvidaría los años de vejámenes durante los cuales él y Melanie vivieron ocultos temiendo que la chusma exigiese sus cabezas.

En un momento pensó incluso en emigrar a Chile, al igual que Erich Honecker. Chile siempre había ofrecido refugio a los alemanes. En el siglo diecinueve miles de alemanes colonizaron el sur del país huyendo de la miseria e inestabilidad que azotaba al viejo continente, y durante el régimen nazi muchos encontraron allá también asilo. Después de 1945 fueron los criminales nazis fugitivos quienes arribaron a Chile y se refugiaron en la Patagonia. Y, en los noventa, tras el derrumbe del Muro de Berlín y del socialismo alemán, el país sudamericano volvió a abrir sus puertas a ex importantes funcionarios comunistas, los que bajo la dictadura de Augusto Pinochet habían recibido a su vez con los brazos abiertos al exilio chileno.

Richter tomó la Rathausstrasse, cruzó frente al balcón de ladrillo del histórico Rotes Rathaus y caminó por entre las fachadas de la estrecha Am Nussbaum. Sí, habría tenido que escapar al sur, se repitió una vez más, pero la suerte le había sonreído en Alemania cuando menos se la esperaba, y por eso le guardaba eterna gratitud a Gert Roehmer.

—No me interesa si fue comunista o disidente, señor Richter, a mí la política me tiene sin cuidado —le dijo en 1995 el empresario de Colonia—. Vine a Berlín Este a vender equipos de seguridad coreanos; necesito a alguien que conozca el negocio y quiera sacrificarse.

Estaban en una cafetería de la estación Friedrich-strasse, un local pasado a cigarrillos, que se estremecía con el arribo de cada tren. El desempleo crecía y él estaba dispuesto a realizar cualquier trabajo para sobrevivir, la nueva burocracia le impedía cobrar el salario a un ex miembro de la Stasi, «escudo y espada del partido».

—Agradezco su confianza, señor Boehmer, pero fui miembro del regimiento Dzerjinsky y de la seguridad del Estado —insistió Richter acariciando con las yemas la taza de espresso a la turca—. No quiero que usted se entere después de eso.

—Estamos en una Alemania nueva, Richter —afirmó el empresario con mirada franca y convincente—. La ideología ya no cuenta, solo sus conocimientos. Necesito a alguien que amplíe mis actividades en la antigua Alemania oriental.

En realidad después de la Segunda Guerra Mundial la CIA había creado de la misma forma la agencia de espionaje germano-occidental, recordó Richter. Los norteamericanos contrataron a espías del ejército nazi especializados en la Unión Soviética, los agruparon en la Organization Gehlen y las cuentas se saldaron a través de un contrato que les imponía entregar la información al nuevo amo. Mientras un tren hacía cimbrar la estructura del edificio, Richter recordó que el mismo principio había salvado en 1989 a Alexander Schalk-Golodowski, el encargado de comercio exterior de la ex República Democrática Alemana. Decían que Schalk-Golodowski vivía ahora como millonario en una mansión frente a un lago bávaro y contaba con una protección espúrea, que solo podía emerger del BND, el espionaje germano-occidental. Y como si eso fuera poco, se rumoreaba que hasta Markus Wolf, el legendario ex jefe de espías de la Stasi, había vendido información a servicios de inteligencia y a una casa editorial para mantener su estilo de vida. Por eso, él, Joseph Richter, no debía sentirse culpable en ningún sentido, él solo empleaba sus conocimientos técnicos para sobrevivir bajo las nuevas circunstancias.

Entró a la oficina y encontró a Melanie colando café. Sí, la vida se mostraba benevolente con él. Tenía una mujer leal, sana y disciplinada, y un trabajo que, si bien no lo haría millonario, le ofrecía perspectivas y era seguro. Además, el vecindario de Bernau ya lo había perdonado. Sí, la vida le sonreía, pese a todo, se dijo contemplando la salita con el amoblado simple y las reproducciones baratas de Heinrich Zille que le servía de oficina en ese edificio céntrico. Richter colgó su abrigo detrás de la puerta y se sentó al computador. Melanie le trajo el café. Era una mujer de cuerpo frágil y rostro resignado.

—Gracias, tesoro —dijo Richter dirigiéndole una sonrisa—. ¿Alguna novedad?

—Llegó el pago de la instalación que hiciste en la Schoenhauser Allee.

—Ya era tiempo. Ahora sí nos vamos este verano a Samos a coger sol, comer pulpos y beber ouzo.

—Además te llamó un extranjero —continuó Melanie como si no hubiese oído. La promesa del viaje a la isla griega era tan antigua como la firma para la cual trabajaban—. Dijo que volverá a llamarte.

—¿No era el turco Hassad? —preguntó Richter con un sobre de sacarina en las manos.

—No, no lo era. Dijo llamarse Lucio Ross.

Valparaíso

Enero 23, 12.05 hrs

Lucio hizo tres cosas antes de cerrar con llave la casa en la isla de Chiloé y embarcarse en un bus de la Varmont con destino a Valparaíso: llamó por teléfono a Joseph Richter a Berlín para anunciarle su inminente llegada a esa ciudad, se comunicó con Boris Malévich para pedirle posada en San Petersburgo, y solicitó una cita en el Banco Londres de Valparaíso para alquilar un depósito de seguridad. Después introdujo en su flamante mochila verde olivo los dólares entregados por Constantino Bento. En un maletín de mano ropa gruesa para el invierno europeo y las lociones antialérgicas sin las cuales no podía vivir.

En la mañana las cosas habían marchado sin contratiempos. Una vez que hubo firmado los respectivos documentos y pagado por adelantado dos años de alquiler, la ejecutiva del banco lo condujo por una escalera de mármol hacia un subterráneo vigilado por cámaras, donde le enseñó su caja de seguridad y lo dejó solo en el frío húmedo. Lucio extrajo de la mochila bolsas con parte de su anticipo en dólares y las introdujo en la caja. Después cerró con llave la puerta metálica y volvió a la gran sala de mármol, donde colgaban inmensas lámparas art déco y la luminosidad se filtraba por los ventanales de cristal. El banco era un magnífico edificio que en el siglo diecinueve, cuando Valparaíso era la ciudad más próspera del Pacífico, había sido traído por partes desde

92

Inglaterra. Más tarde Lucio salió a la calle Prat y se dirigió al pub Piedra Feliz, ubicado frente al puerto.

En el local lo recibió una gigantografía de Vladimir Ilich Lenin, mirándolo desde lo alto de una pared con ojos fieros. En la barra centenaria de pino de Oregón, lo aguardaba Luiggi Mansilla bebiendo una copa de pisco *sour*.

Mansilla no disponía de un historial limpio, pero a esas alturas Lucio tampoco pretendía separar la paja del grano. Delgado, pálido, con un mechón de pelo rebelde sobre la frente, una boca que sonreía de lado y le brindaba un aire cínico; a los sesenta años, siempre de ambo y corbata, Mansilla parecía un personaje honorable, un cajero de banco recatado o un contador discreto, pero en verdad era un delincuente. Nada en su aspecto revelaba su verdadera actividad, la de reducidor de documentos. Los compraba a carteristas que los sustraían en Valparaíso a viajeros, que recalaban a bordo de trasatlánticos, que solo constataban el robo cuando se encontraban en alta mar y no podían estampar ya denuncia alguna. Por ello, la Interpol tardaba meses en circular sus pasaportes como robados.

—Necesito dos pasaportes —dijo Lucio tras ordenar un pisco sour. Estaban en un extremo de la barra. Conocía a Luiggi Mansilla de la época de la dictadura militar, cuando prestaba servicios semejantes, contra honorarios, desde luego, a izquierdistas perseguidos—. Es para hoy, pero tienen que estar limpios. Y con mi foto.

—Para entrar a Estados Unidos ya no hay pasaporte falso que valga, solo los norteamericanos, y esos son infalsificables —aclaró Mansilla. Llevaba un grueso anillo de oro con iniciales en su mano derecha y tenía una verruga en una mejilla—. Con los documentos fisiométricos el asunto se acabó.

—No voy a Estados Unidos.

—¿Circulación solamente continental?

—También por Europa.

El mozo les preguntó si les apetecían empanadas de mariscos o bien machas al hervor. Mansilla pidió las empanadas, y Lucio una botella de agua con gas.

—En ese caso al amigo le convienen pasaportes de Venezuela o El Salvador —aclaró Mansilla—. No son tan caros y admiten el reemplazo de la foto. Salen a dos mil cada uno.

—¿Limpios?

—Absolutamente.

Acordaron una rebaja de precio y quedaron en reunirse tres horas más tarde en lo que Mansilla denominaba el «laboratorio», una casa del cerro Los Placeres cercana a la Universidad del Mar, donde el hombre se encargaría de fotografiarlo y suministrarle los pasaportes.

Al salir del Piedra Feliz, Lucio caminó por el centro financiero de Valparaíso, subió al funicular del cerro Concepción y ascendió en él por la empinada ladera. Aquella ciudad solía recordarle la visita de Fidel Castro a Chile en 1971, cuando Salvador Allende presidía el gobierno socialista. Lucio estudiaba sociología, militaba en el MIR de Rancagua y había pasado cursos de entrenamiento guerrillero en la base de Punto Cero, cerca de La Habana. Después del discurso del máximo líder en la plaza de la Intendencia de la ciudad, un hombre de Tropas Especiales cubanas lo invitó a volver a La Habana, donde meses después lo reclutó y envió al Departamento de Operaciones Especiales, un cuerpo de élite de 2.500 hombres que tiene su sede en Miramar. Allá se encontró un día a José Abrantes, jefe de la escolta de Castro, futuro ministro del Interior y después su jefe inmediato en el departamento MC, que se ocupaba de burlar el embargo estadounidense.

Allí había comenzado su compromiso con la revolución cubana.

Sí, la ciudad de Valparaíso, que emergía bajo sus pies mientras el funicular traqueteaba cerro arriba, era el origen de su aventura en los trópicos y, en cierta forma, la causa última de su planeada misión en La Habana.

Mientras caminaba por el Gervasoni mirando la bahía con sus barcos y las casas encaramadas en los cerros, recordó que su retorno a Chile, a comienzos de los noventa se inscribía dentro del PGP, un plan secreto de La Habana para convertir al país sudamericano en una playa de desembarque de sus funcionarios una vez derribado el régimen socialista. No había advertido el sentido original de la operación porque en un inicio parecía destinada a fortalecer a la izquierda latinoamericana, pero lentamente fue descubriendo lo que los dirigentes cubanos procuraban: un refugio para cuando en La Habana estallasen protestas similares a las que habían sepultado el comunismo en Varsovia, Bucarest, Berlín y Praga. Mientras el Comandante reiteraba su consigna de «patria o muerte», ciertos líderes preparaban una discreta huida a Chile, país lejano, estable y próspero, donde invertirían y se atrincherarían contra los pedidos de extradición del gobierno que surgiese después del castrismo.

Rompió con aquello la noche en que descubrió la verdad: a él y otros hombres de confianza los enviaban a Chile para que invirtiesen recursos estatales cubanos a título personal, cultivasen nexos con círculos económicos y políticos y adquiriesen grandes propiedades y acciones millonarias. Debían ir cosechando gradualmente simpatías entre la izquierda y la derecha, a los primeros debían ofrecerles la utopía, a los otros apetitosas oportunidades en la isla. Al cabo del tiempo, cuando la oposición llegase al poder, los antiguos dirigentes y esos fondos se habrían hecho humo, y serían inalcanzables para La Habana, gracias a un impecable tejido de contactos en el último rincón del mundo. Era lo que círculos de inteligencia denominaban el Plan Gran Piedra, en referencia al pico Gran Piedra, el punto secreto de la Sierra Maestra donde los dirigentes se replegarían para reorganizarse en caso de que fracasara, como fracasó, el ataque al Cuartel Moncada, del 26 de julio de 1953, dirigido por Fidel Castro.

—No terminaremos como Ceaucescu ni como porteros ni choferes de ministerios, ni menos desempleados —le respondió a Lucio su contacto en Chile, miembro también del PGP, al escuchar sus dudas sobre la consistencia moral del plan—. ¿Crees que pusimos en juego nuestros cojones y nos la comimos durante medio siglo para terminar como los ex funcionarios de la RDA o Bulgaria, hoy parias a quien nadie saluda?

—Pero lo que dices no tiene nada que ver con la causa por la cual murió y se sacrificó tanta gente —reclamó Lucio. Estaban en un exclusivo restaurante francés del barrio Providencia saboreando ostras con un vino blanco inolvidable—. ¿No te das cuenta de que solo somos pantallas para transferir ilegalmente de la isla recursos estatales?

—Estamos replegándonos al fin del mundo como Fidel se replegó al Gran Piedra. Aquí debemos acumular recursos y enfrentar la bajamar de la marea revolucionaria mundial.

—¿La bajamar?

—A lo largo de la historia, el movimiento revolucionario ha enfrentado coyunturas de pleamar y bajamar —dijo a Lucio su camarada mientras apartaba una concha y sumergía los dedos en el aguamanil. También era miembro de Tropas Especiales y en Chile se proyectaba como empresario de éxito fulgurante—. Hay épocas de pleamar, piensa en la Rusia de 1917 o los años sesenta en América Latina y África, y épocas de bajamar, como ahora. Y a nosotros, como revolucionarios —hizo una pausa para beber el vino con gesto cardenalicio—, nos toca la responsabilidad de conducir el repliegue ordenado. La historia exige que acumulemos fuerzas y recursos para la próxima oleada revolucionaria que llegará con la certeza con la que el sol sale cada mañana por el este.

—Vamos a estar requete viejos cuando ese día llegue.

El otro cogió un cuchillo para desprender una ostra de su lecho nacarado, y agregó:

—Veo que perdiste el optimismo histórico que caracteriza al revolucionario.

—Creo más bien que perdimos la brújula. ¿El Comandante está al tanto de todo?

—Un hombre de Tropas Especiales no pregunta por el sentido de las órdenes, solo las cumple. Y ten cuidado —dijo apuntando a Lucio con el chuchillo—. No me gustan los revolucionarios desmoralizados, se convierten en los peores traidores. Pero por la misión y la historia que nos une, te voy a proponer algo.

—Tú dirás...

—Que acordemos que esta conversación nunca tuvo lugar.

Y Lucio cumplió su palabra, recordaba ahora caminando hacia el Tomás Sommerscales mientras el sol arrebataba reverberaciones a la superficie lisa del Pacífico y a las casas revestidas con láminas de zinc. Sí, él había cumplido, se dijo frente al magnífico hotel en que alojaba, no así su camarada. Semanas más tarde perdió todo contacto con él. Un inesperado cheque al portador consumió sus reservas de sobregiro y su cuenta bancaria dejó de recibir los fondos para invertir en Chile. Lo perdió todo en horas a causa de las deudas que había contraído y estuvo a punto de ir a la cárcel. Se había retirado solo con lo puesto y unos ahorros que le permitieron comprar el terreno en Chiloé. Sí, aceptar la misión de Constantino Bento estaba plenamente justificado. Tal como le había dicho su ex camarada en el restaurante francés, ellos eran profesionales serios, que obedecían sin preguntar demasiado. Ingresó al hotel recordando que pronto viajaría a Berlín.

CHICAGO

ENERO 23, 12.30 hrs.

Cayetano despertó lentamente en una sala de contornos imprecisos y silencio de ultratumba. Del cielo un tubo fluorescente protegido con malla irradiaba una luz mortecina. Volteó su cuerpo en la cama dura y estrecha y sobre un velador vio sus anteojos. Se los calzó con manos temblorosas. Recién ahora pudo distinguir una mesa con dos sillas, una puerta metálica con botones en lugar de chapa, y una ventana con vidrio reflectante opalino, a través de la cual seguramente lo espiaban.

Se sentó en el borde de la cama con las piernas colgando. Llevaba aún la chaqueta azul marino, pero le habían despojado de la corbata y los cordones de los zapatos para que no se suicidara. Trató de ordenar sus pensamientos. Estaba mareado y le pesaba la cabeza. Lo último que recordaba era la escena de los agentes que lo interrogaban en el hotel. ¿Era cierto todo aquello o solo soñaba?

Comenzó a enhebrar sus recuerdos: Débora, Suzukito y el profesor Inostroza en el Riquet, la invitación de Depestre extendida en la Casa de Suecia, el viaje para asistir al congreso, la inexistencia de Depestre y de la International Detective Association de Chicago. Sí, Débora lo había llevado en carro al aeropuerto de Santiago, donde se habían despedido. Aún la recordaba diciéndole que lo aguardaría con ansias y nuevas sorpresas, prometiéndole más encuentros apasionados entre las sábanas, besándolo y abrazándolo sin pudor frente a las cabinas de inmigración.

Y ahora estaba preso en esa sala, en una situación delicada, con policías que le consideraban un narcotraficante. La puerta metálica se abrió con un sonido eléctrico y dejó entrar al agente que lo había interrogado en el hotel.

—Puede llamarme Ismael —dijo el agente antes de sentarse a una silla. Traía un bloc de apuntes, que dejó sobre la mesa, y tenía suelto el nudo de la corbata y el cuello de la camisa desabotonado.

—Bien, Ismael, quiero irme de aquí ahora mismo —dijo Cayetano.

Ismael sonrió y dijo:

—Me da la impresión de que usted aún no calibra en lo que está metido, señor Brulé.

—No tengo nada que ver con la droga esa.

—Eso lo dicen todos —aseveró Ismael y comenzó a hojear el bloc con páginas garabateadas—. Sea original, por lo menos.

—Ya le dije. Vine a participar en una conferencia internacional...

—...que no existe. Déjese de estupideces, señor Brulé. No hay congreso de detectives aquí, no existen la IDA ni Depestre. Mejor confiese para que no perdamos tiempo.

Cayetano posó los pies sobre el piso, intentó caminar, pero volvió a apoyarse en la cama. Sentía las rodillas aguadas y no lograba coordinar los movimientos. Si hubiese intentado propinarle un puñetazo a Ismael, algo que hubiese hecho con el mayor placer del universo, no habría podido porque no lograba articular los movimientos. ¿Cómo era posible que agentes de la ley lo drogaran? Intuyó con tristeza que desde los atentados terroristas

100

del 2001, desde aquellas escenas infernales en que los aviones de pasajeros se incrustaban y estallaban convertidos en bolas de fuego y las Torres Gemelas caían derrumbadas como un diabólico juego de dominó sobre el centro de Manhattan, las cosas habían cambiado drásticamente y para siempre en Estados Unidos.

—Usted se está metiendo en líos conmigo —afirmó Cayetano acariciándose las puntas del bigotazo en el borde de la cama.

—¿Ah, sí?

—Me ha secuestrado y soy ciudadano naturalizado.

—Usted viaja a veces con pasaporte estadounidense y a veces con uno chileno. Eso es ilegal y habría que retirarle nuestro documento, señor Brulé.

—Si usted sigue manteniéndome secuestrado, cuando salga voy a secarlo a usted en la cárcel. Necesito un abogado, es mi derecho.

—Su situación es demasiado grave como para bravuconear. Mejor díganos quién le entregó la cocaína.

—Ya le dije. No sé nada de nada. Soy un tipo decente y bien intencionado.

—Entonces va a quedarse años sin derechos, señor Brulé.

—¿Cómo? —volvió a ponerse de pie, pero no pudo alejarse de la cama. El piso flameaba como una bandera al viento e Ismael continuaba sentado allí, de piernas cruzadas, mirándolo a veces a los ojos, a veces examinando el bloc de apuntes—. ¿Cómo dijo?

—Que va a quedarse por años sin derechos ni juicio —repitió Ismael—. ¿Sabe por qué?

—Vamos a ver qué estupidez me endilga ahora.

—Ya averiguamos quién esperaba por usted en el Hilton.

—Pues saben más que yo.

—El tipo, además de que está confeso, lo involucra a usted.

—¿A mí? Si yo no tengo nada que ver en todo esto —dijo Cayetano y se afincó los lentes sobre la nariz.

—Usted es un tipo afortunado, señor Brulé —anunció Ismael con sonrisa gélida—. Ya no irá a acompañar al general Noriega a Miami. Como su contacto es un árabe vinculado a Al Qaeda, se marchará al calor de nuestra base en Guantánamo, donde lo reuniremos con otros miserables como usted.

PUNTA ICACOS

El *Orca* es el yate del Comandante. Se trata de una nave blanca y moderna, con camarotes de igual color y una cocina amplia, donde el Comandante cocina pasta italiana a ciertos invitados, tiene además, dos sillones para la pesca de la aguja. Lo adquirió en los años noventa, reemplazando así al *Megalodón*, que había comprado en Italia en 1970 y que fue hundido frente a Varadero para que no fuese a dar a manos extrañas. Con el *Orca* el Comandante acude a los sitios donde antiguamente practicaba buceo, su deporte favorito y la pesadilla de la escolta, siempre temerosa de un atentado submarino. El *Orca* es sometido en forma periódica a mantención y restauración en un hangar de Marina Gaviota, ubicada en Punta Icacos, y fondea en aguas vigiladas celosamente por naves guardafronteras.

A menudo el destino del yate es Cayo Amarillo. El lugar cuenta con una estructura de fierro gigantesca que impide el paso de los tiburones y hombres ranas tácticos para que el Comandante pueda nadar seguro. En un extremo de Cayo Amarillo se encuentra una casa para huéspedes y en el otro la del líder, que es a su vez una réplica exacta de la vivienda que tiene en el barrio de Vista Alegre, en Santiago de Cuba, las que nunca son ocupadas por otras personas. Ambas viviendas y el *Orca* son espiados regularmente por satélites y, desde escasa distancia, por aviones no pilotados Predator, de Estados Unidos.

Aquella tarde la nave venía de regreso de Cayo Amarillo bajo el mando de su capitán, Kike Terminale, pero sin el Comandante, que sostenía reuniones en La Habana. En cambio viajaban en ella el ministro del Interior y Romeo. Mientras en la cocina un chef preparaba un pargo al horno, que los hombres del ministerio planeaban servirse con un vino de primera enviado por un viñatero chileno, amigo del mandatario.

Contemplando el horizonte, el ministro le dijo a Romeo:

—De la Serna selló su destino al no cooperar. El cuerpo de generales lo condenará a muerte. El Comandante está enfurecido, porque no solo conspiró aliándose con la contrarrevolución de Miami y la CIA, sino que también con narcotraficantes colombianos. Si los guardacostas estadounidenses hubiesen detenido a De la Serna durante sus encuentros en alta mar, lo habrían utilizado como pretexto para justificar una invasión inmediata de la isla.

—La decisión del cuerpo de generales aliviará la atmósfera —comentó Romeo.

—Una vez que Fidel termine la reestructuración del Departamento de Operaciones Especiales, volverá la calma —dijo el ministro con una cerveza en la mano.

Iban sentados en la popa recibiendo el fresco de la tarde después de haber recogido un archivo del Comandante que estaba en la casa de Cayo Amarillo. Dadas las circunstancias, el líder prefería almacenar su información confidencial en una casa de Jaimanitas. El *Orca* iba dejando una estela turbulenta y alegre, que la marea borraba juguetona bajo el cielo despejado. Por el oeste levitaban unos algodones teñidos de ámbar.

—Pero también tengo una misión para ti, Romeo —dijo de pronto el ministro.

—Usted dirá.

—Debes marcharte cuanto antes a Estados Unidos, porque le perdimos la pista a Constantino Bento. Tienes que hallarlo y hacerle pagar por su papel en el complot.

—El asunto es simple, señor Brulé —dijo Chuck—. O usted colabora con nosotros y nosotros dejamos caer la acusación en contra suya, o Ismael se hace cargo de usted por tráfico de cocaína. Usted decide.

—Y colaborar debo entenderlo como aceptación de sus condiciones, ¿verdad?

—Si usted prefiere llamarlo así.

Sobre Chicago flotaba pesada la noche; había dejado de nevar. Cayetano y Chuck viajaban en el compartimento hermético trasero de una Ford Expedition negra con vidrios calobares, que conducía un gigantón de cuello grueso y cabellera rasurada. El Lake Shore Drive se perdía en el sur, interrumpido a trechos por la luz de los semáforos. A la izquierda, reducido a una negrura espesa, estaba el lago Michigan y a la derecha, por encima de las copas desnudas del Grant Park, asomaba nítida la línea de rascacielos.

—¿Le gustan los blues? —preguntó Chuck colocando un CD de B.B. King en la radio de la consola que separaba sus butacas.

Chuck era un tipo blanco, de ojos cafés y cabellera corta y oscura. Por sus venas circulaba tal vez sangre latina, pensó Cayetano. Lo grave era que estaba convencido de que todo cuanto hacía en nombre de su país era justo, necesario y correcto, y por eso no le merecía reparos que lo hubiesen mantenido incomunicado durante tres días en una cárcel clandestina. Y a esto se añadía que era demasiado joven para estar al mando de lo que estaba a cargo.

—Soy más bien de boleros —precisó.

—Es música de viejos, pero tiene su cosa.

Después de unos aplausos, la guitarra de B.B. King arrancó preparando la entrada de su voz lánguida. La Expedition viró lento hacia el este, tomó por una calle de edificios antiguos con tiendas; tras cruzar un puente entró a un barrio con avenidas anchas, casas bajas y coches abandonados. En minutos la faz moderna de Chicago se había tornado un barrio del Tercer Mundo.

—Nos sigue un carro —dijo Cayetano.

—Ignórelo —ordenó Chuck y la Expedition se detuvo en la desolada playa de estacionamiento de unas bodegas—. Póngase este abrigo, y salgamos.

Afuera Cayetano sintió que el frío le horadaba las orejas, pero agradeció el abrigo que le quedaba a la medida. El otro vehículo se mantenía a distancia, encandilándolos con las luces altas. Echaron a caminar por una calle en penumbras, los vehículos detrás de ellos.

—¿Está de acuerdo entonces? —preguntó Chuck. Iba con el cuello del abrigo en ristre y las manos en los bolsillos.

—¿Qué otro camino me queda?

—Ya le dije: rechazar la oferta y vivir *per sécula* detrás de rejas.

—Ya ve, no me queda más que aceptar.

—Pero que sea una colaboración constructiva. Si nos engaña, usted sabe, disponemos de una mano larga que no lo dejará en paz.

El rumor ronco y las luces de las Expedition los seguían.

—Fíjese, Chuck —dijo Cayetano—, acepto pero a sabiendas de que no cometí delito alguno y que ustedes me tendieron la celada para chantajearme.

Se detuvo en medio de la noche a contemplar una fuente de soda encallada en la década del cuarenta, cuyas amplias vidrieras formaban una punta de diamante. Era un oasis de claridad en ese barrio desolado. Se llamaba Phillies. A través de los cristales divisó a una pareja que bebía café en la barra. Desde un extremo un hombre de terno azul y sombrero, vestido igual que el acompañante de la mujer, los contemplaba mientras un mozo de delantal y gorrita lavaba platos. La escena le recordó a Cayetano un local que creía haber visto antes en alguna parte, pero que no acertaba a identificar.

—Me plantaron el paquete y ahora me dicen que escoja —reclamó—. Ustedes atacan como halcones en la oscuridad.

—Todos somos halcones en algún momento de la vida, señor Brulé. Pero lo que le ofrezco no implica mancharse las manos con sangre —insistió Chuck mirando a la mujer de la barra, una pelirroja de rostro pálido y vestido rojo—. Se trata de impedir un atentado contra Fidel Castro, algo que debería apoyar, según lo que sabemos de usted.

—¿Y desde cuándo el Comandante es aliado suyo?

—No es aliado, pero temporalmente coincidimos con él, señor Brulé. Eso es todo. ¿No le parece loable desbaratar un crimen político?

—Los crímenes en general me causan náusea —repuso Cayetano. Seguían detenidos en medio del frío, frente al Phillies—. Hasta los tiranos merecen un juicio justo. Pero, dígame: ¿cómo saben que hay una conspiración para asesinarlo?

—Por algo simple. La principal organización anticastrista, que acaba de fracasar en su intento de apartarlo del poder, sacó misteriosamente un millón de dólares en efectivo de sus cuentas. Esa suma solo puede estar destinada a financiar el asesinato del Comandante. Y nosotros debemos impedirlo. Usted no puede negarse a ayudarnos a dar con el mercenario que Restauración Democrática debe haber contratado.

—Nada bueno surge mediante asesinatos, así que ese no es el problema, Chuck. Mi asunto es la forma sucia e indigna en que intentan reclutarme.

—A mí tampoco me gusta este estilo, señor Brulé, pero cuando cayó en mis manos su expediente, intuí que usted era el hombre ideal.

—¿Por qué?

—Porque dispone de fuentes propias y de experiencia callejera cotidiana. Digamos que su metodología atípica nos atrae poderosamente.

—Como proletario de la investigación, me bato con lo que tenga a mano —afirmó Cayetano temblando de frío—. Eso implica ser camaleón y contar con una red de gente de confianza, que no cobre. Pero su respuesta aún no me aclara todo.

—Voy a ser más directo entonces: el hombre que nos interesa es un cubano como usted y se nos extravió en Chile, país donde usted vive. Queremos saber por qué un millonario cubano que sueña con liquidar al Comandante se va a Chile, y no a Cuba. ¿Pasamos?

Entraron al Phillies y se sentaron de espalda a la calle, donde aguardaban las Expedition. La mujer se pintaba los labios con un rojo intenso como el vestido. Su compañero escrutó a Cayetano fugazmente, mientras el otro hombre, sentado a la izquierda de Chuck, contemplaba ensimismado su taza vacía. A falta de *espresso*, Cayetano y Chuck ordenaron café *americano*. De una radio llegaba la voz de Billie Holiday.

—¿Y qué garantías tengo de que esto vaya en serio? —preguntó Cayetano.

—¿Y qué cree? ¿Que estoy aquí jugando a los bandidos? ¿No se ha preguntado por qué pude rescatarlo de las garras de Ismael y traerlo hasta aquí en un carro oficial?

El mozo puso las tazas sobre la barra y retiró el salero y el pimentero.

—Y si no averiguo la razón por la cual Bento viajó al último confín del mundo, ¿entonces qué? —preguntó Cayetano endulzando el café.

—Nos basta con que realice una labor concienzuda y meticulosa, como la que suele hacer. Es todo lo que necesitamos.

Cayetano admitió que era preferible estar en el Phillies negociando con Chuck Morgan a soportar un cautiverio indefinido en Guantánamo.

—Si firma ahora, le entrego de inmediato una tarjeta con una generosa línea de crédito —dijo Chuck extrayendo de su saco pliegos impresos—. Es para sus gastos. Basta con que sepa justificarlos razonablemente.

—¿Habla en serio?

—Y aquí tiene un número telefónico —agregó Chuck al entregarle un pliego—. Da lo mismo dónde se encuentre, mediante este número siempre estará en contacto con nosotros. Y ahora solo queda que estampe su firma aquí.

Cayetano examinó el documento. En rigor era una declaración oficial suya.

—¡Pero aquí me autoinculpo como narcotraficante! —reclamó.

—Arrojaré ese papel a mi chimenea en cuanto usted cumpla su parte —dijo Chuck, y Cayetano creyó advertir que intercambiaba una mirada furtiva con los hombres de terno y sombrero—. Si firma ahora, le doy la tarjeta, sus documentos y su libertad y después puede salir con esa dama, que lo mira desde hace rato. Pero si firma y luego nos defrauda, sepa que seremos implacables. Vamos, señor Brulé, la noche de Chicago es joven aún.

BERLÍN

Lucio miró por la ventanilla del Embraer RJ-145 de LOT que despegaba en su vuelo diario a Varsovia, y buscó inconscientemente el antiguo trazo limpio y claro del muro que dividía a Berlín. Pero el Muro había caído en 1989, pertenecía a la historia, y muchos jóvenes ni siquiera sabían ya que había existido.

En el fondo, le dolía su desaparición, asociaba ese muro, que serpenteaba en forma sinuosa o avanzaba en línea recta dejando una franja desierta como cicatriz en medio de la ciudad, con su juventud e ideales políticos de entonces. ¿Cuánta gente había sido acribillada tratando de atravesarlo y cuánta procurando defender su significado en lejanos campos de batalla, donde los dos sistemas libraron guerras por el control del mundo? Pocos podrían entender los sentimientos que el Muro despertaba en su alma, pero en rigor ahora no debía sentir nada, porque todo aquello carecía ya de sentido.

Tal vez su ex camarada chileno, ahora un potentado, había tenido razón en la última conversación en el restaurante de la capital chilena: eran simples profesionales que cumplían órdenes superiores sin cuestionarse contenidos. El otro había comprendido temprano que la utopía social, posibilitada y simbolizada en Europa por el Muro, se hallaba desde hacía mucho en el basurero de la historia. A ellos les correspondía reconstruir sus destinos individuales porque los dirigentes velaban ya por su propio futuro. Sí, después de decenios en el poder dedicados a la construcción del socialismo, no debían terminar como Richter, viviendo al dos y al cuatro de una empresita de alarmas, ni como Malévich, de su centro de adiestramiento canino, despreciados y condenados por los mismos que antes los temían y vitoreaban. Sí, su camarada había dado el golpe de timón a tiempo, pero él se mantuvo fiel como un quijote a los principios de una causa revolucionaria que en verdad ya no existía. Cuando el desengaño se le hizo insoportable, rompió con todo. Y ahora que la edad se le venía encima y carecía de recursos para solventar una vejez digna, a sus antiguos jefes y a su ex camarada, por el contrario, les aguardaban años dorados incluso lejos del poder. La oportunidad de unirse a ellos había pasado irreversiblemente, por lo que disponía solo de dos opciones: seguir desterrado en la soledad pasmosa del último confín del mundo o imitar a sus ex camaradas y hacer lo que estaba haciendo: vender su servicio al mejor postor. Por ello no cejaría hasta cumplir el acuerdo con el cubano de Miami.

El inmenso manchón de casas y calles de Berlín iba difuminándose entre nubes desgarradas, cuando divisó a través de la ventanilla la ciudad donde residía Richter. No estaba mal esa casa de dos pisos y mansarda, construida en Bernau, al término del recorrido del S-Bahn. Bernau era un pueblo gris y tranquilo, de calles adoquinadas y rodeado por las ruinas de un muro medieval, donde los vecinos colaboraron con el régimen del SED y querían olvidar ese pasado al igual que sus abuelos olvidaron su apoyo al régimen nazi cuando las tropas rusas se instalaron allí para la ofensiva final sobre la cancillería de Hitler. Lucio no había imaginado que Richter, a pesar de su historial en la Stasi, pudiese sobrevivir en el capitalismo que tanto odiaba y dirigir el Comité de Ex Miembros de

Servicios Especiales del desaparecido mundo socialista, KESE. La agrupación no era el gremio poderoso ni temible con que especulaban ciertos periodistas, pero solidarizaba con sus miembros, a menudo convertidos en simples parias en sus países.

—Te pondré en contacto con Thiermann, que tiene acceso a lo que queda del G-Bank, pero no quiere líos —le había anunciado el día de su llegada Richter, y viajaron después en el S-Bahn a una zona rural llamada Erkner—. Te dejaré para que negocies las condiciones y no pienses que deseo cobrar como intermediario.

—Te corresponde una paga por hacer el contacto, Joseph —le dijo en el tren—. No preguntes nada, pero si funciona el asunto con Thiermann, tendrás tu recompensa.

En Erkner cogieron un taxi que los condujo hasta una casona semiabandonada, de rejas mordidas por el óxido y varias ventanas tapiadas. En su interior hallaron una librería de viejo, que también vendía antigüedades de dudosa utilidad. La construcción, anclada en el pasado comunista, estaba repleta de estantes con libros viejos y olía a azumagado.

Thiermann era un anciano de mirada huraña y cejas alborotadas que leía fumando pipa detrás de un mesón. No había nadie más en el local. Examinó a Lucio con desconfianza. Aunque también era miembro del KESE y conocía a Richter, el chileno no le agradó. A menudo los latinoamericanos colaboraban con la inteligencia cubana. En años recientes habían registrado intentos cubanos por infiltrar al KESE. La Habana le temía a la agrupación porque miembros suyos conocían detalles comprometedores del régimen.

El aroma a café tuvo la virtud de reanimarlo. La aeromoza llevaba una cruz en el pecho, lo que a Lucio le evocó el movimiento Solidarnosc y con ello el principio del fin del socialismo. Al vertirle el café en su taza, le dijo que llegarían pronto a Varsovia y no perdería la conexión a San Petersburgo.

Thiermann guardaba en aquella casa de las afueras de Berlín parte del banco de olores, más conocido como G-Bank, y estaba dispuesto a separarse de las prendas que él necesitaba por cinco mil euros. El banco había sido creado por la Stasi a finales de los años setenta para reprimir mejor a los disidentes. El sistema era simple: oficiales almacenaban en frascos y bolsas herméticas prendas de opositores, que servían para adiestrar a perros en su búsqueda e identificación. Erich Mielke, ministro del Interior e inspirador del G-Bank, desarrolló así archivos de olores en todas las provincias de la extinta República Democrática Alemana, aunque el banco principal se hallaba en Berlín-Blankenburg. Durante las manifestaciones opositoras, que derribaron en octubre de 1989 al régimen, miembros de la Stasi trasladaron esos archivos a escondites, asumiendo que la restauración comunista volvería a necesitarlos. Thiermann integró el comando especial que rescató los archivos de Berlín-Blankenburg fingiendo pertenecer a un grupo de exaltados anticomunistas.

—Cinco mil euros es una barbaridad —reclamó Lucio.

—Lo toma o lo deja, no hay más —dijo Thiermann a través de la traducción de Richter.

—¿Y son auténticas? Pregúntale si son prendas auténticas.

Tras escuchar a Richter, el viejo masculló algo que solo podía ser un insulto y que Richter prefirió no traducir.

—¿Y el almacenamiento se ha mantenido en forma adecuada?

—Dígale a su amigo que si no confía en la calidad de lo que le ofrezco, mejor que no sigamos hablando y se vaya. Estoy harto de provocadores —repuso Thiermann a través de Richter. Le temblaba la barbilla mal afeitada.

—Me está pidiendo cinco mil euros por esto, abuelo.

—No soy su abuelo, y usted por fortuna no es mi nieto. Usted desconfía, pero viene y se va, y puede denunciarme o incluso pagar con billetes falsos. Pero yo vivo aquí y si tuviese un reclamo, sabe dónde encontrarme.

Thiermann no tardó en regresar con lo que Richter le había pedido dos noches atrás: frascos de cristal y bolsas de plástico transparentes con prendas. Todo venía rotulado y parecía bien conservado. Lucio examinó las etiquetas, los timbres casi ilegibles de la Stasi y los sellos intactos.

—Si no son auténticos, ya sabe dónde trabajo —dijo Thiermann contando malhumorado los euros detrás del mesón.

Retornaron a Bernau. Mientras el S-Bahn corría suave y raudo hacia Berlín, Lucio sintió que había dado un paso decisivo para cumplir el acuerdo con Constantino Bento. Fue entonces que la aeromoza de LOT le retiró presurosa la bandeja y le ayudó a rectificar la posición de su asiento. El Embraer RJ-145 se aproximaba a Varsovia.

ENERO 26, 12.10 hrs.

Pedro Laínez esperaba a Cayetano Brulé hojeando libros en La Universal, de la Calle Ocho en La Pequeña Habana.

—¡Apareciste, camaján! —exclamó Laínez sonriente. Era un librero de Manhattan que se había retirado hacía años a vivir en una casa de un piso de Key Biscayne. Residía desde el inicio de la revolución en Estados Unidos porque nunca le había creído a Fidel Castro que no fuese comunista. Delgado, fibrudo, de anteojos y larga cabellera blanca, a los setenta años Laínez era un tipo sano, vital, un archivo andante del exilio cubano—. ¿Y qué te trajo por estas tierras, Cayetano?

—La investigación de un asuntico, mi socio, y antes de seguir a Chile, pensé que podrías ayudarme. Por eso te llamé anoche desde Chicago.

—Coño, estás hecho un tronco, un verdadero maceta, compadre —dijo Laínez golpeando a su amigo en la espalda—. Para ayudar estamos. ¿Prefieres hablar aquí o en otro sitio?

—Llévalo mejor al Versalles o al Exquisito, que están cerca, y aprovechan de comer algo —gritó Salvat, el dueño de la librería, desde el otro extremo del local.

Laínez compró una edición nueva, de lujo, de *Fuera del juego*, los poemas escritos en Cuba por Heberto Padilla, y se la regaló a Cayetano con la condición de que lo leyera. Después salieron al parqueo.

117

Laínez manejó hasta El Exquisito. Allí pidieron de aperitivo mojito, y luego puerco asado con *moros y cristianos*, plátanos maduros y yuca con mojo, los manjares predilectos de Cayetano cada vez que visitaba Miami.

—¿Y entonces qué es lo que te preocupa? —preguntó Pedro Laínez. Ya se habían puesto al día en materia de chismes locales.

—Chico, la famosa RD. ¡Qué lío se formó con ella y la conspiración Foros!

Laínez se puso serio, cogió una tostada untada en ajo, se la echó a la boca y dijo:

—Pues la cosa está jodida, mi hermano. Fracasó esa conspiración, el tipo de la barba metió presa a media humanidad y aquí asesinaron a dos miembros de la RD.

Les trajeron los mojitos con abundante yerbabuena y un trozo de caña de azúcar incrustado en el hielo del vaso. Estaban junto a un fresco *naïfe* que representaba el Malecón habanero. Aquel sitio era una catedral de la nostalgia y ofrecía comida criolla sabrosona, admitió Cayetano.

—¿Y quién liquidó a esa gente? —preguntó sorbiendo el mojito.

Laínez echó una mirada hacia la Calle Ocho, por donde fluía un río de vehículos, y repuso:

—Es lo que nunca se sabrá. Puede haber sido cualquiera.

—¿Y la RD tiene arrastre masivo acá?

—El exilio está desperdigado, Cayetano, eso tú lo sabes. Cada cual hace aquí lo que le ronca de los timbales —dijo Laínez molesto y bebió un sorbo del mojito—. Por eso no vamos a ninguna parte, compay. Mientras Castro centraliza todo allá, aquí hay mil organizaciones opositoras descoordinadas. Imagínate, atomizadas y en el exilio.

—Nunca había oído mencionar a esa organización.

—Es que ellos son conspiradores, mi hermano. Casi una organización secreta. Hacen sus cosas en completo silencio. En eso se diferencian de los demás, aunque lo único que une a todo el mundo aquí es el deseo de que la isla vuelva a la democracia, Cayetano.

El mozo apareció con una fuente con masitas del puerco asado y en platos aparte la yuca, los moros y los maduros. Aquello despedía un aroma delicioso, que le hizo agua la boca a Cayetano. Apuraron el mojito y pidieron cerveza fría.

—Mientras la gente siga reuniéndose todos los días en el Versalles a tumbar a Castro entre el aperitivo y el café, estamos jodidos, compay —gritó Pedro Laínez—. Así el tipo seguirá allá medio siglo más, y nosotros chivados aquí al frente, enterrando a los muertos en el cementerio que está a la vuelta.

—¿Y qué se dice de Constantino Bento? —preguntó Cayetano tras degustar el puerco y probar la yuca bañada en mojo sabiamente condimentado con ajo—. ¿Lo conoces?

—Es un tipo honesto, rico y siempre ha tratado de tumbar al Comandante. Pero, qué va, seguro Foros se jodió porque alguien se fue de lengua —Laínez estaba irritado—. En fin, Cuba en su tragedia de siempre, pero tú aún no me dices qué buscas por Miami, camaján.

MIAMI

ENERO 26, 23.30 hrs.

Fue en el vuelo nocturno de Lan Chile Miami-Santiago, cuando bebía una copa de oporto cómodamente sentado en el sillón-cama de primera clase y la nave rugía sobre Cuba en demanda del sur de América, que Cayetano Brulé se planteó la pregunta. ¿Qué ocurriría si al aterrizar se marchaba a su casa de Valparaíso desconociendo el acuerdo suscrito bajo chantaje con Chuck Morgan? Porque una cosa estaba clara, pensó mientras observaba a los cinco parlamentarios chilenos que conversaban en el pasillo de la nave premunidos de vasos de *scotch*, un acuerdo suscrito bajo esas condiciones carecía de valor alguno.

La aeromoza desplegó sobre su mesita un mantel de color burdeo y el servicio de plástico, y luego le sirvió una ensalada mixta con una *vinagrette* oscura, de aroma exótico. Los políticos comían en sus butacas y discutían a viva voz de una conferencia internacional sobre la pobreza a la que acababan de asistir en Nueva York. En una próxima vida, pensó Cayetano mirándolos de reojo, sería político. Ellos sólo podían perder cada cuatro u ocho años, mientras tanto vivían a costa del erario público, con muchos privilegios y fuero, y no pasaban las vicisitudes de su sufrida actividad, donde las derrotas lo acechaban en cada recodo.

—¿Qué vino prefiere, señor? —le preguntó la aeromoza amable. Era una mujer atractiva y Cayetano se preguntó si era rubia natural o teñida, y por qué las mujeres

120

latinoamericanas gustaban teñirse el pelo de rubio, no había nada más bello que una cabellera intensamente oscura, azabache.

Pidió un sauvignon blanc, que le pareció lo más adecuado para comenzar la cena y volvió a lo suyo. Tal vez lo mejor era llamar desde su casa a Chuck Morgan, decirle que se fuera al diablo con todos sus colegas y amenazarlo con que denunciaría el chantaje a la prensa. En verdad, el destino del dictador era un asunto que debían resolver los propios cubanos, los de dentro y del exilio; constituía una materia en la cual no debía inmiscuirse del modo en que se lo imponían. Sí, claro, por principio estaba en contra del asesinato como arma, no solo por un prurito de tipo moral, sino por el hecho evidente de que los países que se organizaban a partir de asesinatos políticos tardaban decenios en encontrar su propio equilibrio y caían en el círculo vicioso de la violencia. No, él tenía ahora todo claro: no permitiría que un chantaje dictara su vida. Miró por la ventanilla hacia lo que abajo debía ser América Latina y solo vio oscuridad pasmosa.

Bebió un sorbo largo del *blanc*, que estaba frío y seco, y concluyó que todo no había sido nada más que una trampa cruel para imponerle condiciones inaceptables. El maldito Tom Depestre no existía, ni tampoco la famosa asociación internacional de detectives privados, ni el congreso anual al que lo habían invitado. Todo aquello había sido una asquerosa jugarreta de Morgan para encerrarlo en aquella cárcel clandestina y obligarlo a trabajar para él. Pero se equivocaban si pensaban que con él se podía jugar de esa manera, ellos no lo conocían, no imaginaban de lo que era capaz y los recursos que desplegaría.

Tal vez si se atrevía a denunciar el asunto a la prensa pondría a la defensiva a Morgan. Y no es que él, Cayetano

Brulé, fuese un iluso y pensara que podría batirse solo y con éxito contra la CIA, pero era evidente que al hacer público el chantaje de que era víctima perderían su interés en él como agente secreto y lo dejarían tranquilo, que era lo que anhelaba. A partir de ahora le daba lo mismo los reconocimientos a su labor detectivesca, los viajes al extranjero y los casos más rentables. Ahora lo único que deseaba era volver al desorden de su oficina de Valparaíso, a los tranquilos cafés de la ciudad y a sus amigos de siempre, sin olvidar a Débora, desde luego.

Tal vez le convenía informar de su situación a los políticos, porque necesitaba a su vez protección. La prensa denunciaría los hechos a la opinión pública, pero eran las autoridades las que podían garantizarle la seguridad. Giró disimuladamente la cabeza hacia los parlamentarios y los observó. Seguían comiendo y bebiendo mientras conversaban sobre un tour por Manhattan. Dos se habían despojado del vestón, en camisa y corbata proyectaban la imagen de ejecutivos modernos. Recordó que pertenecían a bancadas de gobierno y oposición, y que los había visto incriminándose ante las cámaras. Durante una campaña electoral el rubio de ojos claros se había disfrazado de indio aimara, el otro de Superman, y la elegante parlamentaria se presentaba en un afiche con el disfraz de la Mujer Maravilla. Ahora, a diez mil metros de altura y lejos de la televisión, parecían los alegres socios de una empresa en ascenso.

No, los parlamentarios no eran personas indicadas como aliados. Seguro les aterraría vérselas con una situación que podría restringirles el ingreso a Estados Unidos porque, bien vistas las cosas, ¿quién se atrevía ahora en el mundo a entrar en dimes y diretes con la única potencia mundial? Y había otro asunto peor, admitió, ¿cómo podría comprobar la denuncia? ¿Le creerían lo

122

de Depestre y lo del congreso fantasma de Chicago, y lo de la cárcel secreta y que la CIA protegía la vida del Comandante? Probablemente lo tildarían de loco y se convertiría en el hazmerreír de todos.

ENERO 27, 07.45 hrs.

En el aeropuerto no lo esperaba su secretario Suzuki. Se suponía que se reunirían en el café ubicado frente a la llegada de vuelos internacionales. Suzuki le entregaría una maleta con la ropa que necesitaba en el verano de Chiloé y se quedaría con la maleta que él había llevado a Chicago. Tal vez Suzuki venía aún en camino, porque no estaba en la oficina ni en su casa. No le quedó más que esperar. Si Suzuki no aparecía antes de una hora, cogería un taxi a Valparaíso y allá se atrincheraría, pero su decisión ya estaba tomada, no aceptaba ser chantajeado. La dignidad y la independencia estaban por encima de todo.

Cuando el mozo le colocó sobre la mesa el tercer *espresso* y una copita de licor oscuro, Cayetano lo olfateó y dijo:

—Yo no pedí ese oporto.

—Ya lo sé —repuso el mozo con una sonrisa insegura y las manos en los bolsillos de su chaqueta blanca—, es un obsequio de un señor que pagó su consumo y me entregó este sobre para usted.

El sobre tenía efectivamente su nombre impreso y carecía de remitente. Lo abrió sorprendido mientras el mozo se alejaba a atender a otros pasajeros. Adentro encontró solo un número telefónico. Cayetano se puso de pie y se acercó al mesero.

—¿Cómo era la persona que le entregó el sobre? —le preguntó.

—¿No lo conoce? —la incredulidad se marcó en el rostro del mesero.

—¿Cómo era?

—No sé, común y corriente. Estatura mediana, pelo negro, bigote, anteojos de sol, con chaqueta, no sé. Me dijo que era amigo suyo y que quería darle una sorpresa.

—¿Chileno?

—Pues, creo que sí.

Cogió su maletín de mano y buscó un teléfono público y llamó de inmediato al número apuntado en el sobre.

Contestó la voz de Suzuki.

—Suzukito, coño, ¿dónde estás? —preguntó Cayetano—. ¿Por qué no llegaste como lo habíamos acordado?

—Estoy bien, jefazo, estoy bien.

—¿Pero dónde andas y por qué hablas como si te hubiesen metido un trapo en la boca?

—Escuche, jefazo, no puedo hablar mucho. Me ordenaron que le dijera lo siguiente...

—Habla, coño, habla.

—Me ordenaron que le describiera la sala en la cual estoy.

—Pero, Suzukito, ¿dónde carajo andas?

—Me dijeron que le describiera la sala —insistió Suzuki. Le costaba pronunciar las palabras, hablaba lento y daba la impresión de que estaba leyendo lo que decía—. Es una sala con paredes grises, tubos fluorescentes, una ventana de vidrio calobar y una cama alta de un cuerpo.

Entendió de plano el mensaje y sintió que la ira se le agolpaba en el estómago. Hubiese apuñeteado con gusto el rostro de Morgan, ese tipo joven, cínico y despreciable que lo tenía en sus manos.

—No se preocupe, jefazo —dijo Suzuki con voz pausada, sin inflexiones—. Si usted sigue cumpliendo el acuerdo que firmó, me aseguran que volveré de inmediato a mi casa.

—Pero, ¿dónde estás, Suzuki? ¿Todavía en Valparaíso?

No obtuvo respuesta. La comunicación se había cortado.

Chuck Morgan le devolvió quince minutos más tarde la llamada a un teléfono público ubicado en el segundo piso del aeropuerto, frente a los restaurantes de comida rápida. El aeropuerto parecía una colmena por el ir y venir de los pasajeros y de quienes concurrían a recibirlos o despedirlos. Cayetano supuso que alguien lo espiaba desde cerca y que Chuck temía que después de la conversación telefónica con Suzukito, al que habían drogado, él perdiera los estribos, formara un escándalo y echara por la borda el acuerdo.

—Sí, le escucho —dijo el norteamericano en tono neutral.

—Acabo de hablar con mi secretario, y está secuestrado —explicó Cayetano con la voz entrecortada por la irritación—. Es evidente que usted lo secuestró.

Lo había leído en los diarios y lo acababa de experimentar en carne propia en Chicago. Desde los atentados terroristas del once de septiembre de 2001, Estados Unidos contaba con prisiones clandestinas alrededor del mundo, manejadas por agentes secretos y sin que los gobiernos anfitriones estuviesen al tanto de su existencia.

—Vamos, señor Brulé, no hagamos afirmaciones aventuradas —dijo Chuck tranquilo—. Su secretario no está siendo torturado ni corre peligro de morir o desaparecer.

—¿Y entonces qué diablos pretende con esto? ¿Asustarme? ¿Chantajearme de nuevo?

—No perdamos la calma, señor Brulé —insistió Chuck—. No recurramos al lenguaje florido, que no estamos discutiendo en El Exquisito de la Calle Ocho, sino vinculados por el acuerdo que usted firmó libremente en Chicago.

—¿Y entonces qué persigue al mantener detenido a Suzuki en un sitio clandestino?

—Nada.

—¿Cómo que nada?

—Nada, señor Brulé. Solo cerciorarme de que usted siga respetando lo que suscribió en el Phillies. ¿No ha cambiado de parecer, verdad?

Enero 27, 09.30 hrs.

Kamchatka tenía la cabeza gruesa, mandíbulas macizas, orejas erguidas y una mirada alerta, y bajo la luz de los reflectores su pelaje azul mirlo se tornasoleaba como un manto metálico en medio de la nieve. A Lucio Ross le impresionaron su rostro con el aire amenazante de las hienas, sus desplazamientos nerviosos y su contextura recia, e imaginó con satisfacción que por su color y tamaño, el pastor australiano pasaría inadvertido ante miradas inexpertas.

—Es un animal inteligente, dominante y silencioso —dijo Boris Malévich acariciando a Kamchatka en el bosquecillo de alerces del criadero que manejaba en las afueras de San Petersburgo. Hacía un frío que calaba los huesos y aún faltaban unas horas para que aclarara—. Y goza de un olfato y de un sentido de orientación tan perfectos que sigue al dedillo las órdenes que le impartes mediante el silbato.

El secreto de Malévich, que en el pasado adiestraba perros en el Noveno Directorio del KGB, sección encargada de la seguridad de los líderes soviéticos, consistía en que era capaz de combinar magistralmente el fino sentido del olfato de ciertos perros con el adiestramiento que reciben los huskies que tiran los trineos por las estepas nevadas de Alaska y Siberia. Lucio nunca había podido olvidar el talento de Malévich, a quien había conocido en los ochenta, ni tampoco la capacidad de olfato y orientación de esos animales.

129

—¿Para quién adiestras ahora? —preguntó Lucio mientras Malévich le ordenaba a Kamchatka que buscase algo bajo un galpón donde almacenaba leña y carbón. De los caniles techados llegaban ladridos.

—Para los nuevos ricos de Rusia —dijo Malévich con una mueca—. Estos ganaderos australianos exploran en la dirección que les ordenes mediante un pito inaudible para el oído humano. Y Kamchatka es un caso especial, tiene un mecanismo de relojería en la cabeza y, todo consiste en saber estimularlo debidamente.

—¿Lo premias solo con trozos de carne?

—Es más complicado, ya te explicaré. Pero el alimento es lo que alió al perro y al hombre hace más de doce mil años. El perro es el único animal del planeta dispuesto a trabajar para el hombre e incluso a sacrificar su vida por nosotros en agradecimiento al alimento que le entregamos.

—Me preocupa que no vaya a aceptarme como amo. Necesito que haga exactamente lo que yo quiero.

—No será fácil, pero lo intentaremos —dijo Malévich y premió a Kamchatka con un trozo de carne seca porque el animal acababa de detectar una bolsa entre la leña—. Pero debemos ser cuidadosos, pues es un dominante y puede virarse en contra tuya si no te conoce desde cachorro.

—¿Veleidoso?

—Bastante porque desciende del dingo, el lobo australiano —dijo el ruso. Acarició el lomo azul, de pelo corto y brilloso, del perro y le ordenó que caminara junto a él. Había algo en los ojos alertas y las mandíbulas de Kamchatka que incomodó a Lucio—. Hasta hace poco eran animales salvajes, tienen sus propias ideas y aman el espacio. Sus fauces pueden ser letales.

—No es tan dócil como parece.

130

Malévich sonrió y se acarició su barbilla mal afeitada.

—Pero lo necesitas para que te sirva —dijo—, no para que sea tu amigo, ¿verdad?

Se hallaban en la dacha de Malévich, cerca de Borisova Griva, cuarenta kilómetros al este de San Petersburgo, en las inmediaciones del lago Ladoga, hasta donde se llega por la A-128, una carretera llena de baches que frecuentan camiones militares. Malévich solía vivir entre la dacha y el apartamento de su padre en San Petersburgo, y el viejo lo ayudaba a veces con los perros. La venta de cachorros australianos no era lucrativo, pero sí el adiestramiento de canes en ese criadero. Los guardaespaldas de los nuevos empresarios, políticos y miembros de la mafia de Rusia, recurrían a perros adiestrados para ofrecer servicios de seguridad integrales. Malévich había preparado hasta 1995 perros para el KGB, los que eran insustituibles en la detección de ciertas operaciones del espionaje enemigo. En rigor, los rusos disponen de una larga tradición en el empleo de perros en labores bélicas y de inteligencia. En noviembre de 1941, durante la batalla por Moscú, las tropas soviéticas atacaron los tanques del general alemán Guderian utilizando perros portadores de explosivos, adiestrados para deslizarse bajo esos vehículos. Y desde el resurgimiento, en la década de 1990, del terrorismo en Rusia, los canes ganaron popularidad en el Ministerio de Seguridad Pública de Moscú.

—Si el husky líder de un trineo no es capaz de virar en medio de la llanura nevada en la dirección que su amo precisa, todos se extravían y mueren congelados —dijo Malévich acariciando la cabeza de Kamchatka—. Y este perro une el olfato y el carácter disciplinado del perro ganadero con el sentido de orientación del huskie, justo lo que necesitan hoy los guardaespaldas de gente prominente y los comandos antiterroristas.

Una característica de los huskies azoraba desde siempre a Lucio: su capacidad para descifrar de un silbato la dirección exacta en que el trineo debía avanzar en una estepa sin huellas ni letreros. Malévich se lo había contado a fines de los ochenta en el edificio amarillo de la Lubianka, el cuartel general del KGB, en una sala del cuarto piso que miraba hacia la estatua de Félix Dzerjinsky, el fundador de la Cheka. Se habían conocido cuando Lucio acompañaba al viceministro primero del Interior cubano, que necesitaba intercambiar opiniones sobre la protección de líderes políticos. Cuba preparaba la conferencia del Movimiento de Países No Alineados y temía atentados en contra de mandatarios árabes.

—En semanas puedes tener a Kamchatka buscando lo que desees, todo dependerá de que te dediques a diario a él y lo gratifiques en forma adecuada —dijo Malévich mientras volvían a la dacha con el animal—. Debemos comenzar de inmediato con las prendas que trajiste. Hay que acostumbrarlo a ellas.

Lucio estaba satisfecho. Malévich le vendería su mejor perro y le enseñaría a manejarlo. Bajo el cielo grisáceo del mar Báltico había encontrado al maestro ideal, la privacidad que requería ante la curiosidad innata de los rusos y el mejor espacio para el entrenamiento. Además, viajaba con identidad falsa y nadie podría seguirlo. Las cosas, pensaba Lucio Ross, marchaban según itinerario.

—No me has contado lo que te propones con el perro y esas prendas, pero me lo imagino —dijo Malévich en el ambiente calefaccionado de la dacha, donde preparaba té en el samovar. Las parkas, los gorros y las botas se secaban frente a la enorme estufa a carbón revestida de cerámicos—. Intuyo que se trata de algo gordo.

Pese a los años y la distancia que los separaban, él en el confín del mundo austral y el otro en un extremo del mundo boreal, Lucio sabía que podía contar con Malévich. No le revelaría su plan preciso, pero lo iniciaría en algunos aspectos del mismo, pues necesitaba su auxilio. Podía confiar en ese hombre que vivía modestamente en aquella dacha junto a sus perros y con quien compartía una historia común de decepción y resentimiento. En esa época en que le negaban la sal y el agua los renegados que ayer los vitoreaban, en que los antiguos jerarcas se convertían en magnates, un ex hombre del Noveno Directorio Central del KGB de un país desaparecido, no traicionaría a otro camarada de armas caído en desgracia.

—¿Puedo contar contigo entonces? —preguntó Lucio.

El agua comenzó a hervir en el samovar.

ENERO 27, 17.25 hrs.

Así que ese era el aeropuerto donde Constantino Bento se le había hecho humo a los agentes de la CIA, pensó Cayetano Brulé al arribar en el Boeing 737 de Lan Chile a El Tepual. Allí entonces, en ese acogedor edificio de madera que servía de puente hacia el último rincón del mundo, comenzaba una investigación que hubiese preferido eludir, pero a la cual no le quedaba más que resignarse ahora que Chuck Morgan había demostrado de cuanto era capaz. Esa misma mañana, tras aterrizar en Santiago y enterarse de lo que ocurría, había cogido el próximo avión al sur de Chile.

Entró a la fuente de soda del aeropuerto, ocupó una mesita desde donde podía observar a los pasajeros desembarcando de los aviones, ordenó un café y sopaipillas pasadas en chancaca, deseando que liberasen pronto a Suzuki. Total, a él no le quedaba otra que cumplir el acuerdo de Chicago. Afuera llovía tupido, del cielo colgaban nubes negras y barrigonas, y soplaba el viento que había sacudido con furia a la nave durante el aterrizaje. En el sur el verano nunca estaba garantizado, pensó, y bien podía diluirse entre lluvias y temporales, obligando a las familias a permanecer en torno a una cocina a leña, mientras comían churrascos, tomaban mate o comentaban lo que ocurría en la lejana capital. En verdad el mundo era un pañuelo, antenoche paseaba por las calles nevadas de Chicago, la tarde anterior almorzaba masitas de puerco asado con Pedro Laínez en la Calle Ocho, y ahora esperaba sopaipillas en el extremo austral del planeta, la región donde Constantino Bento se había esfumado.

Desde la mesa comprobó que tras el desembarque los pasajeros entraban al pasillo que conducía a la sala para el retiro de valijas y después salían a coger taxi, el bus o su vehículo. No había dónde perderse. Los hombres que siguieron a Bento habían actuado como correspondía: uno hizo de avanzada al irse al hotel reservado por el cubano, mientras otro simulaba aguardar junto a la cinta por su equipaje. A simple vista era evidente que Bento no podía haber desaparecido en la calle ni en la sala de equipajes. La única posibilidad era que se hubiese tardado más de la cuenta en el pasillo que lleva a la sala de valijas. Revisó sus documentos y sus dedos tropezaron con la tarjeta que Chuck le había entregado en el Phillies, la constatación de que nada de cuanto le ocurría era un sueño y de que sus empleadores eran de carne y hueso.

—Aquí tiene su pedido, caballero —dijo la dependienta y colocó el café con leche y el plato hondo con sopaipillas sobre la mesa.

Tenía las manos pequeñas y blancas. Y cuando Cayetano alzó la vista, se encontró con su rostro pálido y una boca menuda. Vestía delantal blanco y no tendría más de veinticinco años.

—Busco un sitio donde alojar en la isla de Chiloé —le dijo—. ¿Puede recomendarme algo?

Ella sonrió, tenía los ojos verdes y las mejillas cubiertas de pecas, debía descender de alemanes, como tanta gente del sur.

—Con este ventarrón no sale el ferry —afirmó ella—. No hay nadie que se atreva a cruzar el canal de Chacao con esta tormenta.

—¿Y entonces? —Cayetano arrojó tres cubitos de azúcar en su taza.

—¿Entonces qué?

—¿Entonces dónde se queda uno?

—Aquí nadie se muere por una lluvia —repuso ella y se alejó.

Se sintió descorazonado. Probó las sopaipillas, que estaban blandas y bien pasadas, y encontró el café aguado. En fin, no se le podía pedir peras al olmo. Al menos ya no valía la pena seguir martirizándose por haberse doblegado ante el chantaje. Si en un momento había jugado con la idea de desconocer el acuerdo y convertirse en un fugitivo de la CIA, ahora, con Suzuki secuestrado, el panorama cambiaba abruptamente. Ahora solo le correspondía hacer lo que estaba haciendo, investigar en conciencia y confiar en que así podría desligarse airoso de todo aquello. Tal vez nunca nadie se enteraría de su papel en la lucha por impedir un atentado contra el hombre más protegido del mundo, y si llegaba a trascender, pocos lo creerían, como postulaba Chuck Morgan. Le había vendido su alma a Mefistófeles y no le quedaba más que cumplir con él, pensó cortando una sopaipilla con el canto de la cuchara.

Consultó el Poljot. Eran las seis y cuarto de la tarde. Colocó un billete grande sobre la mesa, recordando que Chuck le había dicho que solo necesitaba saber justificar los gastos. La muchacha se allegó a cobrar.

—Le traigo en seguida el vuelto —dijo ella.

—No se preocupe. El vuelto es suyo.

Ella se sonrojó.

—Pero, si ni siquiera le recomendé hotel para esta noche —dijo insegura.

—No se preocupe. Seguro pueden ayudarme en una agencia de turismo.

—Lo enviarán al hotel más caro de la isla, y antes lo harán pasar una noche en el más exclusivo de Puerto Montt.

—¿Y entonces qué me sugiere? ¿Me quedo a dormir en esta fuente de soda?

Ella sonrió con el billete en sus manos, miró hacia la caja, donde el dueño leía el diario con un ojo atento a lo que sucedía en su local, y luego dijo con disimulo:

—Mi turno termina a las siete. Si me espera, puede irse conmigo. Cerca mío está la pensión de doña Carmela. Cocina fantástico y tiene buena estufa. ¿Qué le parece?

Puerto Montt

Después de saborear una segunda porción de sopaipillas pasadas, a las que le vertió la botellita de ron añejo que le habían dado en el avión, y en vista de que debía esperar por la dependienta, Cayetano aprovechó de explorar el aeropuerto. No había nada mejor que comer sopaipillas pasadas con su dosis de añejo durante una tarde de lluvia, pensó. Si Constantino había desaparecido allí, era probable entonces que la respuesta estuviese precisamente en la estructura del edificio.

—A menos que los de la CIA actuasen como unos perfectos pánfilos y Bento haya pasado frente a ellos sin que lo vieran —se dijo mientras se paseaba con las manos en los bolsillos, ufano de su impecable saco azul marino, comprado en Miami junto a la camisa blanca, de cuello abotonado, que lucía bien incluso sin corbata.

Caminó hacia las mangas que permiten el paso de las naves al edificio y se detuvo cerca de sus bocas a observar el desplazamiento de quienes arribaban. No notó nada extraño. Como en todos los aeropuertos del mundo, los pasajeros salían de su avión, cogían el pasillo y se dirigían a las cintas sin fin a retirar las valijas.

Mientras observaba la llegada de otro avión, vio que a través de las ventanas superiores del edificio se proyectaban en diagonal rayos de sol por entre las nubes. Desde niño le fascinaba mirar las partículas de polvo que se agitan en el aire y solo quedan expuestas al ojo humano

138

gracias a una iluminación repentina. La visión de aquello lo arrojó a la infancia allá en La Habana, a los días en que su madre lo dejaba castigado en casa y él, aburrido y solitario, contemplaba desde el piso de baldosas frescas la magnífica danza silenciosa, semejante a la de universos lejanos que se ejecutaba de pronto ante sus ojos. Y ahora volvía a experimentar aquella nostalgia y a imaginar que desde otros mundos observaban tal vez la danza de nuestra galaxia como él observaba ahora esas minúsculas partículas de polvo bailando al compás de las corrientes de aire del aeropuerto.

—¿Busca algo? —dijo una voz a su espalda, arrancándolo de cuajo de las cavilaciones.

Era un guardia.

—Acabo de darme cuenta de que perdí mi carnet de identidad —mintió Cayetano—. Y tiene que habérseme caído al salir del avión. ¿Puedo devolverme hasta las mangas?

El guardia le dijo que podría hacerlo, que incluso él lo ayudaría, pero que debían aguardar a que terminasen de desembarcar los pasajeros de un avión atrasado. Al cabo de algunos minutos, acarreando su maletín con ruedas, Cayetano pudo dirigirse hacia la última puerta de desembarque acompañado por el guardia. Constató que la ruta de los pasajeros no tenía más que una salida, no había desvíos que Constantino Bento pudiese haber empleado para evadir a sus perseguidores.

—¿Todos los pasajeros que desembarcan cumplen este trayecto hacia las cintas sin fin? —le preguntó al guardia.

—Todos —repuso el hombre barriendo con la vista el suelo.

—¿No cree usted que esas partículas de polvo parecen universos lejanos? —preguntó Cayetano señalando hacia lo alto.

—¿Universos lejanos? —repitió el guardia y miró por los vidrios superiores hacia los rayos de sol que se abrían paso entre nubes negras—. A mí me recuerdan la película norteamericana esa donde Dios separa las aguas del mar para que pase Moisés.

Fue ese el instante en que algo atrajo la atención de Cayetano. Una mujer con dos niños salieron apresurados de la manga junto a un empleado de Lan y corrieron por el pasillo, pero en vez de ir por sus valijas, franquearon una puerta con clave electrónica.

—¿Y esa gente? ¿Adónde va? —preguntó Cayetano.

—Bajan a la loza. Acortan camino porque el Lan venía atrasado.

—¿Entonces no recorren el mismo trayecto que los demás?

—Es que tienen que apurarse.

—¿Y eso ocurre a menudo?

—Solo cuando el vuelo llega atrasado y un frente de mal tiempo obliga a las avionetas de Aeropuelche a despegar cuanto antes —explicó el guardia—. Es una línea aérea regional, que sale de aquí a lugares inalcanzables de otro modo.

PUERTO MONTT

Cayetano no pudo conciliar el sueño en la pensión de doña Carmela porque durante la noche el viento estuvo a punto de arrancar de cuajo la vivienda de alerce que se alzaba frente a la caleta de Angelmó. Por la mañana la lluvia continuaba cayendo a ramalazos sobre el techo de calamina, arañando las ventanas. Fue el desayuno, sin embargo, lo que hizo cambiar las cosas, porque en la cocina temperada por una estufa a leña, doña Carmela lo esperaba con café, pan amasado y arrollado fresco.

Aquella mañana el detective se había duchado en el baño de un galpón del patio trasero. Mientras se recortaba el bigote diciéndose que, seguramente, Constantino Bento había escapado a través de la puerta que conducía a las naves de Aeropuelche, las embarcaciones se mecían en Angelmó, más allá de los vidrios trizados de la ventana. Así son las cosas, resumió, en vez de despertar en el hotel más elegante de Puerto Montt, para lo cual le sobraban los recursos, amanecía calado de frío en aquella pensión llena de gatos y sin comodidades, y todo gracias a la niña de la cafetería del aeropuerto.

—¿Y no puedo dormir en tu casa, mejor? —le había preguntado la noche anterior a Greta, mientras se alejaban de El Tepual en su pequeño Hyundai internándose en la lluvia nocturna—. Me conformo con un sofá. Digo yo, para no molestar.

—Podría, pero hoy no.

—¿Por qué no?

El agua restallaba contra el limpiaparabrisas y los focos de los vehículos que viajaban en sentido contrario apenas permitían distinguir la carretera.

—Porque hoy no está mi madre. Anda en Temuco.

—Pero no sea desconfiada.

—No es que usted sea mala persona, pero no lo conozco, don Cayetano, y después la gente habla mal. Lo mejor es que lo deje donde doña Carmela, antes de que con tanto frío y lluvia usted se resfríe.

Y así había sido. En lugar de una velada romántica con Greta, había pasado una jornada en vela, sin siquiera el coraje para ir hasta el baño por temor al feroz temporal que soplaba por bosques y canales.

Mientras desayunaba se dijo que debía conversar con alguien de Aeropuelche. Seguro tenían allí registro de Bento. Debía proceder con tacto, sin demostrar demasiado interés. Frente a él, doña Carmela había preparado una ensalada de cochayuyo con cebolla y cilantro, y ahora limpiaba un salmón, que doraría al horno para el mediodía, porque estaba convencida de que no saldría ferry para la isla durante esa jornada.

—Me gustaría sobrevolar la zona en una avioneta —dijo Cayetano revolviendo el café insípido—. Claro que cuando amaine.

—Es precioso y caro —repuso la mujer. Debía estar en los setenta, tenía la cabellera cana y mirada de persona joven—. Todo se ve verde, a un lado está el mar, al otro los Andes con los volcanes nevados, y más allá Argentina.

—¿Conoce algún piloto por aquí?

—Al único que conozco es al Willy —dijo ella adobando el salmón sobre una cubierta de aluminio—. ¿Qué tal el pan? Lo amaso yo misma.

—Es el mejor pan que he comido, y el arrollado se deshace en la boca.

—Me levanto a amasarlo a las cinco de la mañana para mis huéspedes.

—¿Y el Willy es piloto de Aeropuelche? —preguntó Cayetano y le hincó de nuevo el diente al sandwich.

—Bueno, la verdad es que el Willy trabaja en el aeródromo cuidando avionetas, por eso le llaman «el piloto» en el barrio. Pero seguro que él le consigue un piloto nada abusivo.

—Me gustaría hablar con él.

—¿Y qué esperamos? Lo vamos a ver a su casa, entonces. Dudo que trabaje hoy. Pero desayune primero, que yo pondré a reposar el salmón y el cochayuyo, porque ese es el mayor secreto de la vida y la cocina: brindarle el debido reposo a las presas —dijo doña Carmela secándose con una sonrisa pícara las manos en el delantal.

PUERTO MONTT

Afuera seguía lloviendo y la caleta de Angelmó desaparecía y aparecía detrás de la cortina de agua como en el escenario de un teatro. Cayetano acababa de regresar defraudado de la casa de Willy y reposaba en su cuarto, en la mansarda de la pensión. Le habían dicho que podría encontrar a Willy más tarde, frente a la estación de trenes, porque el aeropuerto seguía cerrado. El día anterior nadie le había abierto la puerta en esa casa. Bebió café con leche, que le calentó el cuerpo en ese verano miserable, y se dijo que ojalá el Willy accediese a ayudarlo.

Al rato viajaba al centro de Puerto Montt en un colectivo con doña Carmela. Ella no tardó en divisar al empleado del club aéreo conversando bajo el alero de la estación.

—Yo aquí los dejo, que tengo que ir de compras —anunció doña Carmela tras presentarlos—. Lo esperaré con un corderito magallánico al jugo y un tinto bastante bueno, por si le apetece.

—No sé a qué hora puedo llegar.

—Despreocúpese, que el cordero magallánico mientras más reposadito, mejor —dijo la mujer envuelta en su chaquetón, luego detuvo una micro y se embarcó en ella.

—¿Le parece si conversamos tomándonos algo en el Café Sherlock? —le preguntó Cayetano a Willy. Doña Carmela suponía que era un buen sitio para platicar.

Se fueron bajo la lluvia fina por Antonio Varas, entre el

144

estrépito de buses y autos hasta que entraron al ambiente tibio del local, donde ocuparon una mesa junto a la ventana. Ordenaron café y Willy agregó un sándwich de arrollado. Era un hombre de treinta años, con entradas profundas, ojeras azules y aspecto reservado.

—Usted dirá —dijo después de seguir con la vista a los transeúntes, que esquivaban los charcos de Antonio Varas.

—Lo mío es simple —repuso Cayetano jugando con el cenicero de la mesa. A su espalda había un mostrador con tortas y pasteles, y esa mañana fría la máquina de café enviaba un mensaje inspirador a la clientela—. Soy cubano y busco a un amigo que se me perdió.

—¿Y qué tengo yo que ver con todo eso?

Un dependiente trajo el pedido. Las tazas eran tazones y el sándwich algo descomunal, una hallulla caliente desbordada por la carne.

—No tiene mucho que ver, en realidad —admitió Cayetano para apaciguarlo—, pero tal vez pueda ayudarme. Yo ando buscando a ese amigo por encargo de su mujer y sus hijos que están abandonados en Miami. ¿Me entiende?

—No.

—Creo que mi amigo voló en Aeropuelche antes de desaparecer.

—Para eso debe hablar con los pilotos.

Willy echó azúcar a su taza y comenzó a revolverla. La gente tenía a veces buenas razones para desaparecer, pensó.

—Quería hablar con usted primero —dijo Cayetano.

—Lo que me despierta mala espina es que tal vez usted sea policía, y a mí no me gustan los tiras.

—Willy, déjeme explicarle: mi amigo está desaparecido y puede haber muerto. Pronto llegarán los enviados de la compañía donde él adquirió el seguro de vida. ¿Sabe a qué vendrán? A tratar de birlarle el seguro a la viuda y a los huérfanos. Si mi amigo ya murió tratarán de demostrar que fue un suicidio.

Willy apretó el sándwich con las manos después de sorber de la taza, le arrancó un pedazo y miró con deleite a los transeúntes que pasaban por Antonio Varas con paraguas. Un hombre alto y delgado, de impermeable largo y sombrero escocés, fumaba pipa en la barra de los pasteles. Parecía europeo.

—¿Y entonces ese señor ya murió? —preguntó Willy con la boca llena.

—Tal vez. Y si lo encuentra primero la aseguradora, la viuda y los huérfanos se quedarán sin pan ni pedazo. ¿Usted prefiere hacerle el juego a una trasnacional multimillonaria o ayudarme a mí?

—¿Y usted qué monos pinta en todo esto?

—Yo trabajo por encargo de la viuda y los huérfanos.

—¿Detective?

—Soy un proletario de la investigación, como usted es un proletario de la aviación civil. Dígame —agregó bajando el tono de voz—, ¿no podrá indicarme adónde voló el cubano? Estas aseguradoras lo que hacen es indemnizar a las grandes empresas y apretar a gente como doña Carmela y usted.

—Aunque quisiera ayudarlo, no podría —repuso Willy limpiándose los labios con una servilleta de papel—. No tengo forma de saber para dónde voló don Arturo con ese pasajero, y tampoco me corresponde investigarlo.

—Vamos, Willy, no me venga a mí con eso —insistió Cayetano con aire cómplice—. Lo único que necesito es ver la bitácora de la avioneta en que viajó mi amigo. No debería negarme algo tan sencillo como eso. ¿Otro cafecito para combatir el frío?

146

Enero 30, 11.40 hrs.

Sasha Tepin era primer secretario en la embajada rusa en La Habana. Cercano a los sesenta años, de rostro saludable y buena presencia, vestía trajes de marca y dominaba el español y el francés, pero era difícil que lo ascendiesen un día al rango de embajador. Su disciplinada actuación dentro de la desaparecida diplomacia soviética y sus estrechas relaciones con el KGB habían frenado su ascenso bajo el nuevo régimen, aunque el hecho de que un oficial de la ex institución fuese el presidente de Rusia impidió tal vez que lo despidiesen.

Para Boris Malévich, cuyo padre estaba ahora en la dacha al cuidado de Kamchatka, que progresaba notablemente en los entrenamientos y daba muestras de obedecer a Lucio, lo más valioso de Tepin era que no le había vuelto las espaldas a sus antiguos compañeros del KGB, a los cuales hacía favores remunerados. A esas alturas Tepin sabía que necesitaba ingresos adicionales para financiar sus gustos refinados y una vejez digna, en medio de una Rusia que se derrumbaba, por eso andaba por el mundo con su precio estampado en la frente.

Cuando entró al oscuro apartamento del padre de Malévich, en el cuarto piso del edificio de la Málaya Morskaya, Lucio lo recibió con una satisfacción contenida. Tanto por su perfil como por su rol, Tepin se adaptaba singularmente a la misión que él se proponía en La Habana. Además, como aseguraba Malévich, era de

147

aquellos hombres que al hacer favores solo preguntaba por el monto de la paga.

—¿Un té? —ofreció Malévich mientras los dos hombres entraban en confianza.

Al rato conversaban y bebían té sentados alrededor de la mesa en el departamento. Tepin fumaba un Tiparillo que expelía un aroma demasiado melifluo para Lucio.

—Necesito enviar un perro de tamaño medio a La Habana y que lo cuide durante tres meses en un sitio seguro —dijo Lucio sin ambages.

—¿Hablamos de un animal vivo, verdad? —preguntó Tepin. Tenía el rostro aguzado y los ojos azules deslavados, y la cutícula de sus uñas recortada.

—Vivo y simpático, sin nada en su cuerpo, si eso le preocupa.

—¿Solo debo recibirlo allá y mantenerlo en mi casa?

—Por tres meses. Lo único que necesito es que disponga de un jardín seguro y tranquilo, donde el animal pueda sentirse cómodo. Es un *champion*, lo quiero para un negocio.

Unos golpes resonaron contra la puerta sobresaltando a Lucio.

—¿Boris? —gritó una voz cascada afuera y dijo algo en ruso que Lucio no entendió.

Malévich abrió la puerta y dejó entrar a una mujer encorvada. Se sintió incómoda al ver que interrumpía esa reunión de hombres. Vestía un abrigo de mala calidad y alrededor de la cabeza llevaba un pañuelo floreado. Lucio supuso que era la *mamushka* que informaba a Malévich sobre el equipamiento de otros apartamentos. Malévich ya le había contado que a veces, debido a la necesidad, se veía obligado a ingresar a oficinas y residencias para sustraer equipos electrónicos, actividad que no le resultaba difícil gracias a su formación en el KGB.

—No se preocupen —dijo Malévich en español—. Es Lizaveta, una amiga de mi padre y la encargada de la limpieza del edificio. Vino a buscar un dinerito que le debo.

Lizaveta preguntó con sus encías desdentadas algo a Boris, y él respondió indicando hacia Lucio, a quien describió como «cubano», y hacia Tepin, al que presentó como diplomático «experimentado». La vieja movía sonriendo la cabeza a modo de aprobación. Como Malévich no encontró dinero en sus bolsillos, Lucio, deseoso de deshacerse de la visita, desenfundó un fajo de rublos, que la vieja observó azorada, y le dio lo que Malévich le indicó. Antes de retirarse, los ojillos de la intrusa volvieron a fijarse en los rostros y las prendas que vestían las visitas, especialmente en su calzado occidental, los abrigos sobre las sillas y el anillo con una piedra roja que llevaba Tepin en el meñique. Definitivamente no le gustaban las amistades del hijo de su amigo, pues todos eran unos zánganos.

—¿Esa vieja es un loro tuyo, verdad? —preguntó Lucio.

—Un loro, y de los buenos. Pero estábamos en lo del perro —aseveró Boris sonriendo.

Le interesaba que el negocio se cerrara en el apartamento por la comisión que Lucio le había prometido.

—Bueno, el perro ese queda a su cargo —aclaró Lucio—. Durante tres meses me lo cuida. Yo lo pasaré a buscar de vez en cuando.

—¿Usted estará entonces en Cuba?

—Así es.

—¿Y por qué no lo lleva usted?

—Soy turista, no lo podría entrar. Además, ya le dije, lo quiero para un negocio. Necesito discreción, por eso el patio tranquilo.

Tepin dirigió su mirada a través de la ventana hacia la calle nevada como si de pronto le inquietasen las repercusiones insospechadas de lo que negociaba. Lucio intuyó que debía amarrar las condiciones antes de que Tepin se arrepintiera.

—Sasha, solo por mantener al animal en su casa de La Habana le ofrezco tres mil dólares mensuales. Puedo anticiparle desde ya el primer mes.

Los ojos de Tepin dejaron de observar el ir y venir de la gente en la concurrida Málaya Morskaya y se posaron con brillo incrédulo en los ojos verdes de Lucio. Malévich deseó que Tepin aceptara de inmediato.

—Pero le advierto que a su arribo a Cuba el perro quedará en cuarentena —apuntó Tepin con una sonrisa burlona—. ¿También va a pagarme por ese tiempo?

—Usted sabe que todo tiene su precio y límite en este mundo —repuso Lucio—. Cuente con cinco mil dólares adicionales si convence a la aduana de que el animalito no puede esperar. De lo contrario, olvídese de todo, que en La Habana abunda gente que albergaría feliz a un perro por ese dinero.

SAN PETERSBURGO

ENERO 30, 14.15 hrs.

Después de la sesión diaria de entrenamiento con Kamchatka, Malévich condujo a Lucio a San Petersburgo en su Moskvich. La ruta estaba despejada y esquivaron con éxito los baches de la carretera y a la milicia del tránsito, siempre a la caza de mordidas. Boris lo dejó frente al Hotel Astoria, en la plaza de San Isaac, y quedaron en que pasaría a buscarlo dos horas más tarde.

—Recuerda, paséate por el lobby con el diario bajo el brazo para que ellos te vean —dijo Malévich. Lucio estaba a punto de tirar la puerta—. No te hablarán, solo quieren verte para preparar el contacto.

Lucio entró a la gran construcción triangular de color terracota vestido con el traje y la corbata comprados el día anterior en la galería comercial de Gostiny Dvor, pasó al restaurante a servirse un *zakuski*, plato de entremeses rusos, y luego se filtró en la sala de computadoras para huéspedes con el *Pravda* bajo el brazo. Revisó acuciosamente la versión electrónica de los periódicos cubanos, pero se marchó defraudado al no hallar la información que procuraba.

Después de recorrer las tiendas del hotel, desembocó en el lobby, un espacio amplio, alfombrado, con una gran lámpara de lagrimones, y consultó en inglés a una dependienta por folletos sobre Cuba.

—¿Cuba? Pocos rusos viajan actualmente a Cuba, usted sabe —explicó la mujer—. Mejor consulte en la agencia de viajes, al fondo del pasillo.

Recorrió el corredor de piso de mármol negro y paredes claras unidas por arcos, escuchando el eco de sus zapatos, con la convicción de que alguien del hotel debía estar espiándolo. Tras pasar junto a una estatua rodeada de lámparas doradas, alcanzó una oficina. Una joven le dijo que podía reservarle pasajes y hotel en La Habana.

—Primero necesito estudiar la oferta —dijo Lucio—. ¿Tiene folletos actualizados?

La mujer cruzó la sala dejando atrás un perfume dulzón y extrajo de una repisa unos folletos. Se dejó caer en la silla y desplegó uno en la mesa.

—Es el más actual que tenemos —aclaró—. Por precio, calidad y ubicación le sugiero hoteles como el Ambos Mundos, Sevilla o Inglaterra, están cerca de la zona colonial y son espaciosos y tranquilos.

—Esos nombres me resultan familiares.

—Varios escritores han escrito sobre ellos. Hemingway, Greene, en fin. ¿No se entusiasma?

Lucio prefirió estudiar los folletos en un salón con lámparas de cristal y sillones de terciopelo, donde un hombre con aspecto distinguido fumaba leyendo el *Financial Times*. No debía preocuparse del hotel en La Habana, Bento se encargaría de aquello. Casi dos horas más tarde, después de estudiar las noticias de la CNN sobre Cuba que anunciaban el inicio de un juicio en contra de los conspiradores de la Operación Foros, salió a la plaza de San Isaac, en cuyo centro relumbraba la estatua ecuestre del zar Nicolás I. Se cercioró de que nadie lo seguía, vio de refilón la cúpula dorada de la catedral, y caminó hacia la antigua embajada alemana. Allí esperó con las manos en los bolsillos y el *Pravda* bajo el brazo.

Minutos más tarde el Moskvich de Boris Malévich se detuvo tosiendo a su lado.

La Habana,

Enero 31, 15.00 hrs.

—¿Y qué te parecen estos de Victoria Secret, piba? —le preguntó el *ataché* de cultura a Lety Lazo al extraer de una bolsa plástica unos *blumers* minúsculos y nuevos. La perrita olfateaba sobre la cama alrededor de la valija abierta—. También son para vos, porque yo sabía que no iba a tener a nadie mejor que vos para hacerse cargo de *Marilyn*.

Lety echó los blumers en la bolsa de cáñamo que acaba de regalarle el diplomático, donde había ya una camiseta con un paisaje impreso de Buenos Aires, un short de lino, una cartuchera de maquillaje y, lo más importante, las alpargatas con tela de jeans que le brindarían aspecto despreocupado de las turistas occidentales.

No era malo el trabajo que le había conseguido Carlos, su novio. En verdad, la westie del ataché era obediente, dormía bastante y quedaba extenuada con un simple paseo por el barrio. El resto del día Lety lo pasaba en ese apartamento de Miramar, escuchando la colección de hits de los ochenta, en especial esa música *disco* que ya no interesaba a nadie, pero que a ella la empujaba a bailar frente al ventanal del living que se abría hacia el norte y, de alguna forma, hacia los cayos de Florida. Además, había dormido no solo en el cuarto de huéspedes, sino a menudo entre los espejos del dormitorio principal que, al igual que el baño, daba al mar. Sí, era un trabajo grato que además le deparaba la sensación de que vivía lejos de la isla, en un mundo como el

153

de las películas norteamericanas, sin escasez ni miseria, sin reuniones políticas ni manifestaciones obligatorias.

—Lo has hecho tan bien, piba —agregó el ataché guiándola del codo hacia la cocina—, que te recomendaré a mis colegas. Hay algunos que tienen las mascotas más extrañas, como serpientes e iguanas, y que estarán felices de saber que una persona responsable está dispuesta a cuidarlas cuando viajen.

Era fascinante dormir en la residencia del diplomático, pensó Lety rascándose sus gruesas cejas negras, que contrastaban con el rojo de su cabellera aleonada. Allí había podido comer a pierna suelta *steaks* de vacuno, pechugas de pollo y sopas enlatadas, y una tarde incluso había invitado al apartamento a Joao, un portugués, que vivía en un edificio cercano.

—¿Tú eres hija del ataché? —le preguntó Joao la mañana en que se conocieron. Ella iba por Primera Avenida, cerca de un sitio eriazo que permite ver el mar, soñando con que su padre salía de la cárcel y ella podía emigrar. Confiaba en que un extranjero la sacaría un día de la isla como esposa.

—No, no soy la hija del ataché —respondió Lety, feliz de que la confundieran con extranjera.

—En verdad soy un tonto, no podías ser su hija —comentó Joao sonriendo. Era bien parecido, nada alto, y vestía jeans, camisa blanca de lino y tenis—. Lo pensé por la perrita, a él lo he visto paseándola por el barrio. ¿Y entonces qué eres tú de él?

Se sintió incómoda. En la isla solo la autoridad hacía ese tipo de preguntas.

—Soy la cubana que saca a pasear la perrita del ataché.

Le explicó que había trabajado en un hotel internacional, pero prefirió no abundar en detalles. Desde la detención de su padre debía evitar el contacto con extranjeros. Se lo había dicho el tipo de la seguridad que la *atendía* a ella y a su madre: «Si desean visitar un día al presidiario Lazo, no hablen con nadie del juicio, menos con extranjeros porque todos son de la CIA.» En verdad lo indicado hubiera sido cortar con el ataché e ignorar al italiano, pero con su padre preso, y ella y su madre desempleadas, todo comenzaba a darle lo mismo, tal vez lo único que valía la pena era dejar la isla en balsa o casándose con un extranjero. Estaba dispuesta incluso a casarse con el ataché, aunque fuese solo un arreglo entre una mujer madura y un hombre al que le atraían otros hombres. Con tal de salir de la isla, ella era capaz hasta de ayudarlo a conseguir amantes.

—Cuidado con la perrita —le advirtió Joao. Marilyn husmeaba en el borde de la vereda.

—Si atropellan a esta perrita, mejor me mato.

—A ese ritmo el ataché va a andar de luto y tú te quedarás sin trabajo. ¿Saldrías a cenar hoy conmigo?

Sabía que si aceptaba la invitación, terminaría acostándose con él. Le ocurría siempre con todos los extranjeros que conocía. Llegaba rápido a sus camas porque imaginaba que aquello era el inicio de un amor eterno. En verdad, a su edad estaba llena de amores eternos que solo duraban una noche. Pero esta vez las cosas serían diferentes; además, ya no le cabía duda de que el romance con Carlos hacía agua. Jamás se casarían, jamás podrían tener una vivienda e hijos como Dios manda, lo más probable era que en cualquier momento Carlos perdiese su paladar y los ahorros y quedara en la calle, si es que no lo acusaban de avituallarse en el mercado negro y lo encarcelaban. No, el amor con Carlos y la prisión de su padre la llenaban de amargura y la afeaban, la convencían de que en la isla carecía de futuro. No quería vivir más allí, deseaba un país donde las cosas fuesen simples y una pudiera hacer lo que quisiese y su destino y el de su marido y de sus hijos no dependiese más que de ellos.

—Está bien —repuso esperanzada—. Pásame a buscar al departamento del ataché a las siete y nos vamos a cenar por ahí.

Joao arribó puntual, pero no fueron a cenar a parte alguna. Abrieron unas botellas de Havana Club, la vaciaron bailando al ritmo de la música. Luego sus cuerpos desnudos, multiplicados al infinito por los espejos de las paredes y el cielo, se plegaron con frenesí en la cama del ataché. Lety Lazo intuyó una vez más que, ahora sí, había encontrado el amor de su vida.

Chiloé

La Blazer alquilada por Cayetano Brulé dejó con un brinco el puente del ferry, entró a la carretera húmeda de la isla y avanzó en dirección a la pequeña ciudad de Castro, azotada esa tarde por el viento y la lluvia. Entre los potreros pastaba ganado y en algunos lomajes se alzaban los últimos alerce milenarios, antes de que los convirtieran en madera de exportación mediante coimas y documentos falsos.

En rigor podría haber volado del continente a la isla en una avioneta de Aeropuelche, lo que habría resultado más rápido, pero prefirió alquilar en Puerto Montt un 4x4 para llegar a la agencia donde Bento había arrendado a su vez un vehículo. El piloto de la avioneta, decía Willy, recordaba que el pasajero deseaba alquilar un *todoterreno*. Mientras escuchaba el disco compacto con los blues, admitió que no debió haber llamado la noche anterior a Débora diciéndole que continuaba en Estados Unidos. Lo había hecho desde la calle, después de intentar ubicar infructuosamente a Suzuki en su quiosco de fritangas del puerto.

—¿Y cuándo vuelves? —preguntó Débora al escuchar su voz.

—En unos días. Me gustaría tenerte conmigo ahora que estoy frente al lago Michigan —mintió él observando la calle Lynch con sus baches emposados y las micros destartaladas que empapaban a los transeúntes.

157

—No seas falso, Cayetano. Seguro que ya estás tirando con alguna gringa. Por algo te desapareciste.

—No me vas a creer si te digo que no, pero es verdad. Te llamé simplemente porque te extraño, solo por eso.

—Vamos, que así me conquistas, Cayetano —dijo ella y él creyó percibir un timbre trémulo en su voz—. Pero si te entusiasmas, cuídate, y hazlo con condón.

Sonrió. Le agradaba su forma descarnada de decir las cosas. Además, ella no procuraba convertir esa relación en un compromiso formal ni le exigía que abandonase su oficio de detective. Le fastidiaban las mujeres que después del primer salto a la cama solo querían casarse y tener hijos, que atesoraban el sexo para conseguir el contrato civil. Como le había dicho la noche anterior, cuando un tipo de parka esperaba bajo la lluvia por el teléfono escuchando descaradamente el diálogo, la relación debía perdurar mientras resultase placentera para ambos.

—Mejor te dejo, Débora, que acá espera un mexicano impaciente —mintió de pronto Cayetano.

—Mexicana tu abuela, cegatón —repuso el hombre de la parka.

—¿Qué pasa, mi vida? —preguntó Débora imaginándolo en Chicago.

—Nada, mi sol, da la casualidad de que el caballero es chileno. Están por todas partes.

Detuvo la Blazer frente a la agencia de autos de alquiler, y a través de la vidriera vio que allí había únicamente un empleado. Estaba por cerrar. Era un tipo joven, de parka y gorro chilote.

—Disculpe la tardanza, amigo —dijo desde la puerta—, pero lo mío es rápido. Necesito solo un datito y se lo pagaré mejor que si me alquilase un Mercedes.

—Ver para creer —repuso el muchacho sorprendido por la elegancia urbana de aquel hombre de anteojos gruesos y bigotes a lo Pancho Villa, que se aproximaba a la barra—. ¿Usted no es chileno, verdad?

—Soy cubano, llevo un burujón de años acá y aún no me aprendo el cantaíto chileno, pero no se preocupe. Este país se está llenando de coreanos, argentinos, bolivianos, cubanos y peruanos, así que en diez años más nadie va a percatarse del acento suyo.

Afuera la lluvia ofrecía una tregua y los rayos de sol entraban en diagonal por la vitrina, mientras las nubes recogían los últimos resplandores de la tarde. Un rugido de tripas le recordó a Cayetano que necesitaba comer algo contundente.

—Cubano… yo no estoy ni ahí con la política —aclaró el dependiente, que tenía trazas, ahora Cayetano reparaba en eso, de ser un capitalino hastiado de la metrópoli—. Los políticos de derecha están para defender sus intereses y ampliar sus negocios; los de izquierda para defender sus intereses y abrir negocios. En fin, si me pilla don Ignacio, me echa a patadas por hablar así. En este país es mal visto hablar de política, la censura perfecta... ¿En qué puedo ayudarlo?

—Necesito datos sobre un auto que alquiló aquí hace semanas a un compatriota mío.

—¿Eso no más?

—Solo necesito verificar el kilometraje que recorrió el vehículo.

El muchacho se despojó del gorro y dejó al descubierto una cabeza rasurada, que brillaba como bola de billares de Valparaíso.

—Me acuerdo del cubano —dijo el muchacho. Seguramente él mismo se tejía sus suéteres y se liaba los puchos buscando su realización al margen del capitalismo salvaje—. Era un tipo simpático y comunicativo, usted sabe, no como acá, donde la gente es callada.

—¿Le dijo a qué venía a Chiloé?

—Andaba turisteando. ¿Usted es detective?

—No, lo busco solo por un asunto que tenemos pendiente.

—¿Y cómo voy yo en la parada? Mire que hay que encender de nuevo el computador y si se entera de esto don Ignacio, ni le digo la que me cae encima... ¿De cuánto estaríamos hablando?

—Bueno, mi socio, si me informas en detalle y no comentas a nadie que sigo a ese compatriota mío, yo, por la molestia que te causo... Pero a ver, dime otra cosa mejor: ¿cuánto te paga el abusador de Ignacio por cada semana en este boliche?

ISLA DE CHILOÉ

FEBRERO 01, 09.15 hrs.

Después del desayuno, Cayetano salió del hotelito Unicornio Azul, donde pernoctó en un cuarto con vista al mar, y condujo la Blazer hacia el norte, en dirección al pueblo de Dalcahue. Se sentía de buen ánimo porque había logrado conversar con Suzuki, quien ya se encontraba en casa. Sus secuestradores, que parecían latinoamericanos pero hablaban el español con acento inglés, le habían dicho que de su jefe dependía que no le ocurriesen cosas peores. A Cayetano le quedó claro el recado. Ahora, en Chiloé, la mañana estaba ventosa y con unas nubes negras que anunciaban más lluvia. Horas antes del desayuno, cuando recién comenzaba a amanecer y los choroyes llenaban de escándalo el bosque, Cayetano había viajado hacia el sur, camino a Chonchi, encontrando solo campos y una que otra casa aislada con gansos en el jardín, pero nada sospechoso.

Mientras conducía se preguntó una y otra vez por qué razón Constantino Bento viajaba a la isla con tanto dinero en efectivo. No era para adquirir droga, sería un suicidio trasladarla de allí a Estados Unidos, ni para comprar terrenos, que no podría pagar con billetes sin despertar la suspicacia del celoso Servicio de Impuestos Internos chileno. Por lo tanto, únicamente podía deberse a que Bento cumplía una misión secreta y de envergadura. Dada su trayectoria política y la situación imperante en Cuba, esa tarea solo podía implicar una desestabilización

161

del gobierno cubano. Lo difícil consistía ahora en averiguar la identidad de sus interlocutores en Chiloé. La CIA había perdido en forma absurda su pista en Puerto Montt, pero ahora, gracias a la bitácora de Aeropuelche, sabía que Bento había volado de allá a Castro.

Y eso no era todo. Gracias a los datos recibidos la noche anterior de Marcelo Cotapos, el empleado de la agencia de alquiler de autos, ahora podía reconstituir en forma aproximada su viaje por la isla. Su tesis era simple y por lo tanto arriesgada, y la repitió mentalmente: si Bento alquiló en la isla el jeep Cherokee por dos días y en ese plazo recorrió 80 kilómetros, como lo atestiguaba la contabilidad, entonces no podía haberse alejado más de 40 kilómetros de la agencia. Claro, también existía la posibilidad de que solo se hubiese desplazado en el radio urbano o extraviado en el camino, pero lo más probable era que hubiese empleado el vehículo para llegar a un sitio que conocía de antemano y estaba fuera de Castro, pensó. Si se aferraba a esa hipótesis y exploraba la supuesta dirección del desplazamiento, daría con el sitio buscado. Y la situación se simplificaba si admitía que había solo tres opciones: su hombre había viajado hacia el sur, en dirección a Chonchi; o hacia el norte, camino a Dalcahue; o bien por alguno de los senderos que nacen de la carretera Panamericana, que cruza de norte a sur el continente y es la columna vial de Chiloé. La primera alternativa la había descartado ya esa mañana.

De pronto, ahora que conducía hacia el norte escuchando los blues de Débora, comenzó a dolerle de nuevo la rodilla izquierda. Sufría el achaque desde hacía meses, especialmente cuando intentaba meter los cambios de velocidad en su viejo Lada, un tractor ruso disfrazado de automóvil, o antes de que en Valparaíso lloviese, o después de empinarse unos vasitos de ron en los bares del puerto.

—No se alarme —le había dicho el doctor May en su consultorio de la plaza Victoria, la de los leones de bronce traídos siglo y medio atrás de Lima como botín de guerra por las tropas chilenas—, a su edad su abuelo andaba con bastón, tomando chocolate caliente y acostándose a las siete de la tarde. Así que dése con una piedra en el pecho, no muy fuerte eso sí, de que aún quiera rumbear con muchachas.

Miró hacia la costa sin dejar de conducir. Entre olas enormes y un viento norte desbocado navegaba solitario un velero con su gran vela verde y blanco desplegada. Le gustaban esos colores, eran los de su club favorito, el Wanderers de Valparaíso, y la nave corría a manos de la tormenta el mismo peligro de irse a pique que su club de provincia a mano de los detestables arbitrajes capitalinos. Redujo la velocidad. Le pareció que el velero se aproximaba demasiado a unos roqueríos y temió que su proa se fuera por ojo y desapareciera bajo las olas. Llevaba siete tripulantes y apenas alcanzó a divisar su nombre: *Blizzard*. Ahora la carretera se alejaba de la costa dejando atrás el velero; temió que él, Cayetano Brulé, fuese un poco como esa nave que afrontaba una tormenta confiando en que los malos vientos no la hiciesen encallar.

Un trecho más allá detuvo la Blazer y bajó el volumen de la música. Estaba a poco menos de la mitad del kilometraje recorrido por Bento en la isla, a su derecha, entre el canal encabritado a lo lejos y la carretera, divisó una casa de postigos cerrados, semioculta entre los árboles. Si había una casa sospechosa de todas las que había visto en Chiloé, era esa. Y no había más viviendas en kilómetros a la redonda. Del portón pendía una cadena con candado, una reja de postes metálicos y malla gruesa de dos metros de alto marcaba el deslinde de la propiedad.

Bajó del vehículo y caminó llevando los binoculares por la gravilla hacia el portón. A simple vista no había nadie en esa casa, pero tampoco la vivienda parecía abandonada. Examinó el candado. Su boquilla no estaba tupida por el moho. Observó a través de los binoculares. La casa tenía un piso, techo a dos aguas y en su cara oriente un portal añadido años más tarde a juzgar por el tono de la madera. Y fue ese el momento en que el círculo de los binoculares se detuvo en un detalle simple, pero unívoco, que atrajo su atención, pues colgaba adosado a la pared del portal.

—¡Coño, de no creerlo! —exclamó—. ¡Un sombrero de guajiro en la isla del fin del mundo!

CHILOÉ

Bañado por el resplandor de la luna, Cayetano Brulé estacionó la Blazer a la vera del camino y entró a la propiedad por un trecho en el que había un cerco de alambres de púa. Sintió un tirón leve en la espalda, pero luego corrió a guarecerse en la penumbra del bosquecillo que rodeaba la casa. No había luz en la vivienda ni señas de que alguien hubiese llegado mientras él andaba en la ciudad. De lejos se oían ladridos.

Estaba convencido de que la casa encerraba parte del misterio no solo por encontrarse dentro del radio imaginario que le permitía trazar el marca kilómetros del jeep alquilado por Constantino Bento, sino también por ese detalle exótico del sombrero de yarey en el portal. Aquello revelaba un nexo curioso entre esa isla cercana a la Patagonia y la del Caribe. Nada de eso significaba, desde luego, que hubiese dado efectivamente con el contacto de Bento, pero si seguía apostando por la frágil hipótesis extraída del marca kilómetros, resultaba evidente que la casa de alerce, mimetizada con los árboles, era el sitio más sospechoso que había visto. Aunque perduraba la posibilidad de que Bento hubiese estacionado el jeep en ese paraje simplemente para continuar en otro vehículo al sitio de la cita verdadera.

Caminó hacia la casa y subió con sigilo los tres peldaños de madera que conducían al portal. El piso crujió bajo sus pies. Descolgó el sombrero y lo examinó a la luz de la luna. La etiqueta confirmó su suposición: *Rumba, La Habana.* Intentó abrir la puerta de la casa, pero estaba con llave, y cerrados estaban los postigos de la ventana que daba al alero. Golpeó a la puerta y aguardó un rato, pero no abrió nadie.

Decidió dar la vuelta a la vivienda para buscar una entrada. No tardó en encontrarla. Se trataba de un postigo con tranca externa, que protegía una ventana alta. Llevó del portal la mesa de mimbre para alcanzar la tranca. La ventana daba a un taller con trastos viejos y herramientas. Quebró el vidrio con una piedra, abrió la ventana y cogió impulso. Cayó al otro lado sobre un banco carpintero.

Olía allí a azumagado. Salió a un pasillo con varias puertas, encendió su linterna con forma de lápiz y desembocó en una sala con sillones de mimbre, una mesa de centro con un cenicero de concha de loco y estantes con libros. Cuando ya se proponía explorar los otros cuartos, vio en uno de los estantes un caimancito embalsamado. Tenía unos cuarenta centímetros de largo y una base de madera. Le recordó algo impreciso y lo cogió para examinarlo bajo la linterna. En la base, grabado a fuego, decía «Guamá».

Era un centro para la crianza de caimanes de la península de Zapata, al occidente de Cuba, en las cercanías de Bahía Cochinos. Recordó que los caimancitos embalsamados se vendían a los turistas que alojaban en las cabañas de la Laguna del Tesoro. Al pasar la yema de sus dedos por el cuero áspero del animal, sintió una repentina nostalgia por ese rincón del mundo que también era isla, que también tenía un paisaje frondoso y a trechos virgen, pero que era la antípoda climática de Chiloé. A juzgar por la fragilidad del cuerpo embalsamado, el animalito tenía sus años. Lo volvió a dejar en el estante.

Alguien de la casa había visitado Cuba, pensó saliendo al portal. El haz de la linterna se detuvo en el sombrero de yarey y vagó después por las tablas del piso hasta un cenicero con tapa giratoria, que yacía junto a un sillón. Al destaparlo lo abofeteó el olor a tabaco. Halló restos de puros en su interior. Aún llevaban anilla: Robusto Pyramid número 7, de la Diamond Crown. Guardó una en su billetera y volvió a la casa.

Entró a un cuarto donde había una computadora con impresora. Registró las gavetas del escritorio y encontró papel, baterías, bolsas de plástico y un sobre con fotos en blanco y negro. Eran fotos tomadas a grupos de jóvenes al aire libre y, a juzgar por la vegetación, habían sido hechas en parajes tropicales. Un rostro se repetía en varias de ellas, el de un tipo musculoso, de cabello negro y rasgos atractivos, que sonreía junto a sus compañeros. En algunas tomas estaba con amigos en la banca de una plaza, en otras en unos peldaños de piedra, en una simplemente sobre el tronco caído de lo que podía ser una palma. Eran fotos borrosas, amarillentas. Cogió tres y dejó el resto en el sobre. Ese tenía que ser el dueño de casa, el contacto de Constantino Bento, se dijo.

Volvió al pasadizo e ingresó a una sala donde había una cama, un velador y un ropero, donde colgaba ropa de hombre. Concluyó que su dueño era más alto y fuerte que él. Entró después a un baño pequeño. Junto al lavamanos halló una lata con gel de afeitar para piel ultrasensible y pasta dentífrica sin flúor, y bajo el lavamanos una caja con tubos de pasta, cremas y bloqueadores solares para alérgicos.

—¡Coño, esto sí es extraño! —murmuró Cayetano—. Este tipo se las da de pionero en el fin del mundo y tiene la piel más delicada que la Brittney Spears.

Hurgando en el cubo de los deshechos, encontró

envoltorios de pilas y de cepillos de dientes, una botella plástica con solución para lentes de contacto y una cartulina con la ilustración y las características de una vistosa mochila verde olivo. Por lo visto, el dueño de casa era miope y acababa de adquirir una sofisticada mochila para excursionistas, bastante profesional. Dobló la cartulina y se la guardó en el bolsillo. De pronto escuchó un ruido.

Dejó el baño y volvió al taller, donde esperó inmóvil. Era una lástima que su vieja Barreta estuviese en su despacho de Valparaíso, pero la maldita había agarrado la pésima costumbre de disparar cuando le venía en gana. A su espalda la ventana comenzó a abrirse lentamente. Permaneció quieto en la penumbra, a la espera de que alguien se asomara, pero al rato se dijo que se trataba de una simple ráfaga nocturna. Cuando se aprontaba a dejar la casa, descubrió en la sala del caimancito un teléfono inalámbrico entre los libros de un estante.

Al cogerlo, la pantallita se inundó de una luz opalina. Oprimió botones hasta dar con la memoria de los llamados hechos por el aparato, y emergió una lista interminable, que no arrojaba pista alguna. Sin embargo, dos llamadas le parecieron singulares: eran las únicas con código internacional. Habían sido efectuadas el 22 de enero por la madrugada. Llamó a la CTC y preguntó a qué países correspondían los números mientras el aullido lejano de un perro lo llenaba de malos presagios.

—El primero es de Bernau, República Federal de Alemania, señor —repuso una voz femenina estandarizada por el oficio.

—¿Y el segundo?

—De Rusia, señor.

—¿De qué ciudad?

—De San Petersburgo, antigua Leningrado, señor. ¿Alguna otra consulta?

San Petersburgo

Las sombras se cernían sobre la ciudad cuando Lucio descendió las escalinatas del metro en la estación Sennaya Ploschad, donde compró un boleto y cogió el último carro del tren en dirección norte. El vagón iba atestado de pasajeros pálidos y ensimismados. A partir de Chkalovskaya, el carro comenzó a vaciarse y las estaciones a parecer más sucias y abandonadas.

Fue entonces que pudo tomar asiento y sentirse tranquilo. En verdad, era imposible que el enemigo lo estuviese siguiendo por la sencilla razón de que no había dejado huellas y viajaba bajo identidad falsa. Además, nadie podría imaginar ni remotamente la misión que preparaba. Por otra parte, Kamchatka continuaba progresando en el patio nevado de la dacha, donde él lo ejercitaba tres veces al día bajo la estricta dirección de Malévich. Era notable la capacidad del ganadero australiano para interpretar las señales del silbato en forma precisa, para obedecerlas como si estuviese atado a una cuerda, como si se tratase de un robot a control remoto.

Solo habían sufrido un percance. Kamchatka, aprovechando una ausencia pasajera de Malévich, lo había atacado, mordiéndole la mano enguantada. Afortunadamente el grito desde la distancia del adiestrador había puesto las cosas en orden, y el animal lo había soltado gruñendo y mostrándole los dientes.

—Nunca debes titubear —le gritó Malévich a Lucio—. Debes mostrarte siempre como el alpha, como su amo. Si huele tu inseguridad por un solo instante, renace en él de inmediato su alma de dingo salvaje, amante de la libertad. Vamos, hay que comenzar de nuevo, y ahora le vas a disputar su plato y vas a comer de él antes que Kamchatka. No le temas, tiene que aprender que tú eres el alpha.

Cuando el tren ingresó en una de las últimas estaciones del recorrido, un hombre de bigote y parka azul se sentó a su lado. En el carro viajaban solamente ellos y una pareja de hombres de aspecto mediterráneo, que los observaban sin disimulo desde una puerta. Lucio temió lo peor. Tal vez la *shapka* de piel de conejo y los pantalones térmicos comprados en la víspera en una tienda de ropa de segunda mano no lo ayudaban a pasar inadvertido en ese mundo subterráneo. Uno podía vestirse con los trapos que quisiese, pero lo que a uno siempre lo delataba era la mirada, pensó. Toda mirada individual tiene nacionalidad, cultura e historia, se dijo.

—¿Su boleto?—preguntó de pronto en inglés el hombre a su lado.

Lucio cogió la mitad del boleto que Malévich le había entregado la noche anterior y se la pasó al desconocido, quien llevaba la otra mitad en sus manos. Las examinó y calzaron a la perfección.

—Sígame —le dijo después de guardarse los trozos en un bolsillo.

El tren disminuyó la velocidad y los hombres de la puerta se aproximaron a ellos. De pronto el tren se detuvo por completo y el del bigote abrió con vehemencia la portezuela. Estaban en medio del túnel. La luz blanca del carro bañaba las paredes de la roca desnuda.

—Salte —ordenó el hombre del bigote.

Lucio aterrizó sobre una superficie pedregosa. Los otros lo siguieron, y el tren echó a andar de nuevo y su par de luces rojas se diluyeron pronto en la distancia.

—Sígame —dijo el del bigote encendiendo una linterna y le indicó con el haz de luz las vías y la vereda estrecha que se extendía al otro lado, entre la línea férrea y la pared del túnel—. Levante bien las botas. Puede electrocutarse.

Lucio cruzó sobre los toma corrientes levantando los pies y siguió al hombre del bigote por la vereda. Dos luces blancas emergieron de pronto en la distancia.

—Hay que llegar a las escaleras antes que el tren —gritó el del bigote y apagó la linterna.

Echaron a correr en la oscuridad. Solo la silueta del sujeto y el roce torturante de su brazo contra las rocas filudas le indicaban que aún corría por la vereda, que aún conservaba el equilibrio. Los focos del tren se aproximaban aumentando su traqueteo ensordecedor.

—¡Más rápido! ¡Más rápido! —gritó el del bigote.

De pronto Lucio escuchó un alarido feroz a su espalda. Volvió por un segundo la cabeza sin dejar de correr y pudo distinguir de refilón un bulto humano que rodaba sobre las líneas en medio de chisporrotazos. Era como si hubiese estallado una tormenta eléctrica en el túnel. El hombre que lo seguía le gritó algo y le propinó un empujón que estuvo a punto de derribarlo. Cuando los focos ya los encandilaban, Lucio comprobó horrorizado que la vereda no ofrecía espacio para guarecerse del tren. Pensó en cruzar a toda carrera hacia el otro lado, saltando sobre los toma corrientes, pero al vislumbrar las luces blancas que ahora aparecían también por la vía opuesta, supo que de nada le valdría llegar al otro lado.

Y aunque intuyó que el tren lo arrollaría en cuestión de segundos, siguió corriendo enceguecido por los focos, agitado por el estruendo creciente de las ruedas sobre los rieles y el bateo de su corazón. Había sido un iluso al creer que era posible planificar hasta los últimos detalles en la vida, se dijo. Ahora no lo esperaba una cita con los independentistas chechenios, sino con la muerte. Moriría como uno de los tantos mendigos de San Petersburgo, y sus huesos terminarían enterrados en el cruel anonimato de una fosa común. Justo en el instante en que el tren soltaba un pitazo ensordecedor, el hombre del bigote brincó hacia la oscuridad que reinaba a la izquierda de la vía, hacia ese telón negro como la boca de la noche, y gritó:

—¡Salte! ¡Salte!

Lucio se lanzó al vacío, sintió que emprendía un vuelo interminable por la oscuridad y luego se estrelló contra unos peldaños de concreto. A su lado cayó el otro hombre. La falta de aire, la adrenalina corriendo por su sangre, el chirrido agudo de las ruedas arrancando chispas a los rieles y el pitazo en la oscuridad le hicieron olvidar el dolor por unos momentos.

—¡Vamos, vamos! —gritó el de la linterna mientras la encendía y buscaba desesperado una salida a lo largo de un enorme muro de ladrillos—. ¡Hay que escapar antes que la milicia cierre las alcantarillas!

Febrero 2, 16.30 hrs.

Lo despojaron de la venda y supo que se encontraba frente al hombre que necesitaba. Era alto y delgado, aunque robusto, usaba pasamontañas, bototos lustrados y chaqueta verde olivo con charreteras. Estaban en un subterráneo húmedo, frío y sin ventanas, al que se entraba por una pesada puerta metálica. Una ampolleta en el cielo de concreto iluminaba aquel espacio en que el frío calaba los huesos y había un montículo de carbón de hulla a la espera de alimentar chimeneas. Lucio se puso de pie, se sacudió el pantalón y las manos tiznadas.

—La plasticina está a su izquierda —dijo el enmascarado en inglés indicando hacia la bolsa deportiva junto a Lucio.

Lucio se llevó las manos al interior de la parka.

—No se moleste —dijo el enmascarado. Tenía ojos cafés, pestañas largas y los dientes disparejos—. El dinero ya lo tenemos nosotros. Está en orden. ¿Alguna pregunta?

No recordaba que le hubiesen sustraído los fajos de dólares. Tal vez lo habían drogado. Sí recordaba, aunque vagamente, que tras salir del metro por un cauce habían abordado una ambulancia, donde un enfermero le había inyectado seguramente un narcótico, para que se relajara en la parte trasera del vehículo, junto a los enigmáticos tipos del tren.

173

—¿Cómo vuelvo al centro de la ciudad?

—No se preocupe, lo dejarán en una estación del metro. Allí sabrá usted qué hacer.

—Confío en que el producto sea tan legal como los billetes que recibieron.

—Nuestro prestigio y nuestra lucha dependen de las armas que empleamos.

—Así dicen muchos.

—Es la mejor plasticina jamás fabricada —repuso el encapuchado paseándose impaciente por esa sala que olía a hollín. Le alcanzó la bolsa—. Checa, de primera. Examinada por los mismos rusos y nuestra gente de operaciones especiales. No hay equipo que la detecte en los aeropuertos. ¿Otra pregunta?

—Tenía razón, señor Brulé, Constantino Bento fuma efectivamente tabacos Robusto Pyramid número siete, de la Diamond Crown —dijo Chuck—. Son dominicanos, creados en 1991 por Stanford Newman y Carlo Franco Jr. como homenaje a los cien años de JC Newman. Valen la friolera de veinte dólares cada uno. Es la misma cintilla que encontró en la isla de Chiloé.

—¿No se lo dije? —Cayetano sorbió de la copa. Se trataba de un cabernet sauvignon nada despreciable, que combinaba bien con el carpaccio de pulpo que comía esa noche en el Pasta e Vino del cerro Concepción—. Es difícil que un chilote fume tabacos, menos de esa calidad. Además, no tenían nervio ni estaban resquebrajados. Solo podían haberlos traído hace poco del Caribe.

El Pasta e Vino tenía únicamente cinco mesitas y sus dueños, una pareja ítalo-chilena, ofrecían platos italianos. El cerro Concepción comenzaba a llenarse ahora de restaurantes y *bed and breakfasts*, y sus casas neovictorianas, similares a las de San Francisco, pasaban a manos de bohemios y gente adinerada que admiraba la enloquecida geografía del único anfiteatro natural del Pacífico. Por sus calles estrechas e inclinadas, sus escaleras retorcidas y misteriosas, sus paseos con vistas soberbias, que recuerdan los de Lisboa, o junto a los muros coronados por claveles, deambulan ahora turistas que duermen en los balcones bajo el cielo estrellado y despiertan con el fulgor de la bahía.

—Si Constantino Bento estuvo en la casa de Chiloé, entonces dimos con la persona a quien él buscaba —dijo Cayetano secándose los bigotazos con la servilleta. No podía negar que se sentía orgulloso de haber resuelto el caso de forma tan rápida—. Basta con establecer la identidad del dueño o arrendatario de esa casa, y el asunto está resuelto.

—Ahora sabemos lo que fuma Bento, pero ignoramos dónde se encuentra —repuso Chuck—. Y con respecto al dueño de la propiedad, es un chileno: Esteban Lara, 55 años, hijo de un minero de Sewell. Durante la dictadura de Pinochet se exilió en México.

—Como miles...

—Volvió seis años atrás.

—¿De México?

—Estamos tratando de averiguarlo sin causar revuelo. Pero hay un detalle importante: cuando Lara volvió a Chile, lo hizo como inversionista. Llegó adquiriendo tierras agrícolas en el sur, departamentos y acciones en una cadena farmacéutica, y se instaló en una mansión en la capital.

A Cayetano no le resultaba fácil sentarse de nuevo a la misma mesa con el hombre que había secuestrado a Suzuki. Le impresionaba que Chuck actuase como si nada grave hubiese ocurrido, como si todo lo que hacía por encargo de su agencia estuviese justificado moralmente.

—¿A qué se dedicaba en México? —preguntó Cayetano.

—Estamos averiguándolo —dijo Chuck mientras se servía agua mineral—. A Lara le fue magnífico en el exilio, pero mal en su país. A los dos años de estar en Chile no fue capaz de pagar los créditos que había solicitado, y los intereses se lo comieron. Perdió todo.

—¿Por eso terminó viviendo en esa casa en el fin del mundo?

—Es lo único que lo explica.

Cayetano volvió a servirse carpaccio de pulpo, bebió de su copa el cabernet sauvignon y pensó en los misterios del exilio y en la cocina de la pareja ítalo-chilena. Constató que el aporte imperecedero del exilio al país había tenido lugar en el ámbito culinario. Después de vivir decenio y medio en Europa o América Latina, los exiliados regresaron con sabores nuevos y recetas desconocidas a modificarle el paladar a sus compatriotas, encallados desde hacía siglos en la empanada al horno, la cazuela de ave, la palta reina, el charquicán y la sopa de porotos con riendas. En lugar de volver con la metralleta y los textos de Marx, Lenin o Mao bajo el brazo, los exiliados lo habían hecho con exóticas recetas de cocina y el anhelo de saborear en la patria liberada las delicias degustadas en las chifas de Lima, los bistrós de París, los *ratskeller* de Berlín o las tabernas de Roma. La revolución, pensó Cayetano, mientras su tenedor alzaba otra película transparente de pulpo magistralmente aderezada con aceite de oliva pompeyano, no la impusieron los exiliados en las calles y barriadas populares, sino en las mesas bien servidas de los sectores acomodados de Chile.

—Va a tener que seguir ayudándonos —dijo Chuck arrancándolo de su especulación político-culinaria. El local estaba ahíto de comensales gritones—. Aún ignoramos la razón precisa por la cual Constantino Bento llegó hasta donde Esteban Lara.

—Es fácil imaginarlo: Lara es el asesino o el intermediario del asesino.

—Sí, pero necesitamos aportar pruebas.

Le dirigió una mirada mientras le retiraban el plato.

Chuck le pareció más joven, imberbe e inmoral que nunca. Le preguntó:

—¿No aparece el nombre de Esteban Lara en vuelos recientes de Santiago de Chile a Berlín o San Petersburgo?

—No aparece.

—Entonces Esteban Lara no viajó.

—O lo hizo bajo otra identidad.

—¿Y eso no lo pueden averiguar con la policía chilena?

—Hay cosas que no podemos hacer.

—A este paso su compañía va a terminar pidiéndome plata prestada —alegó Cayetano. Si miraba bien las cosas, él, con su modesto cartón de detective obtenido a la distancia, había logrado dar en pocos días con la pista de un hombre que Estados Unidos buscaba desde hacía semanas—. Ya no son ni la sombra de lo que fueron, los vi actuar en plena Guerra Fría, y eran otra cosa.

Chuck bebió un largo sorbo de agua para no responder. Llevaba el pelo corto erizado como puercoespín, y vestía de forma deportiva. Su cuerpo magro como filete de primera y sus mejillas rozagantes denotaban una salud envidiable y, a juzgar por su musculatura, pasaba horas cada día en el gimnasio. Algo en su aspecto sugería a la legua, sin embargo, que era oficial de la CIA, condición que no había forma de disimular ante la malicia latinoamericana, pensó Cayetano, mientras le servían raviolis al pesto, humeantes y aromáticos, cuyas formas irregulares acusaban su factura casera.

—Tal vez los fracasos de su compañía se deban al exceso de recursos, y a que muchos oficiales solo sueñan con jubilar en California —comentó.

—Es posible —dijo Chuck picado.

—Bueno, si yo ganase lo que gana usted, contase con sus privilegios y dispusiese de los recursos que usted

178

dispone, no sería Cayetano Brulé —admitió divertido el detective—. Y tal vez no habría aclarado ni la mitad de los casos que tuve que aclarar bajo la amenaza de que me cortasen la luz, el gas o el teléfono. Pero, en fin, está bien, Chuck, como usted prefiera. Mañana me marcho a Europa.

Cuando el 747-400 de Air France aterrizó en el aeropuerto Benito Juárez de Ciudad de México, Lucio respiró tranquilo. La escala de cuatro horas en París, después de haber cogido la nave en Moscú, la había pasado en ascuas porque la policía antiterrorista examinaba pasaportes y maletines, en especial los de pasajeros con destino a Estados Unidos. Él, en rigor, nada tenía que ocultar, puesto que viajaba con un documento en regla, cumplía con los requerimientos de visado y no había cometido delito alguno.

Bento lo esperaba cerca de la estación de busecitos de la Hertz dentro de un Volkswagen alquilado. Llevaba la radio con unos corridos al máximo. Le entregó un sobre y le anunció que lo conduciría a un sencillo hotel próximo al Paseo de la Reforma. Se trataba de la Casa González, en la calle Río Sena, frente a la embajada británica, ubicación que a Lucio le disgustó por razones de seguridad.

—En el sobre está el comprobante del depósito en su cuenta de Bahamas y el pasaporte —dijo Bento mientras intentaba entrar a una pista atestada de vehículos que avanzaban a la vuelta de la rueda en la perpetua congestión capitalina—. Es de un mexicano parecido a usted. Cuando llegue al hotel, pase directamente a su habitación, la 202.

—No necesito presentarme en la recepción, ¿verdad?

—En el turno de la mañana ya ocupé la habitación por usted y di un número de tarjeta. Así que a la entrada simule que está volviendo a su cuarto después de un día agitado. Está todo pagado.

—¿Me dejó en el cuarto lo que le pedí?

Durante una luz roja, unos muchachos se abalanzaron sobre el carro y comenzaron a limpiar el parabrisas y los vidrios laterales. Bento buscó unas monedas en la chaqueta.

—En el cuarto hallará un maletín con ropa de su talla.

—¿Este es el pasaporte con que viajaré a Cuba? —preguntó Lucio extrayéndolo del sobre.

—Exactamente.

La luz pasó a verde, Bento bajó el vidrio y por una hendija le entregó dinero a los muchachos, que agradecieron golpeando el techo del carro.

—¿Está absolutamente limpio?

—Absolutamente. En el sobre hallará también la reserva en el hotel de La Habana y el pasaje de ida y vuelta. El del pasaporte no ha estado nunca en Cuba. Se supone que va en busca de mulatas y emociones fuertes. No tendrá problemas.

Lucio le entregó a su vez sus documentos a Bento y examinó el comprobante de su cuenta en clave y la foto del pasaporte bajo el foco interior del carro. Había cierta similitud entre el tipo de la foto y su rostro, cosa que lo tranquilizó. En La Habana se alojaría en el hotel Ambos Mundos, el mismo que le había sugerido la rusa.

—¿Cuenta ya con los materiales? —preguntó Bento.

—Me llegarán por correo.

—Eso sí suena raro...

No podía explicarle que Malévich enviaría todo del modo más seguro imaginable: empleando los sistemas internacionales de despacho de paquetes. Estados Unidos ofrecía facilidades inimaginables para el trabajo conspirativo, las que se habían visto mermadas, pero no anuladas, por el Departamento de Seguridad Nacional desde la guerra contra el terrorismo. Lo único que tenía que hacer era indicarle a Malévich una dirección y el resto funcionaría por sí solo gracias a la eficiencia norteamericana.

—Prefiero que no se inmiscuya en lo mío, Bento —aclaró Lucio al rato, al percibir cierto escepticismo en el cubano—. Sé como reunir todo para el éxito de Sargazo.

Los detuvo otra luz roja. Varios mendigos se aproximaron de inmediato a los vehículos, que aguardaban en cuatro pistas. Al Volkswagen se acercó una mujer indígena con un bebé en los brazos. Bento le entregó monedas y miró para otra parte.

—A mi retorno de La Habana necesito que nos reunamos con urgencia —dijo Lucio viendo como la mujer quedaba a la deriva en medio del río de vehículos que reanudaba la marcha—. Ya le indicaré detalles, pero necesitaré un buen pasaporte cubano-americano.

—¿En cuánto tiempo será eso?

—En una o dos semanas.

—¿Y dónde?

—En Ciudad Juárez.

Berlín

Cayetano Brulé se bajó del taxi junto al muro medieval que pasa por el centro de Bernau y entró a una *gaststätte* a servirse un café con leche y un pastel de almendras. Necesitaba estudiar el plano de esa ciudad ubicada al noreste de Berlín. La vivienda a la que Lara había llamado desde Chiloé quedaba cerca, en la Strasse der Befreiung. Las cosas pintaban bien pese al frío y el crepúsculo. Por la mañana, antes de dejar el impresionante Westin Grand, de la Friedrichstrasse, donde alojaba gracias a la tarjeta dorada, Suzuki le había dicho al teléfono que no había novedades en el frente casero.

Sin embargo, también le había pedido que le revelase pormenores del caso que investigaba, pero él se negó por miedo a que su secretario se involucrase en un asunto tan delicado.

—Cuando vuelva te cuento. Ahora tengo que ubicar a alguien en las afueras de Berlín —le respondió vistiendo su bata blanca con la inscripción del hotel bordada con letras azules en el pecho.

Lo peor era que Morgan sabía poco sobre el personaje de Bernau. Solo que se llamaba Joseph Richter y vivía en una calle cercana. Es decir, disponía de los datos de la guía telefónica. Se alejó del centro histórico en dirección al este y al cruzar entre unos edificios abandonados, tuvo que acelerar el paso porque divisó a una banda de *cabezas rapadas* que bebía cerveza en una esquina. Los cabezas rapadas alemanes eran cosa seria: habían asesinado a varios inmigrantes del Tercer Mundo.

—No me queda más que cambiar de ruta, que estos neonazis son capaces de dejarme sin dientes por mi aspecto —se dijo Cayetano acortando camino por un pasaje desolado.

Bernau era una ciudad fantasmagórica. En la última hora solo había visto al mesero y unos parroquianos del Zum Waldhirsch y a los neonazis, a nadie más.

La Strasse der Befreiung estaba bordeada por árboles y viviendas de muros descascarados de la década del veinte. No había vecinos a quienes consultar, ni tampoco almacenes o cafés donde pudieran informarle sobre lo que le interesaba. Bernau no era como las ciudades de América Latina, siempre con gente curiosa y dispuesta a opinar sobre cualquier cosa.

Tocó el timbre de la reja de la casa. Tendría que hablar con esa gente. Algo le ayudaría el alemán aprendido en los años en que estuvo con las tropas norteamericanas en las cercanías de Francfort. Nadie abría. En medio de tanta desolación se preguntó cómo se las arreglaría un detective privado en Alemania para recolectar información si la gente permanecía atrincherada en sus casas.

Como nadie abría, empujó la puerta de la reja, cruzó por un sendero limpio de nieve, y tocó el timbre de la casa. Nadie respondió. Caminó entonces hacia la parte trasera de la vivienda, donde había una ampliación con ventanales y mampara. No tuvo dificultad en abrir la mampara, pues estaba sin llave. Sintió el placer de los desvalijadores al entrar a una sala con estantes llenos de libros, muebles de madera y piso de baldosas.

Pero ver el ojo que le guiñó desde un extremo de la sala y escuchar la sirena fue una y la misma cosa. Huyó perseguido por el aullido de la alarma. Alcanzó la Strasse der Befreiung sin aliento y el miedo anclado en el estómago. Corrió por la nieve hacia la esquina más cercana, pero al barrer la calle desierta con la mirada no pudo creer lo que veía. Estimulados por la sirena y su huida, los cabezas rapadas salieron en pos suya lanzando gritos guturales.

Cayetano corría y brincaba sobre piedras, promontorios y bordes de vereda, y se hundió en una zanja, pero se puso de pie y siguió corriendo mientras a su alrededor caían piedras y latas de cerveza. Supo que el ataque iba en serio y que si lo alcanzaban, no sobreviviría.

Sentía que los neonazis le pisaban ya los talones, cuando divisó un taxi. Le hizo señas para que se detuviera, se embarcó desesperado y cerró la puerta.

—¡Rápido, sáqueme de aquí, por favor! —le dijo en alemán al chofer, ya sin aliento.

El hombre, de piel olivácea y bigote negro, esperó a que Cayetano se acomodara en el asiento trasero del Mercedes Benz petrolero, lo escrutó preocupado con sus ojos cafés a través del espejo retrovisor y aceleró a fondo.

—Y después dicen que la solidaridad tercermundista no existe —comentó satisfecho.

Febrero 04, 17.05 hrs.

En cuanto llegó al Ambos Mundos, Lucio dio un timbrazo a Malévich para anunciarle su paradero y el envío de nuevas instrucciones. Construído en 1923 en las esquinas de Obispo y Mercaderes, los cinco pisos del Ambos Mundos acogieron a menudo entre 1932 y 1939 a Ernest Hemingway, quien escribió en el cuarto 511 la novela *Por quien doblan las campanas*. Años más tarde, enamorado de la ciudad, decidió comprar una finca no distante de ella, donde residió durante veinte años.

Tras ducharse y aplicarse el protector solar, Lucio viajó en taxi al exclusivo reparto de Miramar con un propósito: alquilar una casa en la costa. Mientras avanzaba por las avenidas bordeadas por mansiones de diplomáticos, empresarios extranjeros y dirigentes de gobierno, y el aire salobre entraba por la ventanilla abierta del carro, recordó sus años en Cuba, cuando creía a ciegas en los cambios radicales para América Latina. ¿Y qué era él ahora, tanto tiempo después de aquello? ¿Un simple hombre decepcionado o un vengador sin escrúpulos?

Durante la mañana, tras el desayuno, había estudiado con minuciosidad los diarios locales impresos y electrónicos en busca de información sobre el Comandante. Necesitaba pistas que sugirieran su presencia en algún acto público. Era una empresa complicada, puesto que la prensa no solía revelar con antelación los programas del mandatario, menos aun después de Foros. Tal como lo había supuesto, no encontró nada importante, pero confiaba en que el tiempo corría a su favor.

Estacionó el vehículo en la Calle 24, a escasa distancia de Avenida Primera, y echó a caminar bajo el sol protegido por un sombrero de yarey. Vio las mansiones frente al mar, calles amplias y rectas, con jardines y árboles que aún mantenían el antiguo esplendor prerrevolucionario. Caminaba recordando sus años en Tropas Especiales, época en que manejaba un Volga ruso por La Habana y se dedicaba a infiltrar agentes en países europeos, cuando divisó en la vereda opuesta a una mujer de saya corta y blusa holgada, que paseaba una perrita.

Cruzó la calle y le preguntó a boca de jarro:

—¿Eres de aquí?

—¿Por qué?

Tenía los rasgos toscos y una melena aleonada, y aunque Lucio prefería las mujeres menudas, sintió que el deseo lo corroía después de tanto tiempo de abstinencia. Le calculó unos cuarenta años, caderas estrechas y un caminar nada sensual, pero bajo la blusa adivinó unos senos que bien merecían ser explorados.

—¿Sabes dónde ofrecen alojamiento en este barrio?

Ella frunció el ceño y miró los alrededores mientras la perrita husmeaba cerca de una palmera.

—Aquí lo que hay son hoteles —dijo ella—. Nunca oí de pensiones.

—¿Y tú, siendo de estos lados, no sabes quién alquila cuartos aquí?

—Sé donde hay paladares, pero no pensiones. Raro que siendo extranjero no tengas aún dónde vivir, muchacho.

—Pues es así, aunque soñé que una pelirroja me ayudaba a encontrar cuarto —dijo Lucio fijando en ella sus ojos verdes—. Todo lo que necesito es un cuartico, chica. Vamos, que tú puedes ayudarme a conseguirlo en este reparto, ¿verdad?

Febrero 05, 10.45 hrs.

El teniente coronel Abelardo Horta planeaba visitar aquel día La Habana con su esposa. Contaba con el pase del comandante de la base aérea de Santiago de los Baños y por ello le sorprendió que hasta su apartamento llegaran a buscarlo dos oficiales en un yipito rumano con la orden de llevarlo a la base.

Había un cielo sin nubes, ideal para volar, se dijo el teniente coronel mientras se vestía y calentaba a la carrera un buchito de café. Su mujer continuaba durmiendo y prefirió no alarmarla. Tres minutos más tarde el yipito corría veloz con el teniente coronel sentado en el asiento trasero por un camino de ripio que rasgaba en dos la selva tropical que rodea al regimiento de caza.

A los cuarenta y cinco años, Horta era un piloto que podía enorgullecerse de su trayectoria en la fuerza aérea revolucionaria. Condecorado por el Comandante por su participación en el derribamiento, el 24 de febrero de 1996, de dos avionetas Cessna 337, de la organización exiliada Hermanos al Rescate, Horta era un hombre de confianza absoluta del régimen y rehén eterno del mismo por cuanto jamás podría desertar hacia Miami, donde lo aguardaba la justicia norteamericana por el asesinato de las cuatro personas que navegaban en las avionetas que supuestamente violaban el espacio aéreo cubano. En rigor, Horta no había disparado los misiles R-60MK ni había pilotado el MIG 29UB, FAR 900, desde el cual estos fueron activados. Eso corrió por cuenta del teniente coronel Lorenzo Pérez, limitándose su misión a mantener su MIG 29 UB sobre el teatro de operaciones y servir de *relais* entre los controladores del radar en tierra y el caza de Lorenzo Pérez.

El derribamiento de los Cessnas trajo el aplauso del partido y gobierno cubanos, pero desató una ola de protesta internacional. De hecho, el Consejo de Seguridad de Naciones Unidas condenó la operación, el 27 de febrero de 1996. Pocos sabían, sin embargo, que el presidente estadounidense rechazó la propuesta del Pentágono de bombardear como represalia la base aérea de San Antonio de los Baños. La rechazó por dos razones: el temor a los MIG 29 y a los misiles superficie-aire de los cubanos, y porque supuso que en una guerra no lograría interceptar los ataques aéreos en contra de cayos y ciudades de la Florida. La reacción estadounidense, pensaba Horta esa mañana, mientras aspiraba el aire dulce de la selva isleña, demostraba que el Comandante estaba en lo cierto al afirmar que solo el miedo de la Casa Blanca a ser agredida militarmente en su territorio impedía la invasión de los marines.

Tras cruzar los controles de acceso a la base, el yipi condujo a Horta al edificio de concreto donde se encontraba el despacho del oficial a cargo de la base. Sin embargo, el enlace que lo aguardaba en la puerta no lo condujo a ese despacho, sino a los refugios subterráneos.

Si lo conducían ahora hasta allí, su mujer podría olvidarse del viaje a La Habana, pensó inquieto, porque eso solo podía estar relacionado con el paralelo 24. Para los pilotos cubanos y norteamericanos, el concepto era claro: la zona de defensa aérea cubana llega hasta el paralelo 24, donde comienza la ADIZ, o zona de defensa aérea estadounidense. Ningún avión cubano puede traspasar ese paralelo hacia el norte. Cada avión que despega de Cuba es espiado por Estados Unidos. En el instante en que una nave avance hacia el paralelo 24, cazas norteamericanos despegan de su territorio para chequearlo y, en caso de sospecha, derribarlo. La situación reviste siempre peligro porque los aviones de guerra cubanos carecen de radio para comunicarse con los pilotos estadounidenses. Pocos en la isla y Estados Unidos saben que la desorientación de una nave militar puede causar cualquier día una catástrofe. Por eso, las naves cubanas despegan alejándose del paralelo 24. La convivencia entre Cuba y Estados Unidos depende en gran parte de la inviolabilidad de esa línea imaginaria.

Después de cruzar por un pasillo de luz mortecina y paredes de concreto, el enlace le indicó que entrara a un cubículo vacío, donde solo había una silla y una mesa.

—Esto es para usted, teniente coronel —dijo el enlace al entregarle el sobre lacrado con el remitente del ministro de Defensa—. Una vez leído, debe introducirlo en el triturador de documentos, que está a su izquierda.

Horta se sentó a la mesa y abrió el sobre mientras el enlace salía cerrando la puerta. Aspiró profundo y rompió los sellos. Comprendió de inmediato que tal vez nunca realizaría el viaje con su mujer a La Habana: el enemigo estaba a punto de agredir a la revolución y el Comandante había decretado alarma extrema.

Horta memorizó las instrucciones, trituró los papeles, y se dijo que a la hora de los mameyes los sofisticados equipos enemigos no podrían detectarlo cuando volase a ras de agua, como un pelícano, sobre la corriente del golfo para soltar sus misiles sobre Key West y Miami.

FEBRERO 8, 10.30 hrs.

Al cerrarse la pesada puerta de madera a su espalda, Cayetano Brulé quedó envuelto en una humedad espesa, pasada a creolina, y comenzó a subir a tientas los peldaños de madera porque no halló el interruptor de la luz.

Estaba en el número 49 de la Málaya Morskaya, la dirección que le había indicado Chuck Morgan en Valparaíso. Pésimo lugar el de Dimitri Malévich para residir: más que un edificio, parecía la parte trasera de un escenario. ¿Por qué Chuck no había conseguido más datos sobre el ruso? ¿Y qué haría al encontrarse ahora con él? ¿Mostrarle acaso la foto de Esteban Lara para ver cómo reaccionaba? Estaba en aprietos, no podía repetir el fracaso de Bernau, Chuck terminaría por creer que quería arruinarlo todo y podría salirle caro. Se detuvo en un descanso a darle respiro a la rodilla. Se había untado Bengay por la mañana, lo que calmaba su dolor, pero lo hacía oler como vieja con reumatismo.

Divisó a través de la baranda a una mujer de delantal y pañuelo a la cabeza, que trapeaba las tablas del último piso. Era el único nivel donde había luz, una luz lóbrega que emanaba de una bombilla desnuda. La mujer tenía a su lado un cubo con agua. Estaba tan inmersa en lo suyo que soltó un grito cuando vio a Cayetano.

—¿Malévich? —preguntó el detective.

—¿Dimitri Malévich? ¿Boris Malévich? —repuso ella. Tenía las mejillas rojas, unas manazas grandes y lo escrutaba, tratando de establecer el origen de ese hombre de calvita insinuada, anteojos gruesos y unos bigotazos que asociaba con películas de bandoleros mexicanos.

—Dimitri o Boris, me da lo mismo, tía —dijo Cayetano.

—Dimitri *niet* Saint Petersburg —dijo la mujer, o al menos así creyó entender Cayetano—. Boris, *da* Saint Petersburg.

—Bueno, entonces Bo-ris Malévich.

—*Niet, niet* —dijo la fregona y añadió algo que no le pudo entender.

Optó por volver a la calle. El idioma ese era del carajo. La mujer lo siguió por las escaleras murmurando. Un piso más abajo, en medio de la oscuridad, ella gritó enardecida, lo que lo hizo temer que se asomara gente a los pasillos. No le quedó más que detenerse a ver qué quería. De pronto se encendió una luz y la mujer sonrió. Acababa de instalar una bombilla en el zoquete de una pared descascarada.

—*Cuartira* —dijo la mujer mostrando hacia una puerta—. *Cuartira* Malévich.

—¿*Cuartira* Bo-ris Malévich?

—*Niet cuartira* Boris Malévich. *Da cuartira* Di-mitri Malévich.

—Bo-ris, ¿*niet cuartira?* —preguntó Cayetano, sorprendido de su repentino dominio del idioma de Dostoievski, convencido de que hasta el profesor Inostroza estaría orgulloso de él.

La mujer asintió. Ahora sí la situación calzaba con el cuadro pintado por Chuck: el departamento era de Dimitri Malévich, pero él no estaba en casa. Y al parecer Boris sí estaba allí, o eso creyó entender. ¿Y quién sería Boris Malévich? Se acercó a la puerta y tocó varias veces.

—*Niet, niet* —gritó la mujer.

Entre asustado e irritado, Cayetano retrocedió unos pasos mientras la fregona le indicaba con la mano que no había nadie en ese departamento.

—Necesito hablar con algún Ma-le-vich, coño —dijo Cayetano impaciente.

Ella lo cogió del brazo y apuntó un dedo grueso sobre la esfera del Poljot.

—Ah, *dosvidaña*, abuelita, entonces volveré en una hora.

Y continuó bajando las escaleras a tientas. Necesitaba un café para matar el tiempo y ordenar las ideas.

La Habana

Lucio se bajó del taxi que había cogido en el Ambos Mundos cerca del centro comercial La Copa, de Calle 42 y Primera Avenida, en Miramar. Pese a la humedad pegajosa, prefería caminar por esa avenida bordeada por cocoteros, con el acuario y el hotel Tritón a su espalda, explorando el reparto que frecuentaba en sus años de residencia en la isla. A pocas cuadras de allí, en el Chateau, se alzaba la antigua central de Tropas Especiales, en un edificio moderno, de paredes claras y pisos bruñidos, con el aire acondicionado siempre al máximo.

Dos días antes, Lety Lazo le había ayudado a encontrar cuarto en la casa de una pareja de pintores homosexuales que por quedar lejos de la costa dificultaba su misión. Simuló entonces ser un turista en busca de experiencias auténticas y salió a cenar con la mujer, que decía no tener novio y soñaba con dejar la isla. Después del postre habían terminado en el apartamento de un diplomático que estaba de viaje.

—¿Y qué diría tu familia si te vas? —le preguntó Lucio mientras la desnudaba al borde de una cama, frente a un ventanal que se abría al océano, y la dulce voz de Ibrahim Ferrer inundaba el apartamento.

—Se alegraría —Lety alzó los brazos para estirarse despreocupada, dejando que las manos ásperas de Lucio recorriesen sus pechos y la línea de sus caderas. Sabía que en Cuba la suerte de su padre y la suya estaban

195

echadas y solo le quedaba marcharse, si es que la autorizaban.

Lucio la recostó en la cama y la contempló desde la distancia, sin tocarla, como si ella fuese una estatua inalcanzable. En el horizonte las nubes se teñían de tonos ocres, y sobre las sábanas negras la piel de Lety adquiría un tono mate. Ella abrazó sus piernas y formó un ovillo, dejando a la vista la redondez de su pequeño culo blanco y, por entre los muslos, una carnosidad desdibujada por la penumbra. Habían terminado haciendo el amor en el balcón, mientras por el cielo cruzaban distantes y silenciosos los aviones entre Europa y Miami.

Abandonaron el departamento a la mañana siguiente y desayunaron en un paladar cercano, luego se despidieron, él apresurado, ella con el corazón roto. De inmediato Lucio reanudó su búsqueda entre la gente recomendada por Lety Lazo. Kamchatka se encontraba ya en la casa del diplomático ruso, y él solo precisaba una vivienda con jardín y acceso directo al mar. Buscó afanoso durante dos días hasta que alguien le dijo que cerca de allí, a la altura de Calle 30, una viuda poseía una casona que daba al mar. Y aunque le estaba vedado alquilar a extranjeros —a nacionales no lo hacía por miedo a que se tomasen la vivienda—, ofrecía cuartos en dólares. Lucio supuso que la viuda le pagaba al presidente del CDR para que no la denunciase, así que la casa ofrecería la cobertura necesaria.

No tardó en divisarla. Estaba a mano izquierda. Por sobre un muro de piedra y una fila de cocoteros emergían su segundo piso con balcones y tejado francés. Era evidente que antes de la revolución había conocido su época de esplendor, pero ahora los muros descascarados y algunas ventanas tapiadas con madera prensada pedían a gritos una restauración Lucio golpeó con la aldaba y esperó.

Abrió una mujer delgada, de rostro amable, pero distante. Llevaba un vestido de mangas cortas y el cabello plateado ceñido por un cintillo negro.

—¿Señora Ángeles?

—¿En qué puedo servirle?

—Me dicen que alquila cuartos.

—Es efectivo —dijo ella seria—. Pero le advierto que son caros y no admito relajo.

—El precio no importa, señora, y es el lugar indicado para mí. Vine a Cuba buscando paz y tranquilidad. ¿Me permite entrar?

Febrero 8, 11.35 hrs.

Cayetano retornó a la mañana siguiente al edificio de la Málaya Morskaya, porque el día anterior Malévich no había vuelto al apartamento. Nevaba, pero hizo igual el trayecto a pie por la Perspectiva Nevski, entre el aire frío y la gente bien abrigada que pasaba presurosa y ajena al estrépito de los vehículos. Entró al edificio y comenzó a subir las escaleras en penumbras.

Halló a la mujer trapeando el cuarto piso, con un cubo colocado en una puerta a modo de cuña para que no se cerrara. Era la puerta del departamento de Malévich. Se acercó a ella y le propinó un puntapié al cubo. Un agua sucia se derramó por el piso del departamento arrancándole un grito feroz a la mujer, que soltó una sarta de imprecaciones con el trapeador en las manos.

—Disculpe, tía, fue sin querer. *Pardón...*

Pero el estropicio ya estaba hecho y el agua cubría el piso de madera y parte de la alfombra de la sala. La mujer se echó a llorar agarrándose la cabeza a dos manos.

—Disculpe, tía, tome esto por la molestia —dijo Cayetano y le puso veinte dólares en la mano. Ella se secó las lágrimas, dejó de llorar y se guardó el billete en el refajo.

—*Spassiba, spassiba* —exclamó.

—¿Aquí vive Malévich, verdad? —preguntó Cayetano mientras entraba a la sala esquivando la poza oscura.

—*Da, cuartira* Dimitri Malévich.

Era un espacio estrecho y en desorden: había una mesa con tazas sucias, una cama deshecha, estantes, un computador y revistas pornográficas. ¿Era ese el lugar que había visitado el hombre de Chiloé? ¿Y por qué había cruzado el mundo entero para llegar allí? ¿Y quién sería Dimitri Malévich? ¿Y quién Boris Malévich?

Extrajo las fotos de Esteban Lara que había sustraído en Chiloé y se las mostró a la mujer.

—¿Lo conoce? —le preguntó Cayetano.

—*Niet, niet* —dijo ella cruzando la poza y cogió de un estante una foto enmarcada—. Boris y Dimitri Malévich.

Debían ser padre e hijo, supuso Cayetano. Ambos vestían abrigo y *shapka* y posaban frente al muro del Kremlin.

—Pero a este hombre —insistió Cayetano mostrando la foto de Lara—. ¿Lo conoces?

Ella lo miró sin entender.

—¿Conoces a esta persona? —preguntó Cayetano.

—*Druzhba* Boris Malévich —dijo la mujer o algo similar entendió Brulé, y luego, cogiendo la foto de Lara, representó el despegue de un avión y al tiempo que indicaba al rostro del chileno, agregó—: *Niet* Saint Petersburg. Aeroflot, Habana, *tovarich* Fidel Castro…

Febrero 9, 13.40 hrs.

—Entonces estamos bien encaminados —comentó Chuck—. Con lo que le dijo la vieja y el llamado que registramos de un hotel de La Habana al departamento de Malévich la cosa está clara.

—¿Cuándo fue eso del llamado? —preguntó Cayetano Brulé.

—Hace cuatro días. Llamaron del Ambos Mundos.

Conversaban en el Ambassador. Si uno sale del Museo del Ermitage y se dirige por la Nab Raki Moyki en dirección al imponente edificio de ladrillos llamado Castillo de los Ingenieros, y cruza el Fontanka poco antes de su desembocadura en el Neva, encontrará ese restaurante. Sus paredes están recubiertas de tafetán y tules de franjas doradas recrean una tienda beduina.

El estadounidense, que acababa de arribar de Berlín, había escogido ese sitio porque suponía que se prestaba para encuentros conspirativos. Pero ahora estaban prácticamente solos allí y su presencia resultaba llamativa entre los mozos de traje negro y humita, que atendían mientras un viejo tocaba balalaica.

—¿El Ambos Mundos? —repitió Cayetano haciendo memoria—. Ese era el hotel donde vivió Hemingway.

—¿Hemingway vivió bajo el castrismo?

—Se enamoró de Cuba en los años treinta, Chuck, y después se quedó a vivir allá por veinte años. Se marchó de Cuba el 60, y se voló la cabeza con una escopeta en su casa de Estados Unidos.

—Ya ve usted, nunca es tarde para aprender.

—En fin, volviendo a lo nuestro: tal vez fue Lara quien llamó del Ambos Mundos a Malévich. ¿Y consiguió las grabaciones?

—No puedo pedirlas, dejaría huellas —dijo Chuck tras saborear un blanco moldavo, espumoso y dulce—. Pero si Lara llamó a Malévich, entonces toda su suposición marcha sobre ruedas. Usted debe viajar de inmediato a La Habana. Ya le reservé pasaje y cuarto en el hotel Sevilla, que queda cerca del Ambos Mundos.

—¿Tendré que perseguir ahora a Lara?

—Después de haber viajado a Chicago, Chiloé, Berlín y San Petersburgo no creo que le importen mucho un par de millas más.

—Espere, Chuck —dijo Cayetano serio—. Ustedes quieren que ubique a Lara para que puedan liquidarlo después. Si creen que pueden utilizarme para un asesinato, me bajo ahora mismo de esto. Soy un tipo honesto, tengo las manos limpias, mi gran orgullo.

—Si quisiéramos deshacernos de Lara, lo haríamos sin su ayuda.

—Claro, no lo dudo, pero antes necesitan encontrarlo.

—Pero no para liquidarlo, señor Brulé, sino para impedir su misión y detenerlo.

—No me digan que piensan juzgarlo por atentar contra el Comandante.

—Un tipo que se hace pagar un millón de dólares para eliminar a alguien puede enseñarnos mucho.

—Toda esta lógica suya me harta. Lo sabe, ¿verdad?

—Mejor hagámonos la vida grata, señor Brulé. Somos aliados, al fin y al cabo.

—¿Usted realmente lo cree? —Cayetano acompañaba con un tinto de Georgia su *golubtsi*, unas hojas de repollo rellenas con carne de vacuno y arroz—. Para mí los aliados no imponen condiciones.

—No me venga con sentimentalismos. Usted sabe que está haciendo méritos para librarse del lío en que se metió, así que no desconfíe. ¿Ve ese palacio allá?

A través del ventanal Cayetano vio la construcción de ladrillos en medio de la nieve.

—Es el Castillo de los Ingenieros. Lo levantó un paranoico, el zar Pablo I —precisó Chuck eructando con disimulo—. Como temía que lo asesinaran, hizo construir alrededor de su residencia fosos, puentes levadizos y pasadizos secretos comunicados con los cuarteles de Marte.

—Hombre precavido, al menos.

—Le sirvió de poco. Lo mataron igual.

—A propósito —dijo Cayetano pensativo—. Usted y yo estamos metidos en un asunto secreto, en el cual corremos el riesgo de saber demasiado. ¿Se da cuenta, verdad?

—¿Qué quiere decir con eso?

—Que si yo revelase esta historia, la gente creería que me volví loco, porque soy un detective proletario de una ciudad latinoamericana. Pero si usted lo hiciese se formaría un escándalo.

—¿Y entonces? —Chuck escuchaba con atención.

—Si me permite, diría que usted es el más afectado en esta operación —Cayetano creyó advertir incertidumbre en la mirada de Morgan—. A veces de nada sirven los pozos ni los puentes levadizos si uno sabe más de la cuenta, Chuck. Pero, volviendo al tema, ¿conoce la identidad bajo la cual viaja ahora Esteban Lara?

—De Chile a Europa usó pasaporte salvadoreño —murmuró Chuck sin convicción—, pero ese nombre no aparece en los vuelos de Moscú a La Habana. Solo suponemos que Lara está en la isla, y por eso urge que usted haga maletas y vuele para allá. ¿Le parece, señor Brulé?

Febrero 9, 18.15 hrs.

—¿Entonces se va solo por unos días? —preguntó Ángeles.

—Lo que tarde en recorrer el interior de la isla —dijo Lucio junto a la puerta. Llevaba calobares curvos y gorra de beisbolero, una mochila verde olivo y el rostro y los brazos untados con protector antialérgico—. Le encargo mis pertenencias.

—No se preocupe, todo quedará como usted lo dejó.

Ella estaba satisfecha con el venezolano. Se trataba de un tipo quitado de bulla, al que le atraía la pesca y pasear por la ciudad, y que además alojaría por un mes. Alquilaba la antigua casa de la servidumbre con su patio independiente, que daba a la piscina y a los roqueríos, lo que a ella le convenía, pues la libraba de recibir caras nuevas cada semana.

Lucio salió llevando la mochila con su documentación y pasajes, cerró el portón y tomó luego por Primera Avenida respirando el aire almibarado. Estaba optimista, aquella casa era el lugar ideal para sus operaciones, y estaba convencido de que Lety Lazo no lo buscaría allí.

Tomó otro café en el centro comercial y en el *Granma* encontró por primera vez una noticia que le permitía suponer que el Comandante acudiría a una actividad pública. Era solo una probabilidad lejana, lo reconocía, pero no la descartaba del todo. La noticia aparecía en las páginas interiores del diario: para comienzos de marzo se anunciaba la inauguración del Cristóbal Colón, un espectacular hotel cinco estrellas en el corazón histórico de La Habana Vieja. Se trataba de un palacete reconstruido por Sean McGowan, magnate escocés que estaba haciendo fortuna con una cadena de hoteles instalados en edificios históricos europeos. McGowan se proponía terminar pronto el Cristóbal Colón, en calle Empedrado, cerca de la Plaza de la Catedral, establecimiento que se erguiría con todo el confort moderno, pero respetando la fachada de un palacio de piedra del siglo dieciocho. Lucio calculó que el Comandante, agobiado por la crisis con la Unión Europea, asistiría a la inauguración para demostrarle a sus gobiernos, tan críticos a su régimen en materia de derechos humanos, que en la isla aún podían hacerse negocios rentables.

—Si el objetivo acude, las probabilidades de éxito son elevadas —pensó Lucio mientras se dirigía a la casa del diplomático ruso que cuidaba a Kamchatka.

Tepin lo condujo de inmediato al jardín trasero, donde tenía al animal, que recibió a Lucio con brincos y aullidos de alegría, a lo que él respondió entregándole un hueso comprado en la diplotienda. No cabía duda, que la separación le había hecho bien a Kamchatka, pensó y que ahora agradecía el reencuentro. Era un ejemplar inteligente y con buena memoria, y no había perdido peso, cosa que lo alivió.

—Come bien por lo que veo —le comentó a Tepin mientras el perro trituraba el hueso.

—Le estoy dando lo que usted me orientó y a veces lo saco a pasear, pero me gruñe, tiene su genio.

—No lo saque más, entonces, déjelo en el patio. Basta con que corra allí. ¿Tuvo problemas en la aduana?

Tepin sonrió, se pasó la mano por los labios y dijo:

—Fue más fácil de lo imaginado.

Lucio le entregó un fajo de dólares, que el ruso colocó sin comentarios bajo un florero del living.

—Volveré en una semana —dijo Lucio al abrir la puerta de salida. En la calle no había autos detenidos ni gente observando—. A sacarlo a dar una vuelta larga.

Después se dirigió al Ambos Mundos. Necesitaba retirar su equipaje.

Febrero 10, 17.05 hrs.

Le entusiasmaba llegar al aire húmedo y pegajoso de Cuba, que desde el sur se iba desperfilando día a día ante los escrutadores ojos de su memoria, pero en cuanto ponía sus plantas sobre aquella isla detenida en el tiempo, ella le revelaba pliegos recónditos y claves secretas de su existencia. En rigor, cuando regresaba a Cuba era como si una parte adormecida de su cuerpo despertase. Ahora estaba en el aire frío del nuevo aeropuerto habanero, que tenía el aspecto cosmopolita de todo aeropuerto moderno. Allí el país perdía su aspecto de trinchera revolucionaria y se asemejaba a los demás países tropicales que aguardan con avidez los dólares de quienes bajan de los aviones. Nuevamente los turistas volvían a Cuba en busca de la playa, el ron, la música y la recia carne de las mulatas, a templar como ya no se templaba en sus patrias ahítas de bienestar y progreso, se dijo Cayetano.

Mientras cargaba la maleta se preguntó si moralmente era justificable desbaratar el supuesto plan de Esteban Lara. Que la CIA protegiese al Comandante no se debía a que simpatizase con él, sino simplemente a que le convenía a sus intereses. Pero, ¿qué velas llevaba en ese entierro? ¿Se justificaba que, nacido y criado en esa isla, protegiese la vida del Comandante, quien pronto cumpliría medio siglo en el poder y era responsable del exilio y la muerte de tantos? ¿Debía abortar la conspiración que supuestamente estaba en marcha o debía cerrar los ojos y permitir que los acontecimientos se precipitasen? Cayetano se preguntó: ¿qué harías si no te presionase la CIA y supieses por azar lo que está ocurriendo? ¿Intervendrías en favor del Comandante o te harías el desentendido?

Salió al aire sintiendo que la sola idea del crimen político le causaba náusea, que la violencia solo engendraba más violencia y que debía evitar un atentado de ese tipo no porque la CIA lo tuviese cogido por los huevos, sino porque matar a alguien sencillamente era repulsivo. Buscó un taxi para llegar cuanto antes al hotel y apartar una imagen que ahora lo perseguía haciéndolo sentirse culpable. ¿Era legítimo proteger la vida del responsable del exilio, del encarcelamiento de opositores y de la muerte de balseros? ¿Debía actuar ahora también según sus principios? ¿O había excepciones? ¿Habría tal vez excepciones cuando la muerte de una persona evitaba la muerte y el sufrimiento de otras?

En fin, pensó, ahora estaba en la isla para cazar a Esteban Lara. La única esperanza de ubicarlo la alimentaban una llamada telefónica hecha desde el hotel habanero al departamento de Malévich y la información entregada por la fregona de la Málaya Morskaya, en San Petersburgo. Sin embargo, otra interrogante lo torturaba: si Lara estaba en Cuba bajo una identidad falsa, ¿cómo podría ubicarlo en el hotel sin despertar sospechas? ¿Y por qué Morgan no le entregaba simplemente el dato a los cubanos? ¿No era acaso lo más razonable si en verdad necesitaban salvarle la vida al Comandante?

—No podemos darle a la DGI un regalo así —había respondido Chuck en el aeropuerto de Pulkovo 2, de San Petersburgo, donde se despidieron—. Si ayudáramos al Comandante, él lo anunciaría al mundo y la comunidad cubana de Estados Unidos le retiraría su apoyo al presidente.

—La verdad es que no los entiendo —dijo Cayetano y empujó su maletín de cabina para situarse en una fila que avanzaba hacia inmigración. Estaba por abordar el vuelo a La Habana vía Moscú.

—Usted encárguese mejor de ubicar a Lara —dijo Chuck—. No se confunda: nuestra relación cordial no significa que su situación haya cambiado. Sobre usted pende una acusación delicada.

—Y si no fuera por eso y las prisiones clandestinas que manejan, me iría a Valparaíso a enterarme por los diarios de cuanto ocurre.

Chuck sonrió burlesco, avanzó unos pasos junto a Cayetano, y le dijo:

—Cálmese y vaya mejor a la isla. Cada uno ejecuta en este mundo la labor que le tocó. Ya sabe, si me necesita, llame al número que le di.

Un turistaxi del aeropuerto habanero se acercó hasta donde esperaba Cayetano con su maleta. El detective lo abordó presuroso, agradeció el aire acondicionado y el danzón que descargaban el bajo de Cachao y el clarinete de Paquito D'Rivera.

—¿Y adónde vamos, caballero? —preguntó el conductor, tocado con una impecable gorra beisbolera con las siglas de los Clubs de Chicago.

—Al hotel Sevilla, mi hermano.

FEBRERO 10, 17.38 hrs.

Ana Cervantes bebió la tacita de espresso en la cocina, abrió el ventanal y, con el último *New Republic* bajo el brazo, salió a la terraza de su departamento en el piso 47 del Santa María del Mar, en Brickell Avenue. Era una tarde con nubes altas y de brisa grata que soplaba a ratos desde el norte. Se proponía leer un reportaje cuando el llamado de Rick Reyes le trajo a la memoria el recuerdo de Constantino Bento.

Sus noticias no eran buenas. Desde que Bento había retirado fondos de RD de bancos de Miami, nada se sabía de su paradero. El silencio de semanas podía significar que su amigo se hallara en aprietos o tal vez muerto, temió Ana.

—No vas a creer que se fundió con el dinero. Eso es una bicoca para él —comentó preocupada.

A lo lejos la carretera refulgía entre la selva densa de Key Biscayne.

—No importa lo que yo crea —aclaró Rick—. Lo que importa es lo que piensan los seguidores de Comesaña.

—¿Y qué piensan?

—Desconfían... Un millón de dólares es un millón de dólares.

Ella no desconfiaba de Bento. Lo conocía desde hacía años, a ratos quizá había estado enamorada de él, y ninguna de sus acciones le daban motivo para poner en duda su honorabilidad. Quizá Bento estaba ya muerto, pues él, como todos los integrantes del directorio de RD, estaba condenado a la pena capital por el régimen de La Habana. La isla jamás perdonaba a quien atentaba contra la vida del Comandante. En todo caso, se dijo acomodándose en la *chaise longe* mientras miraba a través del cristal de la baranda hacia los veleros y el puente de Key Biscayne, el silencio de Bento constituía una pésima señal.

Bento sabía lo que había que hacer para cambiar el destino de la isla. Con el correr de los años había arribado a una conclusión deprimente y tal vez injusta, pero que ella compartía: al régimen del Comandante no lo apartarían los cubanos. Los de la isla vivían pendientes de la subsistencia personal y familiar, de las vicisitudes del día a día, de no caer en desgracia con las autoridades; y habían terminado por creer que el tiempo, la muerte biológica del Comandante o el exilio se encargarían de resolver la crisis. Y los del exilio, como ella y sus amistades, se habían *aggiornado* en exceso a la vida fuera de la isla, pensó, mientras contemplaba la estela que dejaba una lancha bajo el puente de Key Biscayne. Su oleaje columpió varios veleros cercanos.

En fin, se dijo mirándose los muslos que ya comenzaban a acusar el estrago de los años, tal vez ella, a diferencia de sus padres, no extrañaba La Habana sencillamente porque nunca había vivido allí. En rigor, su imagen de La Habana la alimentaban las descripciones de familiares y amigos mayores, las calles y locales de la Little Havana, y la música y las películas de antes. A sus padres; el Comandante les había arrebatado la isla, pero a su generación incluso el recuerdo de ella. Sus sobrinos y nietos ni siquiera cultivarían el recuerdo del recuerdo de Cuba. Bento tenía razón, había que acabar cuanto antes con el régimen y del modo que fuese.

211

Dejó caer la revista sobre el piso de mármol y pensó que sus compatriotas defraudaban a Bento al americanizarse en exceso, o al enviar remesas que perpetuaban el poder del Comandante o visitar la isla burlando la prohición del secretario del Tesoro. Se levantó y volvió al aire frío del apartamento, se sirvió un campari con hielo y regresó a la terraza. Se apoyó en la baranda a contemplar la bahía. Ahora la lancha estaba empopada y sus tripulantes se asoleaban plácidamente en esas aguas tranquilas.

Constantino tenía razón: los cubanos ya no lograrían deshacerse del tirano, solo un extranjero profesional, que conociera la isla y a su gente, podría cumplir la tarea. Quien la asumiera debía carecer de vínculos con el exilio, que a esas alturas, como lo demostraban los hechos, era espiado noche y día por infiltrados de la DGI.

Hacía tintinear el hielo en el vaso cuando percibió algo parecido al revoloteo de un abejorro. De inmediato el ventanal a su espalda se convirtió en una tela de araña enceguecedora. Después sintió una punzada aguda en la sien, y la bahía comenzó a girar en torno suyo y se volvió imprecisa como un paisaje mal enfocado. No sintió dolor cuando su cabeza ensangrentada se azotó contra el piso, ni escuchó el motor de la lancha alejándose del Santa María del Mar.

MIAMI

Frente al restaurante cubano La Carreta, situado en el terminal E del Aeropuerto Internacional de Miami, se halla el Airport Hotel. No muchos de los treinta millones de pasajeros que transitan cada año por ese lugar saben de su existencia. Lo frecuentan viajeros ocasionales y amantes que se reúnen subrepticiamente mientras esperan la conexión del próximo vuelo; en el pasado lo empleaban espías del Este que operaban en Estados Unidos y el Caribe. Esa noche Don Pontecorvo recibió a Chuck Morgan en una suite del quinto piso que miraba hacia las pistas de aterrizaje.

—El asesinato de Ana Cervantes muestra la seriedad con que La Habana se toma a RD —dijo Pontecorvo mientras sacaba dos latas de Coke Light del refrigerador y Chuck se sentaba en un sillón—. Pero no hay pruebas. No se hallaron huellas en la lancha de la que le dispararon. Había sido robada a un hacendado guatemalteco en Vero Beach. ¿Algo nuevo sobre Lara?

—No, pero nuestro hombre ya está en La Habana —repuso Chuck, y abrió la lata y bebió con fruición. Acababa de llegar de Moscú vía Nueva York, y Pontecorvo le había citado a ese hotel—. Averiguará si hay un Lara en el hotel Ambos Mundos.

—Y después que desaparezca de la isla, de Lara, se encargarán tú y unos hombres que te acompañarán como turistas canadienses. ¿Y qué sabemos de Bento?

213

—No olvide que perdí su pista en la isla del fin del mundo, señor.

—Si lo ubica antes la DGI, correrá la misma suerte de Ana Cervantes —dijo Pontecorvo con voz grave. Vestía camisa azul y corbata roja con prendedor y mancuernas de oro—. Hay mucha condena e irritación en Miami por lo ocurrido, pero lo cierto es que la RD está prácticamente descabezada.

—¿Hay más reacciones del gobierno cubano, señor?

—Hasta ahora sigue el juicio contra de De la Serna y su gente. Esto no puede escapársenos de las manos, Chuck, el presidente está alarmado por el rumbo que están tomando los acontecimientos.

Chuck dejó la lata sobre la mesa de centro y rasgó una bolsa de macadamias. Después comenzó a pasearse por el cuarto. Telemundo informaba sobre la muerte de Ana y mostraba el muro de un edificio ante el cual yacían coronas de flores y se agolpaba gente con carteles.

—No es fácil encontrar una aguja en un pajar, señor —dijo Chuck y se echó unas macedonias a la boca—. Pero si Lara llegó a la isla es porque se trata del hombre que buscamos. Lo que me inquieta es que no esté en el Ambos Mundos. ¿No cree que ya es hora de que nuestra gente en la isla nos dé una manito?

—De ningún modo —dijo Pontecorvo. Pensaba que Chuck era un gran oficial, con un expediente de primera, pero una cosa eran la formación académica y teórica, y otra el mundo del seguimiento, el fingimiento y la acción—. Lo central ahora es ubicar cuanto antes a Lara. A propósito, ¿tienes idea de lo que se propone Brulé?

—En verdad no en detalle, pero es un hispano ocurrente e improvisador.

—Bueno, ojalá tenga buenas ocurrencias.

—Confío plenamente en él, señor, con él hemos hecho avances. Recuerde que nuestra gente en Cuba puede estar infiltrada por la DGI. No me equivoqué al reclutar a Brulé.

—Ojalá por ti, Chuck, porque es tu carrera y no la mía la que está en juego.

Ciudad Juárez / El Paso

Ciudad Juárez no es tan peligrosa como la pintan, sino peor. Allí reinan las mafias de narcotraficantes, los coyotes que cobran en dólares por infiltrar a gente en territorio estadounidense, y desaparecen personas sin que nadie investigue jamás. Si uno está obligado a viajar hasta allá, lo mejor es evitar el área céntrica al oeste de la avenida Juárez, donde los delincuentes arrastran a la gente a laberintos en los cuales la policía no osa internarse.

Ciudad Juárez, en el lado mexicano, y El Paso, en Texas, crecen en el desierto más árido del mundo separadas por una frontera fortificada de tres mil kilómetros de largo, construida para impedir el paso ilegal de los latinoamericanos al «sueño americano». A pesar de los agentes de la *Migra,* los perros adiestrados y los equipos de vigilancia, cada año cientos de miles de indocumentados cruzan a Estados Unidos poniendo en riesgo su vida con tal de escapar de la miseria. Pero Constantino Bento y Lucio Ross se hallaban a buen recaudo, pues cenaban en el Grill Plaza del céntrico Holiday Inn Lincoln, a minutos del paso fronterizo puente Córdova-Américas, en medio de un colorido distrito de tiendas, restaurantes y clubes nocturnos. Acababan de arribar en vuelos diferentes al aeropuerto local.

—¿Viaja usted todavía bajo su nombre? —le preguntó Lucio. En México, la DGI contaba con el apoyo de la policía política, a la que había infiltrado a partir de los setenta.

—Todavía, pero en Estados Unidos lo haré con otro pasaporte —respondió Bento.

—Pues más le vale. Si dan con usted, no lo van a perdonar. Ya ve lo que hicieron con su compañera...

Bento guardó silencio con la vista baja.

—Disculpe, Constantino —dijo Lucio—. No quise herirlo.

Lucio se sentía confiado. Antes de la cena, mientras revisaba la prensa cubana en un cibercafé de la avenida Triunfo de la República, comprobó con satisfacción que su sospecha inicial se consolidaba: la inauguración del hotel del magnate escocés tendría lugar dentro de dos semanas. Y el amplio espacio que le dedicaba el reportaje del *Granma* al hotel de «última generación», al que presentaba como un punto de giro en la inversión europea en la isla, aún le permitía alimentar la suposición de que sería inaugurado por el Comandante. Calculó su itinerario, las jornadas que aún le quedaban por delante, y pensó que todo podría coincidir como dos piezas de un rompecabezas.

—¿Entonces el contacto me esperará en Key West? —preguntó.

—En la cabaña cuatro de The Banyan encontrará lo que me pidió.

—Es imprescindible que el contacto en Key West cumpla mis instrucciones y consiga el animal preciso.

Cruzaron la frontera sin problemas después de comer fajitas con camarones. Bento lo hizo por el puente Córdova-Américas llevando en un coche alquilado el manto para Kamchatka y los walkie-talkie que actuarían como activadores. Lucio, por su parte, cruzó a pie por el céntrico puente Santa Fe empleando el pasaporte que Bento había conseguido de un cubano-americano que descansaba en Cancún.

Media hora más tarde se reunieron en el parqueo del La Quinta Inn, a dos kilómetros del aeropuerto, hasta donde Lucio llegó en *yellow cab*. Lucio subió después al Hyundai y permaneció dentro de él, mientras Bento iba al lobby y alquilaba un cuarto con acceso al parqueo. No tardaron en llegar a la habitación. Lucio examinó el pasaporte americano y pensó que ahora comenzaba una parte crucial para la misión y su futura tranquilidad: cruzar Estados Unidos sin dejar huella alguna de su paso.

Febrero 10, 8.30 hrs.

Cayetano Brulé desayunó en la cafetería de la terraza del Ambos Mundos leyendo el artículo del *Granma* sobre el juicio al general De la Serna. Sostenía que este, al igual que otros once militares, había confesado que con el apoyo de la CIA y el exilio pretendía asesinar al Comandante e instalar un régimen contrarrevolucionario. En primera plana aparecían también dos fotos del líder máximo. En una conversaba con el presidente de la central de trabajadores y en la otra con un deportista que acababa de rechazar una oferta millonaria para incorporarse al boxeo profesional estadounidense.

—¿Más café? —le preguntó la dependienta. Era una mujer de unos treinta años, delgada y de grandes ojos verdes, con el rostro tranquilo de las mujeres que solía pintar Víctor Manuel.

—¿Cómo voy a rechazar la oferta de una dama como usted? Con leche, por favor.

Ella le sirvió con una sonrisa y el café despidió un aroma reconfortante. A la sombra de las enredaderas que colgaban del techo, la ciudad olía bien y parecía hasta próspera. A Cayetano le atrajeron la mirada intensa y la cabellera oscura de la dependienta; le preguntó a mansalva:

—Disculpe, ¿le molestaría conversar conmigo en algún lugar tranquilo?

—Aquí es muy tranquilo —dijo ella, seria.

—Me refiero a conversar fuera de este ambiente de trabajo... conversar, solo eso.

Las mejillas de ella enrojecieron. No llevaba anillo matrimonial, pero eso no significa mucho, pensó Cayetano, como tampoco significaría mucho que lo llevase. Aguardó su respuesta esperando de que la mujer no lo rechazara. Además, se sentía bien, la rodilla no le molestaba, lo que era señal de que sus huesos también disfrutaban La Habana. La mujer ordenaba la mesa para ganar tiempo.

—Es solo para conversar, sin compromiso ninguno. —insistió Cayetano con voz grave. El aroma a tabaco que lo alcanzó desde una mesa cercana le infundió deseos de fumar— ¿Cómo se llama usted?

—Gloria.

—Bello nombre. ¿Y qué piensa, Gloria?

—Es que yo no soy jinetera ni guaricandilla.

—Eso se nota a la legua. No tiene para qué decírmelo. Si yo pensara que usted fuese algo por el estilo no le habría preguntado como le pregunté. ¿Cenamos tal vez?

Gloria estaba nerviosa. Se preguntaba si podía aceptar la invitación de un extranjero sin que la considerasen jinetera en una isla donde las jineteras monopolizaban a los turistas, y la policía daba por sentado que todas las cubanas que salían con turistas eran putas. Ser puta se había tornado en uno de los negocios lucrativos y en el mundo era un secreto a voces que no había otro país en donde el turismo sexual fuese más placentero, diverso y económico que en la isla.

—¿Qué tal si la espero hoy en el Mil ochocientos treinta, a las siete? —preguntó Cayetano.

—Esta noche estoy complicada —dijo ella bajando la voz. Desde la Plaza de Armas llegaba apaciguado el rumor de la ciudad— Mejor el sábado, porque el domingo lo tengo libre. Pero solo a cenar, ah, y después cada uno para su casita.

Key West

Lucio desembarcó del bus en el terminal de Key West y caminó con la mochila verde olivo y el maletín hacia la Elizabeth Street entre los turistas. Había viajado durante tres días combinando trenes de la Amtrak y buses de la Greyhound, y ahora llegaba por fin al cayo más austral de Estados Unidos, a solo noventa millas de La Habana. Viajar por tierra en lugar de hacerlo por avión le había permitido evadir los controles de los aeropuertos y las computadoras de las líneas aéreas conectadas en directo con el Departamento de Seguridad Nacional.

Como le había anunciado Bento, las cabañas de The Banyans estaban en medio de una tupida vegetación tropical y apartadas de la recepción, la que únicamente atendía si uno tocaba a su puerta. Llegó a la cabaña tras cruzar un sendero pedregoso bordeado por majaguas y lianas, abrió la puerta y lo recibió un gratificante aire acondicionado. El cuarto estaba en orden, las llaves sobre una mesa y las persianas de madera corridas. Era un lugar cómodo y discreto, el adecuado para pasar varios días. Encontró un minibar bien surtido, un televisor, una radio que captaba las noticias de radio Reloj de La Habana y, lo que le pareció más útil, un computador conectado a internet. El contacto de Bento en Key West era un profesional, pensó Lucio, pues había arreglado todo a pedir de boca.

Salió a la terraza con una lata de cerveza y se acodó en la baranda. Estaba a tiro de piedra de Cuba, pensó y se dijo que las posibilidades de fracaso de una operación clandestina están en relación directa con el número de involucrados en ella. En su caso nadie conocía a plenitud el plan Sargazo: ni Malévich en San Petersburgo, ni Richter en Berlín, ni el chechenio, ni su contacto en ese cayo, tampoco Constantino Bento. Todo se ajustaba estrictamente al principio de la compartimentación clandestina aprendida en Tropas Especiales. Bebió un sorbo y se sentó descalzo a aspirar el aire húmedo y caliente de Key West.

¿Cómo reaccionarían sus antiguos camaradas de armas cuando ocurriese lo inimaginable? ¿Seguirían fieles al sucesor del Comandante? ¿O reaccionarían como los policías rumanos, que al morir Ceaucescu arrojaron los hierros y escaparon confiando en que la población olvidara sus rostros? ¿O imitarían a los alemanes orientales, quienes tras la caída del Muro comenzaron a postular a la inteligencia germano-occidental? Tal vez los únicos ex camaradas beneficiados serían los que participaban en el plan Gran Piedra. Sargazo convertiría de la noche a la mañana en millonarios a quienes administraban fuera de la isla el patrimonio estatal cubano.

Volvió a la cabaña para huir de los mosquitos y se dijo que después de cinco decenios de lucha y sacrificio, en que muchos habían experimentado hambre o muerto por el socialismo en campos de batalla de América Latina, Asia y África, el régimen se derrumbaría como un castillo de naipes, y la isla caería en las manos de los poderosos del exilio y de los nuevos millonarios creados por la revolución. Su riesgosa misión en La Habana transformaría a varios de sus ex camaradas en magnates y los libraría del compromiso de rendirle cuentas a un régimen extinto. En fin, se dijo, mientras sintonizaba radio Reloj para escuchar las noticias de Cuba, si los millonarios de antes y los de la revolución pretendían repartirse la isla después de Sargazo, a él, a Lucio Ross, el autor intelectual y material de ese complot, también le correspondería parte del botín.

Cayetano Brulé respiró aliviado cuando vio arribar a Gloria al 1830, restaurante que se alza entre la desembocadura del río Almendares y La Chorrera, un fuerte construido en 1645 por Giovanni Bautista Antonelli. Llevaba tres días seguidos desayunando, almorzando o cenando en el Ambos Mundos, espacioso café, siempre atento a la aparición de Lara. Pero el esfuerzo había sido infructuoso. Nadie parecido al chileno frecuentaba esos sitios y no preguntó por él, pues hubiese despertado la suspicacia de la seguridad del Estado cubano.

Pero ahora Gloria estaba ante él con su mirada alegre, una blusa blanca y una saya holgada de color celeste, que insinuaba sus carnes firmes en medio de la noche tibia, que olía a *galanes de la noche* y prometía novedades. Gloria era divorciada, tenía una hija de doce años; el padre de la chica vivía en Miami, adonde se había marchado gracias a la lotería de visas.

—¿No piensas seguirlo? —preguntó Cayetano mientras un mozo los ubicaba en la zona para clientes con dólares, junto a los ventanales que dan al río.

—Prefiero quedarme, es mi patria —dijo Gloria cuando ya estaban sentados frente a unos candelabros. Cerca de ellos, dos españoles cincuentones cenaban acompañados de unas muchachitas que no debían tener dieciocho años—. Si todos nos vamos, no sé en qué terminará la isla.

—Bueno, yo soy cubano y vivo afuera.

—Lo suponía —dijo ella sonriendo—. Tienes una forma rara de hablar, pero aún te queda algo de habanero. ¿Volverías?

—¿A qué?

—No sé a qué, pero una nunca deja de ser extranjera en otro país.

Ordenaron cóctel de camarones de entrada, y de fondo una langosta thermidor, acompañado de un chardonnay de la viña Tarapacá, cuyo dueño, se rumoreaba en La Habana, era el principal inversionista chileno en la isla.

Cayetano decidió dejar las cosas en claro mientras saboreaban los camarones:

—Gloria, soy detective privado, y sigo a un hombre por encargo de su mujer. Cuestión de celos, tú entiendes.

—¿Una mujer te pagó para que averiguaras si el marido le pone los cuernos?

—Exactamente. Una mujer muy celosa.

—No debería serlo —comentó Gloria divertida—. Eso no es jabón que se gaste.

—Pues, aunque aquello no se gaste, mi cliente es celosa de remate. Y necesito ayuda para aclarar el caso.

—No te entiendo…

—Podrías ayudarme a reunir las pruebas de la infidelidad.

—¿Cómo?

El mozo escanció de nuevo vino y se retiró. Los españoles reían ahora a carcajadas con las muchachitas.

—El hombre a quien sigo entró una chica a su cuarto en el Ambos Mundos.

—Habla claro.

—Vamos, Gloria, yo sé que allí graban todo.

—No te metas en esos asuntos, Cayetano —dijo ella seria—. Mejor deja eso, chico, déjalo.

—Es que necesito el video de la infidelidad.

—Te vas a quemar las manos, muchacho. Te lo digo yo, que conozco de eso.

—Te estoy pidiendo ayuda, Gloria, no consejos sobre prudencia. Y es un servicio por el cual estoy dispuesto a pagar.

—Es que es delicado —aclaró ella dejando inconclusa la copa de camarones—. Además, no creo que haya cámaras en todos los cuartos.

—Pero sí en todos los pasillos y en el lobby.

—No siempre funcionan, como todo aquí.

—Por el video estoy dispuesto a pagar lo que pidan. Es la tutela de unos niños lo que está en juego —mintió Cayetano—. Mi clienta no quiere que sus hijos queden en manos de un tipo que viene a La Habana a abusar de menores de edad como estos españoles...

Ella esperó a que les retiraran las copas y después dijo:

—No se te vaya a ocurrir ofrecer dinero en el hotel. Puedes terminar en el Combinado del Este.

—¿Y entonces?

Cayetano cogió la mano de Gloria sobre la mesa e insistió:

—¿Podrías ayudarme?

—Conozco a un tipo que fue cercano al hombre de la barba y hoy está tronado, maneja un taxi viejo. Tal vez pueda hacer algo —repuso Gloria sin apartar su mano—. Es un zorro desconfiado, pero tiene su precio. ¿En verdad te interesa contactarlo?

—Encontramos el rastro, ministro.

—¿De quién?

El ministro iba a dejar su despacho en la Plaza de la Revolución cuando el coronel Omar lo detuvo. A través de las ventanas de la oficina se veían los ojos del gran retrato del Che Guevara que colgaba de la fachada del Ministerio del Interior.

—De Bento —repuso Omar. Andaba de uniforme y llevaba el quepis en la mano. Sudaba. Parecía que acababa de recibir la información.

—¿Dónde?

—Cruzó hace cinco días el puesto fronterizo Córdova-Américas en dirección a El Paso, Texas.

El ministro frunció el ceño. La DGI contaba desde hacía tiempo con colaboradores en la inmigración estadounidense. Eran cubano-americanos arrepentidos de haber dejado la isla, o funcionarios que simplemente buscaban incrementar su paga. Por lo general hacían un trabajo discreto y valioso, pensó desde el dintel de la puerta, y dubitó unos instantes entre volver al escritorio o bajar al subterráneo, desde donde alcanzaría el Palacio de la Revolución usando el túnel de emergencia.

—¿Y saben dónde está ahora? —preguntó con la mano en el pomo de la puerta. En el pasillo, paseando de ida y vuelta sin alejarse demasiado, se encontraba su secretario, un joven que cargaba un maletín de cuero.

—No sabemos exactamente dónde está —dijo el coronel—, pero Romeo afirma que no le costará dar con él. Bento anda en un carro alquilado de Ciudad Juárez, y aún no lo devuelve. Debe estar en Texas todavía.

—Felicita a Romeo y manténme informado. Que no se escape el traidor.

KEY WEST

Lucio Ross mataba el tiempo en su cabaña de The Banyans escuchando las noticias de radios cubanas, viendo películas o siguiendo los noticieros internacionales. Solo le quedaba confiar en que Santiago, el capitán de la nave y contacto de Bento en Key West, no fuese un colaborador de la DGI cubana. Si lo era, entonces sus lunas estaban contadas.

El primer día, Santiago le había dicho que tenía tres direcciones de casas que permanecían vacías a diario porque sus dueños trabajaban fuera. Después de examinar la ubicación de las residencias, Lucio prefirió una impecable casa blanca de estilo neovictoriano, magníficamente restaurada, de la Thomas Street, nada lejos de The Banyans. Vivía allí una pareja de edad mediana que salía a trabajar todos los días poco después de las nueve. Según el buzón de correo, eran Jeb y Pat Rubin, y mediante la guía telefónica constató que manejaban una agencia corredora de propiedades en la Duval Street. Acudió entonces a una casa en las inmediaciones de la de los Rubin y tocó a su puerta. Le atendió un joven bronceado y musculoso, de arete.

—Disculpe, busco a los Rubin —dijo Lucio en inglés—. ¿No viven aquí?

—Oh, no, los inefables Rubin —comentó cínico el hombre enlazando las manos—. Viven tres casas más allá.

Pero no creo que estén ahora. Viven y mueren en su agencia, los pobres. ¿No ha probado allá?

—No quiero. Es una sorpresa. Vine de lejos. ¿No vuelven pronto?

—¡Qué va! Salen para allá después de las nueve y vuelven después de las siete.

—¿Ni siquiera vienen a almorzar?

—Almuerzan en The Vegetarian, de la Duval Street. Ahí los puedes hallar comiendo flores y tofu.

Eran la pareja ideal, porque el camión distribuidor de paquetes de la UPS pasaba entre las 10.30 y las 11.30 por el centro de Key West. Lucio memorizó el nombre de Jeb Rubin y su dirección, buscó el código postal en la oficina de correos de la ciudad, desde ahí llamó a Boris Malévich, que estaba en su dacha de Borisova Griva. Le entregó la dirección mediante un código acordado en San Petersburgo y le instruyó cómo enviar el paquete.

—Hoy mismo me encargo de eso —había respondido Boris desde el otro extremo del mundo—. Recuerda que tarda tres días exactos en llegar.

Era el tercer día.

Lucio Ross terminó de ver *La gardenia azul* en la televisión y salió de The Banyans tras untarse el rostro y los brazos con protector especial. Caminó hacia la Thomas Street y allí, a la sombra del portal de la casa de los Rubin, lo esperaba el paquete de la UPS apoyado contra la puerta.

EL ÁLAMO

Constantino Bento acababa de entrar a su cuarto en el motel Santa Ana, cuando escuchó la inconfundible maldición criolla que solo un cubano podía proferir de modo tan obsceno. Mantuvo la puerta entornada y observó lo que ocurría afuera. Estaba oscureciendo y solo frente a tres puertas había carros.

Al verlos caminar desde el todoterreno hacia la recepción, supo que se trataba de compatriotas. Eran dos, caminaban con las manos apartadas de las caderas, como militares. No le cupo duda que eran agentes de La Habana que lo buscaban para eliminarlo. Nadie de RD trataría de asesinarlo mientras no se aclarara el paradero del millón de dólares que había retirado de bancos de Miami.

Desde que se había despedido de Lucio Ross, en la ciudad de El Paso, controlaba si lo seguían. Perseguir a alguien discretamente por las solitarias carreteras texanas que cruzan zonas áridas, de paisajes lunares, era poco menos que imposible. Y cada vez que sospechaba que tenía sombra, entraba a una gasolinera a comprobar si su sospecha era fundada o no. Pero ahora estaba convencido de que aquellos hombres, que se registraban en la recepción y no tardarían en averiguar que allí se alojaba otro hispano, aunque no lo hiciera bajo el nombre de Constantino Bento, andaban detrás suyo.

Cerró la puerta del cuarto con cuidado, empacó sus pertenencias y esperó a que la pareja saliera de la recepción, cruzara el patio de tierra hacia su habitación e ingresara a ella.

Decidió huir y comprar un revólver en cuanto pudiera. En la armería quedaría inscrita su identidad falsa para el FBI, pero le daba lo mismo ahora que los del DGI lo tenían ubicado. Salió del cuarto, subió al sedán y dejó el motel. Cuando cogió la carretera y miró por el retrovisor, vio que el Santa Ana se confundía ya con la oscuridad.

KEY WEST

La *Cigarrette* zarpó del muelle histórico de Key West y se alejó hacia el sur en medio de la noche. Unos nubarrones ensombrecían a ratos la luna, que derramaba su resplandor sobre la corriente del golfo coruscando la marea. Aquel paisaje nocturno le evocó a Lucio la guerra en las costas de Angola y Nicaragua.

—En hora y media estaremos allá, esta es la lancha más veloz del planeta —dijo Santiago, el patrón de la nave, que comenzaba a coger velocidad dando tumbos sobre la superficie marina. Las luces de Key West quedaban atrás—. No se preocupe por el desembarco, tengo la pequeña Cadet conmigo.

Se refería a la lancha inflable que Lucio emplearía durante las últimas millas del viaje. Era una Cadet S-310, que alcanza veinte millas por hora, tenía menos de cuatro metros de largo y en cosa de minutos podía ser reducida al tamaño de una maleta. Asistido por un GPS del tamaño de una cajetilla de cigarrillos, Lucio arribaría al punto deseado, aun en medio de la oscuridad más espesa.

—Es la mejor hora para viajar —gritó Santiago quizá para calmarlo. Al regreso se encargaría de sus pertenencias en The Banyans—. No hay cómo perderse, el resplandor de Key West está siempre detrás de uno hasta que aparece el de La Habana.

—¿Y Guajiro? —preguntó Lucio.

233

—Va sedado —Santiago llevaba una gorra que le cubría las orejas y una casaca para protegerse del viento de la noche caribeña, que por la madrugada podía calar los huesos de quienes viajaban a la intemperie—. Lo inyecté hace una hora. Despertará a las cinco. Tendrá tiempo para desembarcarlo.

Había visto a Guajiro en la casa de Santiago después de recoger del portal de los Rubin el paquete de UPS con la plasticina disimulada dentro de unas gualetas de hombre rana. Aunque su rostro carecía de la ferocidad del perro ruso, el animal era una réplica perfecta de Kamchatka. Lucio estaba satisfecho, el contacto de Bento había resultado en realidad una joyita. Miró hacia Key West y recién ahí tomó conciencia de que se alejaba del último cayo norteamericano para cumplir la misión Sargazo en la mayor de las Antillas. La llovizna que dispersaba el oleaje le humedeció el rostro, insondable bajo el manto de la noche. Llevaba todo consigo, las bolsas con plasticina dispuestas en franjas, el GPS, el doble de Kamchatka y sus dos mantos preparados, los walkie-talkie que activarían el sistema y la radio para comunicarse con Santiago. Por último, él conocía de memoria la rampita de la casa de Ángeles, donde debía atracar esa madrugada.

—Recuerde que cuando yo reciba su mensaje demoraré dos horas en recogerlo —gritó Santiago. El motor de la Cigarrette llenaba la noche.

Lucio divisó las luces de los barcos que cruzaban el estrecho, y las de los aviones que pasaban parpadeando entre Miami y Europa. Si la suerte los acompañaba, los guardacostas cubanos no los detendrían, y si lo intentaban no lograrían darles alcance. Las misileras rusas apenas patrullaban debido a la escasez de combustible y repuestos.

Una hora más tarde, Lucio no divisó ya el resplandor de Key West, pero frente a él resplandecía ahora la cúpula de La Habana en el cielo. Ahora no había retorno. Sintió una presión en el pecho mientras la nave avanzaba como caballo encabritado sobre las olas coronadas de espuma.

—¡La hora de los mameyes! —le gritó a Santiago tratando de insuflarse ánimo, pero el capitán no lo oyó. Navegaba con la vista fija en la espesura de la noche.

Febrero 18, 09.00 hrs.

Cuando el rostro de Lucio Ross apareció al otro lado de la ventana de la cocina, Ángeles se sobrecogió de susto en su butaca. Desayunaba sola, leyendo el *Granma*, e ignoraba que el venezolano hubiese vuelto tan pronto de su gira por la isla.

—¿Entonces usted llegó anoche? —preguntó extrañada.

—Pasada la medianoche y no quise despertarla —repuso Lucio. Olía a café recién colado en aquel sitio.

—Ahora mismo le sirvo algo —anunció la mujer.

La cocina era un espacio amplio, de baldosas claras, y la mesa en que desayunaba Ángeles ocupaba el centro. Por el ventanal se veía la terraza, la piscina abandonada con pencas de palma flotando en el agua, y más allá la corriente del golfo y el horizonte borroneado por las nubes.

—Preferí entrar por el muro —continuó Lucio—. No quise despertarla.

—Hay que ser todo un atleta para escalar ese muro.

—Pegado al agua es bajo.

—¿Y qué le pareció Cuba?

—Bellísima. Lo que más me gustaron fueron los mogotes en Pinar del Río y la bahía de Cienfuegos.

—Cienfuegos siempre ha sido más refinada que La Habana, allá no se ve el relajo que reina acá. Y ahora coja de una vez las llaves de la casa, que cuelgan junto al refrigerador. Iré a ver a la bodega qué entró por la libreta. Sírvase café, si quiere.

Media hora más tarde, Ángeles había salido en su antiguo Chevrolet, y Lucio volvió a la casa de la servidumbre y alimentó a Guajiro, ya plenamente recuperado del sedante. Era una suerte que hubiese encontrado independencia en ese sitio. Tal vez la mujer ni se percataría del perro en la vivienda. Y si se percataba se las arreglaría para convencerla de que lo aceptara como inquilino. Pero podía estar tranquilo, nada indicaba que Ángeles hubiese registrado sus cosas durante su ausencia.

Después de untarse el rostro con el protector antialérgico, Lucio se dirigió a la casa del diplomático ruso. Kamchatka brincó de alegría al verlo regresar, lo que demostraba que él se iba convirtiendo en su nuevo amo. Le entregó tres mil dólares en billetes a Tepin y antes de salir con el animal a la calle, le anunció que lo traería de vuelta en una hora.

—Acá lo espero —dijo el ruso satisfecho—. Anunciaré a la embajada que llegaré atrasado.

—No es necesario. Si me presta las llaves del jardín, le dejo el perro allí cuando vuelva.

El ruso le pasó una llave.

—¿Ha habido problemas? —preguntó Lucio.

—Ninguno. Lo alimento con lo que me dijo y lo mantengo en el jardín. Ni me meto con él. No parece tener buenas pulgas.

—Prefiero que guarde distancia. Estos animales son traicioneros, debe tener cuidado. ¿Y quién limpia el jardín?

—Yo mismo.

—Es lo mejor. Manténgalo siempre aislado, ya sabe.

Se despidió y salió con Kamchatka. Al rato llegaba frente a la casona de Ángeles, en Primera Avenida. La mujer aún no había vuelto de las compras, y él aprovechó de ingresar al perro por el garaje.

Una vez en su cuarto, lo despojó del collar y la correa, y lo dejó allí con agua fresca. Después entró al cuarto contiguo, donde estaba Guajiro, le puso el collar y la correa de Kamchatka, y se lo llevó hasta el jardín del ruso, donde lo soltó.

Volvió caminando a la casa de Ángeles.

Cayetano Brulé llegó en taxi hasta una cafetería atestada del barrio Náutico. Según Gloria, en ese local del oeste de La Habana, donde los taxistas suelen reunirse bajo la sombra de un jacarandá frondoso, encontraría al hombre hasta hace poco encargado de la adquisición del alimento y las bebidas del Comandante. Renato Menéndez había caído en desgracia por deslizar comentarios irónicos sobre su patrón, y ahora sobrevivía como taxista.

Alcanzó la barra de aluminio y ordenó un café. Según Gloria, tendría que armarse de paciencia, pues Menéndez era impuntual, pero estaba dispuesto a darle una manito siempre y cuando la oferta resultara apetitosa. En Cuba los tronados son un enigma, pensó Cayetano, a veces se tornan enemigos a muerte del régimen y a veces colaboran con la seguridad del Estado para redimirse. Y era desde luego sospechoso que Menéndez lograse conseguir videos de hoteles internacionales, los que eran grabados por la seguridad del Estado. En verdad, podía tratarse perfectamente de un agente provocador.

—¿Cayetano? —dijo alguien a su espalda. Iba ya en el tercer café.

Se dio vuelta y vio a un hombre de unos setenta años, de guayabera manchada con salsa de tomate, mejillas sudadas y mal afeitado. Por entre los gritos de los clientes llegaba una canción de Los Van-Van.

—¿Tú eres Menéndez?

El tipo asintió y luego, palmoteándole el hombro, como si fuesen amigos, le dijo:

—El mismo. De carne y hueso.

Al menos, después de su caída vertical, no había perdido la dignidad, pensó Cayetano, o lo simulaba bien. Lo vio beber agua a borbotones y después vaciar una tacita con deleite.

—Vamos mejor, que el día está cargado —dijo Menéndez, y Cayetano lo siguió.

En una calle cercana tenía su taxi, un Plymouth modelo 1957, corroído ya por el óxido. Sus asientos recubiertos con plástico ardían, y Cayetano temió que se le evaporara el cerebro. Actuó, por lo tanto, sin circunloquios, suponiendo que Menéndez estaba acostumbrado al estilo ejecutivo. Mientras Menéndez intentaba hacer arrancar el motor uniendo a chisporrotazos dos alambres pelados bajo el volante, le explicó lo que quería: simple y llanamente el video de un marido infiel, al que seguía por encargo de su mujer engañada.

—¿Y cuánto ofreces por ese milagro? —preguntó Menéndez preocupado, como si estuviese robando el Plymouth.

—Lo que pidan y suene razonable.

—Para que lo sepas, Brulé, solo este viajecito te saldrá por lo menos cincuenta dólares —anunció mientras le metía primera al carro, que se estremeció como casa en terremoto.

—Vámonos a la vuelta de la rueda y me cobras veinte, que no vendo petróleo —dijo Cayetano sintiendo ganas de fumar al oler el Lanceros del ex funcionario.

—No nos vamos a pelear por nimiedades —repuso Menéndez y apoyó el codo en el marco inferior de la ventana y la mano contra su parte superior, como si apuntalara el techo. Era el estilo cubano de manejar, que en el

invierno chileno causaría reumatismo galopante a cualquiera—. ¿Y el camaján está instalado en el Ambos Mundos?

—Supongo.

—¿Cómo que lo supones, chico?

—Digo que lo supongo porque puede andar bajo otro
nombre.

Menéndez chasqueó la lengua, escupió una hebra de
tabaco y dijo:

—Eso complica aún más las cosas, guajiro. Y si no sabes bajo qué nombre circula, ¿cómo quieres que lo ubi-
quemos?

—Ando con una foto del tipo.

—Déjala ahí en el asiento, que cuando manejo este
tanque que se cae a pedazos no puedo atender ni a los
semáforos —dijo Menéndez frenando para ceder el paso
a un dromedario atestado de pasajeros—. Pero dime,
chico, ¿tú eres cubano?

—Nací aquí, pero vivo en Chile. Soy cubano y chileno, una mezcla de Caribe y Cono Sur. Tengo lo jodedor
de cubano y lo kantiano de los chilenos.

—Estás jodido por todos lados, entonces. ¿Y por qué
vives en Chile?

—Porque en los setenta me fui de Florida a participar
en la revolución de Salvador Allende y me cogió allá la
dictadura de Pinochet. Las pasé negras.

—¿De Miami a Chile? —gritó incrédulo Menéndez y
lanzó una bocanada de humo contra Cayetano—. Pero a
ti te bailan los guayabitos en la azotea, chico. Todo el
mundo arriesga su vida en el Caribe o el desierto de
Arizona por llegar del sur a Estados Unidos, y tú te vas de
Estados Unidos al sur… ¿Casado al menos?

—No, pero eso no significa que no le vea el ojo a la
papa. Lo que pasa es que como proletario de la investigación la vida no es fácil.

Menéndez frenó bruscamente ante un carretón que entró de súbito a la calle empujado por un viejo negro. El motor del Plymouth se apagó con un ruido terminal y Menéndez soltó un par de imprecaciones que el viejo le respondió sin amilanarse.

—Pues escucha lo que te voy a decir para que lo sepas, Cayetano —continuó Menéndez, el motor no arrancaba—. Si el camaján que buscas se fue ya del Ambos Mundos, la cosa está entonces más que fea. Pero tiene remedio, chico.

—¿Tú crees?

—¿Que si creo? —aspiró el humo en gesto teatral y miró unas muchachas en uniforme que iban por la vereda batiendo mucha cadera—. Todo tiene solución en esta vida, chico, menos la muerte. Y en este caso el asuntico depende del medicamento que puedas comprar, de la ley de la oferta y la demanda, mi hermano.

—Veo que también en Cuba reina esa ley ahora.

—Reina en todo el mundo, compadre. Lo único que ya no se vende es lo que ya se vendió, aunque aquí hay quien vende todo dos veces. Estamos en el remate de la isla. Lo que no compraron los españoles o canadienses es porque lo tienen reservado acá los macetas de arriba.

—¿Estaríamos entonces? —preguntó Cayetano sin interesarse por la crítica tardía de Menéndez al poder del que había formado parte.

—Dame cuatro mil, y un video del camaján será tuyo.

—Pero, ¿cómo? ¿Acaso vas a alquilar extras para montar los cuadros? Dos mil…

—Es que tengo que convencer a varios personajes —ahora el Plymouth arrancaba a corcoveos—. Y en esta isla, como bien tú sabes, los turistas tienen privacidad garantizada y yo estoy alejado de todo eso. En resumen, no es fácil, socio, no es fácil, pero trataré de ayudarte de alguna forma solo porque eres cubano.

Le sorprendió divisar luz en la ventana de su cuarto. Estaba seguro de que aquella mañana, al salir a La Habana Vieja, había dejado apagadas las luces después de entrenar a Kamchatka. No había querido llamar la atención de Ángeles a esa hora de la noche y por eso había sorteado el muro lateral, y cruzaba ahora en sigilo hacia la casa que alquilaba. No, no podían haber estado encendidas las luces, se dijo atravesando la explanada, porque él se había ido cuando estaba claro.

Abrió la puerta de la casa y avanzó en puntillas por el pasillo. Tuvo la impresión de que alguien hurgaba en su dormitorio y lamentó que la Luger estuviese entre los dobleces de la lancha. Extrajo el cortaplumas, que se abrió con un destello en la penumbra, y avanzó hacia la puerta del cuarto conteniendo la respiración. Estaba entornada, pero no se animó a empujarla, así que escuchó inmóvil durante unos instantes. No le cupo duda de que alguien inspeccionaba su cuarto y le propinó un puntapié a la puerta.

Ángeles se sobrecogió del susto. Estaba en bata y tenía en sus manos el GPS.

—¿Qué hace? —le preguntó a la mujer.

—Eso es lo que yo quiero saber —gritó ella—. ¿Qué hacen estas cosas en mi casa?

—No debió registrar mi equipaje.

243

—En mi casa, hago lo que quiero. ¡Y qué bueno que lo hice! Lo que usted tiene aquí, no me gusta nada.

Lucio enrojeció de ira. Sobre la cama estaban las prendas de Azcárraga y un manto de Kamchatka con la plasticina y los percutores.

—Devuélvame eso, Ángeles —dijo en tono conciliador—. Son mis aparejos de pesca. No debería intrusear en mi equipaje.

—¿Y esto es aparejo de pesca? —preguntó ella alzando una bolsa de plasticina—. ¿Con esto pesca usted?

—Sí, Ángeles. Todo eso es para pescar.

—¿Y también esto? —arrojó el GPS sobre la cama.

—También eso.

—¿Y lo que está acá abajo? —gritó ella indicando hacia la lancha oculta bajo la cama. Ahora la barbilla le temblaba—. ¿También es para salir de pesca? ¿Y este arma también? Ahora mismo llamo a la policía.

Lucio se abalanzó sobre la mujer.

—¡Suélteme, miserable!

—Déme eso.

—No pienso —repuso ella forcejeando—. Llamaré al CDR, esto debe saberlo el CDR.

Fue entonces que vio la puerta del cuarto de Kamchatka abierta.

—¿Y el perro? —preguntó apretando las muñecas de la mujer. Un escalofrío le recorrió la espalda—. ¿Dónde está el perro, señora?

—No quiero perros en mi casa.

—¿Dónde está?

—Lejos.

—¿Dónde, coño?

Le torció la muñeca y la pistola cayó al piso de baldosas.

—¿Dónde está el perro, vieja de mierda?

La barbilla de la mujer temblaba, pero sus ojos tenían un brillo desafiante. Dijo:

—Lo solté...

El brazo derecho de Lucio trazó un movimiento preciso, imperceptible, y la hoja atravesó la bata y la piel de Ángeles, y se hundió limpia en su hígado. Ella intentó gritar, pero solo boqueó como un pez fuera del agua, y empezó a desplomarse lentamente, aferrada a Lucio, con los ojos cargados de pánico e incredulidad.

El Álamo

Constantino Bento se bajó en un motel de la carretera, una construcción de dos aguas y un piso, cuyos cuartos daban a un parqueo, donde había una docena de vehículos estacionados. Caminó por el aire frío y seco de la noche sintiéndose más seguro, pues cargaba ahora un revólver bajo la casaca.

En la recepción una hispana miraba somnolienta una película de Tom Cruise desde un sillón. Le pidió un cuarto apartado y pagó en efectivo.

—Si alguien pregunta por mí, necesito que me avise —le dijo a la mujer. Había manejado el día completo sin dirección definida, sintiendo que los agentes de la DGI lo seguían. Estaba extenuado porque era imposible ocultarse en los parajes del desierto, y ahora necesitaba dormir—. Escuche, prefiero que me avise de inmediato si llegan huéspedes. No importa la hora, ni quién sea, simplemente avíseme.

Ella lo miró preocupada con sus ojos oscuros. O bien no entendía su pedido, o la intimidaba sobremanera. Quizá una de las pocas cosas que le interesaban en la vida era ver películas, cosa que él le impedía ahora con su petición.

—Necesito que me dé el timbrazo, nada más —insistió Bento y desplegó sobre el mesón cinco billetes de veinte dólares cada uno—. Esto es por la molestia. Llámeme en cuanto se detenga un carro en las inmediaciones del motel.

—No se preocupe, señor, lo haré con gusto —repuso ella y se guardó el dinero en el pantalón. Debía ser más de lo que ganaba en diez horas de trabajo, calculó Bento. Después se registró en un cuaderno y recibió una llave atada a un trozo de madera con forma de cactus—. Le daré un timbrazo en cuanto llegue un vehículo, menos si es la policía. Con ella no me meto.

Bento echó monedas en los vendedores automáticos, y extrajo una lata de cerveza mexicana y una bolsa con un sándwich de jamón y queso.

—En el cuarto encontrará café y una máquina para prepararlo —anunció la dependienta.

—Muchas gracias. Necesito dormir —insistió Bento—. Buenas noches.

—Descanse. No llegará nadie hasta mañana por la tarde —afirmó ella, y volvió a ver la película.

—A propósito, ¿tiene un sitio donde colocar mi carro sin que se vea desde la carretera?

—Entonces tome mejor este otro cuarto —dijo ella descolgando otra llave del tablero—. Deje el carro por el lado norte, detrás de unos arbustos, y duerma tranquilo, porque de la carretera es imposible ver lo que hay detrás de ellos.

Constantino Bento estacionó el carro donde le indicaron y caminó después hasta su cuarto bajo la noche estrellada. Le echó doble llave a la puerta y corrió las cortinas, y se tendió vestido en la cama. Se durmió de inmediato, con la pistola bajo la almohada y el sándwich sobre el pecho. Pero si hubiese observado con minuciosidad el discreto parqueadero sugerido por la recepcionista, habría descubierto que en la mancha de aceite que se extendía bajo su carro resplandecía una minúscula lucecita intermitente.

Febrero 19, 22.45 hrs.

Lucio Ross cogió el Chevrolet de Ángeles y salió a buscar a Kamchatka por la Primera Avenida. La noche le pareció más silenciosa que nunca. Avanzó a la vuelta de la rueda junto a los cocoteros, mansiones a oscuras, hoteles y el teatro Carlos Marx. Las calles estaban desiertas, como sumidas en las sombras de la conspiración frustrada. ¿Cuándo lo habría soltado la vieja? Kamchatka no estaba acostumbrado a la libertad, y en La Habana se perdería. Todo estaba a punto de irse al carajo debido a un estúpido descuido suyo. Por suerte Ángeles no había alcanzado a denunciarlo a la policía ni al CDR, supuso Lucio. ¿Pero dónde estaba el perro?

Llegó hasta el río Almendares y decidió girar en redondo. Tal vez Kamchatka marchaba en el otro sentido, alejándose de La Habana, o a lo mejor exploraba alguna de las calles transversales donde abundan los sitios eriazos de vegetación espesa. Detenía el coche y silbaba con la esperanza de que el animal estuviese cerca, aguardaba unos minutos interminables, y volvía a reanudar la marcha en el vehículo que avanzaba a tirones. Decidió salir a Quinta, la avenida más bella e imponente de La Habana. También era posible que el animal anduviese por los jardines de su bandejón central. Malévich le había dicho que los ganaderos australianos eran animales que gustaban recorrer grandes extensiones. Detuvo la marcha y silbó otra vez.

Sin Kamchatka, fracasaría la misión. Ya era demasiado tarde para conseguir otro animal con Boris. Además, ¿cómo adiestrarlo desde la distancia y enviarlo a La Habana sin despertar sospechas? No le creerían, tendría que devolver el dinero y seguramente la RD pensaría que él era un infiltrado castrista. Al pasar frente a una plaza en penumbras, detuvo el Chevrolet y gritó el nombre de Kamchatka otra vez. Luego, desanimado, cogió por Quinta hacia el oeste. Escaseaban los vehículos a esa hora. El motor comenzó a toser y de pronto se paró.

Maldijo su situación. Si quedaba allí botado, no tardaría mucho en llamar la atención de los policías, porque estaba en la vía expedita del Comandante en Jefe.

Se bajó a revisar el motor y en el instante en que pretendía levantar el capó, descubrió la mancha de sangre en su camisa, sobre las costillas. Volvió al volante recordando que Ángeles se había aferrado a él mientras se desplomaba. Si alguien lo veía ahora, no podría explicar el origen de la mancha, y si dejaba el carro tirado, la policía lo encontraría y acudiría a la vivienda de su dueña. Su sola presencia como extranjero en una casa solitaria despertaría sospechas.

Trató una vez más de hacer arrancar la máquina, pero el Chevrolet soltaba una especie de relincho y luego moría con un estertor. Tal vez debía abrir de una vez por todas el capó, cubrir la mancha de sangre con aceite y reparar la falla. Estaba a punto de volver a bajar del carro, cuando dos luces se detuvieron detrás suyo. Esperó acariciando la Luger bajo la camisa.

—¿Algún problema? —un hombre se asomaba ahora a su ventanilla.

Tal vez era un guardia de civil. Le explicó que estaba en *panne* y puso las manos sobre el volante. Por la ventanilla del copiloto se asomó de pronto otro tipo. Lucio intentó ocultar la mancha con su brazo derecho. Era una suerte que el Chevrolet no tuviese luz interior y que la iluminación de Quinta fuese escasa.

—Diez fulas si me lo hacen arrancar —dijo sacando fuerzas de flaqueza—. Estoy recién operado, no puedo hacer fuerza.

—Y si no arranca, te lo remolcamos hasta tu casa por veinte —propuso entusiasmado uno de los hombres.

Alzaron el capó y se sumergieron en el motor premunidos de una linterna y una llave. Lucio permaneció en la butaca. Los escuchaba hablar y hurgar entre los cables y fierros. Su misión dependía ahora de esos desconocidos y de que encontrase a Kamchatka. Parecía una burla cruel del destino.

—Arranca ahora —le ordenaron al rato desde el motor.

Lucio hizo girar la llave y el Chrevrolet arrancó con un sonido armónico y sostenido, que lo llenó de esperanza. Cuando metió primera, el vehículo comenzó a avanzar sin tercianas. Extrajo del pantalón quince dólares y se los entregó. Después aceleró y se dijo que lo mejor era volver a casa, cambiarse de indumentaria y reanudar a pie la búsqueda de Kamchatka.

Iba a buena velocidad por Quinta, con el viento entrando por las ventanas, cuando una moto lo rebasó por la izquierda. Era un policía. Le ordenaba que se detuviera, y no le quedó más que obedecerle. Entonces extrajo la Luger de su cinto, la percutó y colocó bajo su muslo. No lo agarrarían vivo.

Con el carro completamente detenido esperó a que el policía desmontara de la moto y se acercara. Tal vez los mecánicos habían visto la sangre y lo habían reportado. Si le disparaba al policía cuando estuviese junto a la ventanilla y lo echaba en el asiento trasero, podría ocultar el cuerpo en casa de Ángeles. Pensaba en eso cuando la moto arrancó con estrépito.

Lucio respiró aliviado.

—¡No te muevas! —le gritó otra voz.

Miró lívido hacia la calle y vio a otro motociclista policial a su lado. Intuyó que lo habían cercado y buscó el arma. Sin embargo, el motociclista aceleró de súbito por Quinta Avenida y se detuvo una cuadra más allá, en un cruce. De algún modo tendría que romper el cerco. Echó mano a la Luger, dispuesto a abandonar el Chevrolet, cuando vio el paso fugaz y sibilante de la caravana junto a su ventanilla. Distinguió con claridad los dos Mercedes bruñidos con la patente M0001 y los cristales oscuros que avanzaban entre los Ladalfa acondicionados en el Taller Uno del Ministerio del Interior. Por sus ventanas abiertas asomaban los escoltas de verde olivo y refulgían los cañones de sus AKM-45. Otro motociclista cerraba la caravana horadando la noche tropical.

¿Adónde iba el Comandante?, se preguntó sintiendo una frustración indescriptible. Quizá a una de las mansiones de protocolo de El Laguito, donde gustaba instalar a huéspedes extranjeros: a políticos de izquierda que obnubilaba con visiones utópicas, a líderes de derecha, que sucumbían ante su memoria prodigiosa, y a inversionistas poderosos, a los cuales ofrecía oportunidades inéditas. Cuadras más al oeste, la caravana presidencial viró hacia la costa. El recuerdo de Kamchatka lo devolvió abruptamente a la realidad. Tenía que encontrarlo. No podía haberse alejado mucho ni desaparecer para siempre. Minutos más tarde ingresó a una calle oscura, bordeada por sitios eriazos con arbustos. Detuvo el carro cuando creyó vislumbrar a Kamchatka. Lo llamó, pero solo le respondió el murmullo agitado de la noche. Tal vez se equivocaba, si hubiese sido su perro, le hubiese obedecido, se dijo. Reanudó la marcha lento, expectante. Ahora le pareció que los focos del Chevrolet iluminaban a un perro entre las cañas de un patio abierto. Iba a bajarse para continuar la búsqueda a pie, cuando un soldado con metralleta emergió de la oscuridad y se aproximó al coche.

—No puedes estacionar aquí —anunció el militar.

—¿Y dónde entonces? Vivo cerca —alegó Lucio.

—No puedes estacionar aquí, muchacho.

Viró en U. No convenía contrariar a la escolta presidencial. Se estacionó en otra calle y salió a buscar a Kamchatka cubriéndose la mancha de sangre con un *Granma* que halló en el asiento trasero del auto. A juzgar por el despliegue de hombres, su objetivo no podía hallarse lejos. Curiosamente el azar le situaba al Comandante a tiro de piedra, facilitándole las cosas, ayudándolo a cumplir su misión, pero ahora a él le preocupaba solo una cosa: encontrar a Kamchatka antes de que oliese al jefe de la escolta verde olivo en esa desconcertante noche habanera.

FEBRERO 20, 08.00 hrs

El 21 de octubre de 1996 los pilotos de un vuelo comercial de Cubana de Aviación avisoraron una nave del Departamento de Estado norteamericano volando de Florida a islas Caimán por el corredor aéreo que cruza Cuba de norte a sur sobre la provincia de Matanzas. Cientos de naves aéreas, entre ellas las de veinte compañías estadounidenses, utilizan a diario ese corredor, por lo que el cruce del S2R-T65 no constituía novedad. Pero esta vez los pilotos cubanos detectaron que la nave norteamericana vertía, sobre la costa matancera, un líquido que comenzó a disolverse y a tornarse iridescente.

Dos meses más tarde, Cuba acusó a Estados Unidos de haber realizado aquel día un ataque biológico a su territorio, y fundó un grupo secreto para enfrentar nuevos ataques. Fue el surgimiento del denominado Escudo de Hierro, integrado por oficiales del Ministerio del Interior y de las Fuerzas Armadas cubanas, y científicos del Centro para la Ingeniería Genética y Biotecnología, el Instituto de Medicina Tropical y el Instituto Carlos Finlay, que diseñó una estrategia para neutralizar los efectos de un ataque biológico de Estados Unidos y responder con idénticos medios en territorio enemigo. La idea crucial partía del supuesto de que Estados Unidos no ataca a países que cuenten con la capacidad de alcanzar su territorio.

Según La Habana, Estados Unidos ya ha realizado varios ataques bioquímicos en contra suya. El primero fue

Mongoose, y tuvo lugar en 1961 bajo la dirección de la CIA. Incluyó el empleo de químicos para enfermar a los cañeros y paralizar la industria azucarera. El segundo se realizó en 1971, cuando se introdujo, desde Fort Gulik, zona del Canal de Panamá, el virus que genera la fiebre porcina, que en 1972 obligó al sacrificio de quinientos mil puercos. Y entre 1979 y 1981 fueron introducidas, según La Habana, cuatro plagas que dañaron al país: la conjuntivitis hemorrágica, el dengue, que cobró la vida de 159 personas, y el moho de la caña de azúcar y del tabaco.

El mayor obstáculo que halló Escudo de Hierro para organizar su respuesta ofensiva estribó en la incapacidad de sus antiguos misiles rusos para alcanzar el territorio norteamericano, a 150 kilómetros de La Habana.

Sin embargo, a fines de 1998, una delegación cubana se trasladó secretamente a Moscú, donde adquirió misiles crucero modelo Zvezda KH-35, que pesan 750 kilos cada uno y tienen un alcance de 130 kilómetros. Esos misiles vuelan a ras de agua esquivando radares y pueden ser adaptados a cualquier objetivo. Construidos en el Centro Estatal Científico-Industrial de Zvezda-Strela, fueron vendidos a Cuba por los últimos generales sobrevivientes de la era soviética, y no causaron inquietud en Estados Unidos, pues no alcanzaban su territorio.

Al mismo tiempo otra delegación cubana adquiría en la ex Yugoslavia helicópteros navales KA-27, de manufactura rusa, construidos por la Kamov Design Bureau. Se trataba de naves rápidas capaces de portar cuatro Zvezdas KH-35 y con una autonomía de vuelo superior a los 200 kilómetros. Víktor Korlenko, asesor del mayor general (r) Yuri Kalinin, quien fue en 1990 viceministro de Defensa de Rusia, dirigió al personal cubano que convirtió los misiles convencionales en armas biológicas. Mientras

Washington aún celebraba el derrumbe del Pacto de Varsovia, no se percató de que Cuba disponía por primera vez, desde la Crisis de Octubre, de armas que pueden alcanzar su territorio.

Aquella mañana el teniente coronel Joaquín Martel, piloto de helicópteros KA-27 de la base de Camarioca, camuflada entre árboles móviles situados cerca del balneario internacional de Varadero, recibió la orden de presentarse en la sala del jefe de la base. Dejó entonces el vaso de aluminio con café con leche sobre su mesa y se dirigió al despacho del superior.

El general Portuondo no se encontraba en su oficina, pero en su escritorio había un sobre con el sello del Ministerio de Defensa a nombre del teniente coronel, que este abrió y leyó sin inmutarse.

Sintió tranquilidad al introducirlo en el aniquilador de documentos. Sabía que su helicóptero podría internarse por el golfo y disparar los misiles antes de que los F-18 norteamericanos lograran identificarlo. Nadie interceptaría jamás el vuelo rasante de los Zvezdas sobre los cayos y Miami, pensó Martel.

El ex encargado de avituallamientos del Comandante ocupaba ahora una casita de dos cuartos en el barrio de Marianao. Con su tronadura había perdido los símbolos del poder: casona en Miramar, ropa de marca, alimentos y bebidas sin restricciones, celular y automóvil con chofer. Ahora, sudoroso y desastrado, mal vestido y al volante de un viejo taxi, parecía un fantasma del Menéndez de los años dorados.

Cayetano se sentó sobre los resortes vencidos de un sofá desteñido y contempló los retratos de Fidel y el Che que colgaban de una pared desconchada, mientras Menéndez introducía el caset en el videocasetero. Al comienzo el aparato mostró solo rayas horizontales, pero al cabo de unos segundos una línea vertical dividió la pantalla en dos con tomas en blanco y negro. La de la izquierda mostraba un dormitorio, la otra un baño con un espejo y una tina.

—No hay nada de lo que te imaginas, Cayetano —advirtió Menéndez acomodando una pierna sobre el brazo del sillón. A través de la guayabera desabotonada asomaba su barriga blanca y velluda—. El tipo no llevó nunca a nadie al Ambos Mundos. Más casto que la virgen. Una lástima, Brulé, con todo lo que nos costó.

—¿Bajo qué nombre se registró?

—Fernando Obregón.

—¿Y el pasaporte?

—Venezolano. No vale nada en el mercado internacional. ¿Un cafecito?

Cayetano aceptó el ofrecimiento con la vista fija en la pantalla. El sudor le corría por las sienes y mejillas, y el bigote le agravaba la sensación de calor. Tal vez se estaba convirtiendo en un latinoamericano del Cono Sur, pensó, y poco le quedaba de la resistencia caribeña ante el sol. Quizá ya ni siquiera era tan bullicioso ni gesticulador como la gente de su patria nativa, se había tornado un ser reservado y quitado de bulla como los del sur. El lente ojo de pescado de la cámara estaba oculto en un extremo superior del cuarto, de allí se veía una cama, el piso de cerámico y unas ventanas altas.

Que Lara no llevase mujeres al cuarto lo desconcertó en un sentido, aunque lo alentó en otro: una jinetera le hubiera servido como informante para obtener detalles valiosos, pero la ausencia de aventuras amorosas podía deberse a que Lara tenía una misión demasiado importante como para distraerse.

—Tal vez el tipo prefiere acostarse con hombres en posadas —comentó Menéndez desde la otra salita, donde estaba la cocinilla a gas. A través del pasillo Cayetano vio parte de una cama en desorden y la puerta abierta de un baño con un cubo bajo el lavamanos—. Vaya uno a saber, por cuestión de gustos se rompen telas.

De pronto la pantalla mostró a Lara entrando en la habitación. ¡Al fin lo veía en su versión actualizada, al fin su nombre se convertía en un ser de carne y hueso, que se desplazaba, que actuaba! Tenía cerca de cincuenta años, el cabello negro y corto, era fornido, atractivo. Al menos con esa imagen la búsqueda se le haría más fácil. Pero, ¿qué se proponía concretamente Esteban Lara en la isla? ¿En verdad asesinar al Comandante? Lo vio ordenar periódicos sobre el escritorio y después entrar al baño, donde orinó y se contempló en el espejo. Le pareció que tenía ojos claros. Ahora se lavaba el rostro y cepillaba los dientes, y cuando notó que se untaba crema en el rostro y los brazos con un esmero poco usual en un hombre, recordó las cremas antialérgicas que le habían llamado la atención en la cabaña de Chiloé.

—Te quedaste sin habla —gritó Menéndez desde la cocina. Revolvía el café en un jarrito de aluminio. Cayetano miró hacia la calle por la puerta abierta y creyó ver al Plymouth derritiéndose bajo el sol y a unos muchachos jugando béisbol sin camisa—. Debe ser el primer hombre que viene solo a Cuba y no tiempla.

—Su abstinencia me jode por completo el caso.

—No te desanimes, Brulé, que los muchachos, tocados por tu mala suerte, agregaron por el mismo precio fotos de tu hombre y unas tomas del día de su salida.

Menéndez oprimió el *forward* en el instante en que el grifo del baño comenzaba a escupir agua con una especie de tos asmática. Anunció de inmediato que iba a aprovechar de lavarse el cabello. Cayetano quedó solo en la salita y pudo ver con tranquilidad a Lara en la recepción pagando en efectivo antes de marcharse del Ambos Mundos. Después lo vio cruzar el lobby seguido de un botones que le cargaba la maleta. Antes de llegar a la puerta del hotel, el botones le dijo algo a Lara y le entregó un billete, que Lara guardó en su pantalón.

Cayetano volvió a repetir la secuencia.

Constató que, efectivamente, el botones le entregaba algo a Lara, lo que resultaba a todas luces extraño, puesto que era el huésped quien debía entregarle propina al botones y no a la inversa. Volvió a examinar la escena, esta vez situándose cerca de la pantalla, y comprobó que Lara no recibía un billete, sino un papel, algo que bien podía ser un mensaje plegado.

Dejó que la cinta siguiera corriendo, vio a Lara y al botones pasar frente a la cámara. Cuando la toma los mostró por la espalda, Cayetano creyó reconocer la mochila. Se asemejaba a la de la cartulina con instrucciones que había recogido en la cabaña de Chiloé. Creo que es la misma mochila, pensó vaciando la taza con cierta emoción: ¡ese era el contacto de Bento en el fin del mundo y el visitante del apartamento de San Petersburgo! Su investigación parecía verse corroborada de golpe hasta en los detalles. Solo lo torturaba una pregunta y se la hizo a Menéndez:

—¿Adónde se marchó este tipo después del Ambos Mundos?

—Ese día cogió un taxi para el aeropuerto —dijo Menéndez volviendo del baño con la cabellera estilando agua y una toalla sobre los hombros.

—¿Se fue al extranjero o se quedó en la isla?

—Lo ignoro.

—¿Y qué tal si me lo averiguas?

Menéndez comenzó a secarse el pelo con la toalla.

—Eso sí que no, camaján, eso sí que no —gritó descontrolado—. Eso ya es meterse entre las patas de los caballos.

Le ordenó a Kamchatka que se sentara a la sombra del muro, alejado de las prendas militares, y se guardó el silbato metálico en el bolsillo de la camisa. Hubiese jurado que alguien daba gritos afuera. Pasó a su cuarto a recoger la Luger y con ella bajo la camisa subió al segundo piso de la vivienda principal. Por entre las cortinas vio a una miliciana frente a la casa. Tendría treinta años, andaba con tubos en el pelo y sin arma. Dudó entre atenderla o no, pero prefirió hacerlo para que ella no entrara en sospechas.

—¿Está la compañera Ángeles? —preguntó la miliciana en cuanto él abrió. Por su mirada intuyó que ella estaba al tanto de su existencia. Seguramente la vieja le había informado que tenía un pensionista de largo plazo y ella venía a confirmar su identidad o simplemente a cobrar la mordida para guardar el secreto.

—No está.

—¿No está? ¿Y dónde anda la compañera Ángeles ahora, mi vida?

—Me parece que visitando a familiares en Cienfuegos.

En cierto modo, no mentía. Ángeles le había comentado que los únicos familiares que tenía en la isla vivían en Cienfuegos y eran miembros de la antigua aristocracia de esa zona. Probablemente la miliciana también lo supiese. No sospecharía. No se imaginaría que la vieja estaba sepultada en el jardín, cerca de la piscina. La había enterrado la noche anterior, mientras Kamchatka ladraba descontrolado. Ahora sí el animal estaba sufriendo psicológicamente los rigores de tanto cambio, algo que, como afirmaba Boris Malévich durante los entrenamientos en Rusia, podía arruinar su misión. Al hallarlo entre unos matorrales de Miramar, nada lejos de la embajada que visitaba el Comandante, Kamchatka no había obedecido a sus llamados y había estado a punto de morderlo cuando intentó atarlo a la correa. Definitivamente el animal necesitaba más compañía y adiestramiento para recuperar su estabilidad emocional, de lo contrario fallaría en el momento decisivo, tal como se lo había advertido Malévich.

—¿Y te dejó a ti solito a cargo de la vivienda? —preguntó la miliciana con cierta coquetería. Marcaba con las manos en la cintura su portentoso caderamen.

Era una mujer de piel tostada, labios carnosos y ojos pardos, penetrantes, y llevaba desabotonados los primeros botones de la blusa, dejando ver entre sus pliegues el nacimiento de sus pechos. Lucio pensó que debía llamar a Lety Lazo al paladar para que se vieran en el apartamento del diplomático por un rato, pues el deseo en ese aire húmedo y caliente lo torturaba.

—¿No te dijo cuándo volvía? —insistió la miliciana.

—Creo que en una semana.

—Que confianza la de esta Ángeles, por Dios. Como cambia la gente —barruntó.

—¿A qué se refiere?

—Que hasta hace poco desconfiaba de cualquier huésped. Vamos, no debería yo contarte eso, pero así mismo era. Menos mal que cambió, porque yo misma le dije que así no podía seguir viviendo... En fin, cuando llegue dile que Teresa, la del CDR, estuvo aquí y que necesita hablar unas palabritas con ella.

—Se lo diré en tu nombre.

—¿Y tú, de dónde eres, chico?

—De Venezuela. Ando de turista por acá.

—¿Venezolano de Caracas?

—Sí, criado allá.

—¡Qué curioso! Yo tengo un cuñado de Caracas y juraría que tú no hablas como un caraqueño, muchacho. O tal vez es el Ronald quien no es de allá y nos está embaucando —reclamó ella antes de alejarse moviendo salerosa las caderas.

LA HABANA

FEBRERO 21, 13.00 hrs.

—¡Cayó el hombre, ministro! —anunció Omar entrando al aire acondicionado del despacho. Desde el ventanal el ojo del gigantesco retrato exterior del Che Guevara observaba la ciudad. El ministro se hundió en el sillón de cuero con los brazos cruzados, mirando a Omar en silencio. La palidez de su rostro acusaba la tensión que experimentaba desde hacía semanas debido a que el Comandante se negaba a creer que la CIA, como afirmaban los interrogados, no tenía papel alguno en Foros. Echó una ojeada a su reloj. Era hora de entregarle el reporte de mediodía al presidente, quien almorzaba ensaladas y pescado en su despacho del Palacio de la Revolución.

—Dame los detalles, que me esperan —dijo el ministro.

—La información es escueta. Lo ubicaron durmiendo en un motel carretero de Texas.

—¿Cómo dieron con él?

—Gracias a los datos que recibimos sobre su ingreso a Estados Unidos por el paso fronterizo Córdova-Américas. Después se ubicó el carro que había alquilado y se le instaló un emisor magnético para seguirlo.

—¿Fue Romeo?

—Fue Romeo con su brigada volante, ministro.

—¿Y cómo operaron? —preguntó el ministro acodándose en el escritorio, donde había carpetas, un bloc de apuntes y tres teléfonos, además de retratos de su mujer e hijos.

—No sé aún los detalles, pero parecerá un suicidio, ministro. Pierda cuidado.

—Recabe pormenores y reúna la confirmación de fuentes independientes, y me lleva todo eso al despacho del Comandante en palacio —ordenó el ministro y cerró el expediente de Constatino Bento, que tenía sobre el escritorio—. Creo que ahora sí descabezamos a Restauración Democrática.

La Habana

—Por favor, tráeme un Lagarto bien frío y un arroz con pollo —dijo Cayetano tras sentarse a la barra del café Ambos Mundos. Al menos allí, entre las baldosas y las paredes altas, estaba fresco, porque afuera el calor apretaba con torno—. Y cuando venga la cerveza quiero preguntarte algo.

Gloria apuntó el pedido, al que Cayetano agregó en el último minuto un dulce de coco con queso como postre. Cada vez que entraba a ese ambiente de puntal alto, pilares al descubiero y baldosas frescas, Cayetano se preguntaba qué habría dicho Ernest Hemingway de esa Habana que languidecía afuera con sus antiguas bodegas vacías, paredes desconchadas y edificios desplomándose por el abandono, de esas calles por las cuales fluían aguas nauseabundas y de esas veredas donde la gente permanecía sentada con una mezcla de indolencia e indiferencia ante la ruina desatada.

En fin, se dijo colocando sobre la barra la foto en la cual un *bell boy* aparecía entregándole un mensaje a Lara en el lobby del hotel. Gloria volvió con la cerveza y él aprovechó de preguntarle:

—¿Cómo se llama este personaje, mi niña?

Ella observó el retrato del muchacho junto a Lara, colocó la cerveza en la mesa, y dijo:

—Esa es La Manuela.

—¿Cómo que La Manuela?

—Así le dicen. Es una loca arrebatada, muy feliz.

—¿Y puedo preguntar en el lobby por él así, simplemente por La Manuela?

—Dime una cosa —Gloria enarcó las cejas, seria—, ¿la necesitas para la investigación?

—Exactamente.

—No me digas que el marido de tu cliente era bugarrón.

—Puede ser y por eso necesito hablar con La Manuela. Es importante.

—No te metas más en líos, muchacho —dijo Gloria vertiendo la cerveza fría en el vaso. De la calle llegó el escándalo de un camión y su tufo a gasolina—. Pero bueno, tú sabrás. Esta semana ella tiene libre acá y puedes encontrarla trabajando en la finca Vigía.

—¿La casa que tenía Hemingway en San Francisco de Paula?

—Exactamente. Abre sobre las diez de la mañana. Allí la encuentras con absoluta seguridad. Pero no te olvides del pomo que me prometiste.

—¿Cuál pomo, chica?

—No seas falso, Cayetano —reclamó Gloria sonriendo—. El de la crema de caracol que usan las actrices de cine para no arrugarse. Llévamela a mi apartamento, a Alamar, cuando quieras.

La Habana

Febrero 22, 11.05 hrs.

La finca La Vigía es la magnífica propiedad cercana a La Habana, donde Ernest Hemingway vivió de 1939 a 1960, año en que partió para Ketchum, Idaho, donde se voló la cabeza con una escopeta. La casa, una construcción de un nivel, piso de baldosas color terracota y paredes con trofeos de caza, óleos y estantes atiborrados de libros, es museo desde 1961. Hemingway se encerraba a diario en la torre adyacente, que solo abandonaba tras haber escrito cinco mil palabras, al rato nadaba en la piscina, que una noche compartió con Ava Gardner desnuda, salía a pescar en su *Pilar*, o viajaba a la ciudad en su Chrysler New Yorker a beber en El Floridita.

La Manuela esperaba a Cayetano Brulé en la oficina de la administración. No era un buen día para el detective. En la mañana, al recibir el desayuno en su cuarto, había descubierto en el platillo de la taza de café con leche un pendiente que no tardó en reconocer: era el papagayito de madera que Débora había usado el día de la despedida. La llamó de inmediato a la revista en Chile y le preguntó si había perdido los pendientes.

—Creo que los tengo guardados en casa —repuso ella sorprendida— ¿Por qué me lo preguntas?

—Nada, solo me acordé de ellos. Me gustan mucho —dijo él con ternura. Tenía un papagayito en su mano izquierda—. Me traen buenos recuerdos.

—Representan la esperanza. No me los puse más desde que estuvimos juntos.

—Está bien, Débora, eso es importante. Y cuídate. Ya volveré a Valparaíso e iremos a cenar al Cinzano o al Turri.

—O a tirar al Brighton...

Y ahora, con el pendiente en un bolsillo del pantalón, estaba en la finca La Vigía frente a La Manuela, quien llevaba guayabera blanca, al igual que el detective, y pantalones de lino y mocasines lustrados.

—Gloria me explicó que quería hablar conmigo. ¿De qué se trata? —preguntó La Manuela mientras subían los escalones que conducían a la puerta principal de la casa.

No había nadie más en toda la finca.

Cayetano se despojó de su panamá, se secó el sudor de la frente y volvió a colocárselo con movimientos pausados.

—Vine a consultarle sobre un pasajero que usted conoció en el hotel Ambos Mundos.

—¿Y se puede saber para quién trabaja usted?

—No para la seguridad del Estado, por si le preocupa.

Intuyó que La Manuela era un tipo serio y de carácter, que no iba a dejarse intimidar así como así. Observó a través de las ventanas abiertas el comedor de la casa, una mesa dispuesta con platos y copas, y una pared con trofeos de antílopes que Hemingway cazó en África.

—Mira, chico, si quieres podemos tutearnos. Yo nací en esta tierra y por esas cosas del mundo vivo en Chile, donde subsisto como detective privado.

La Manuela sonrió mirando hacia los árboles, que agitaba la brisa.

—No me diga que usted es un detective como los de las películas norteamericanas.

—Pero del Tercer Mundo —dijo Cayetano mientras

continuaban caminando en torno a la casa—. Y mira, lo que me interesa es saber si te acuerdas de lo que le entregaste a este tipo de la foto. Obviamente que pago por la información.

Le enseñó la foto que le había entregado Renato Menéndez, y el muchacho se detuvo a observarla. De la carretera lejana llegaron unos bocinazos de camión y después el canto renovado de los pájaros.

—Esto puede meterme en líos con la policía acá —dijo La Manuela preocupado—. Mire que echan treinta años muertos de la risa por cooperar con servicios secretos enemigos.

—No tengo nada que ver con servicios secretos ni ningún guanajo, chico —aclaró Cayetano. Se habían detenido frente a una ventana pequeña que daba al baño de Hemingway. Hasta allí tenía libros, pensó—. Yo ando detrás de este tipo porque su mujer le está entablando una demanda de divorcio por infidelidad. Lo que está en juego es la custodia de los niños. De política mi caso no tiene nada.

—¿Es solo una cuestión de templeta?

—En cierta forma sí.

—No deberías meterte en eso. La gente es libre para templar con quién quiera, y si él vino buscando mujeres, es porque su mujer no le da lo que él necesita. Me cargan los tipos moralistas.

—Mira, chico, a mí me da lo mismo lo que cada uno haga con su pelvis, no es asunto mío, pero yo de algo tengo que vivir, como tú del Ambos Mundos. Y en este caso debo informar a mi cliente de lo que hace aquí su esposo. Y eso tiene su precio, mi hermano.

Extrajo un billete de cincuenta dólares y jugó con él frente a La Manuela.

—¿Qué le entregaste ese día?

—Una carta de amor.

—¿De quién?

—De una mujer.

—¿Y cómo era?

—Pelirroja, de piernas flacas, culo chupado y tetona.

—Coño, con esa descripción mataste a la pobre, carajo. ¿Jinetera del patio?

—Una nunca sabe. Hasta las mujeres más serias hacen ahora de jineteras de vez en cuando. Pero me parece que ella había tenido su rollo con ese pasajero...

—¿Cómo lo sabes?

—Bueno, porque leí la carta.

Cayetano le entregó el billete, que La Manuela aceptó incómodo.

—¿Y qué decía la carta?

—Nada, boberías —repuso el muchacho y se guardó el billete en el pantalón—. Que cuando volviera lo estaría esperando siempre en el mirador.

—¿Mirador? ¿Cuál mirador?

—¿Qué voy a saber yo? Pero, le decía que allí lo esperaría.

La Habana

Febrero 22, 18.35 hrs.

Gloria vivía en el décimo piso de un edificio de doce plantas en el barrio obrero de Alamar, ubicado al este de La Habana. Desde su departamento se divisaba el mar, unos roqueríos sobre los cuales había gente y, más allá, hacia el oeste, la caleta de pescadores de Cojímar. Cayetano recordó que años atrás, investigando el asesinato de un joven chileno de apellido Kustermann, había llegado hasta ese barrio obrero.

—Aquí está la crema de caracol —dijo Cayetano extrayendo el pomo de una bolsa con dos botellas de vino y víveres comprados en una tienda en dólares—. No sé para qué quieres este mejunje con la piel de muchacha que tienes.

—No creas —alegó Gloria mientras le enseñaba el apartamento que ocupaba con su hija, que ahora se hallaba con su abuela en el reparto Luyanó—. El trópico envejece mucho a la gente.

Gloria llevó al living-comedor vasos y salchichón, y Cayetano abrió una botella de cabernet chileno. Brindaron mirando hacia el mar, que ya se desaparecía en la oscuridad, y se sentaron a escuchar boleros interpretados por Beny Moré.

—¿El dueño de esta viña no es el tipo aquel que solo puede vivir en Chile y Cuba, porque en el resto del mundo lo busca la Interpol? —preguntó Gloria tras probar el vino.

271

Cayetano sonrió sorprendido de lo bien informada que estaba Gloria. Se refería a un ingeniero que le había construido la industria militar a Augusto Pinochet y que ahora era inversionista en la isla y amigo del Comandante.

—Lo buscan porque se metió en un terreno en el cual Estados Unidos no quiere competencia, menos de países chicos: la venta de armas —aclaró Cayetano y se echó una rodaja de salchichón a la boca. Era un salchichón español consistente en textura y sabor.

—¿Y dices que ese señor es amigo del Comandante? —preguntó Gloria.

—Así dicen.

—Sus amigos han terminado encarcelados o muertos. Piensa en Cienfuegos, Matos, Guevara, Abrantes o el general Ochoa... Pueden ser casualidades de la vida, pero así es.

—No soy castrista, Gloria, ni tampoco de aquellos cubanos que cuando se van al extranjero se olvidan de Cuba o relativizan lo que aquí ocurre, pero quiero que me expliquen por qué esto ha durado tanto.

—Es que en esta isla nos hemos convertido en oportunistas sin cojones —dijo ella en voz baja—, y nadie hace lo que debiera hacer.

Calló de pronto, como asustada de sus propias palabras. La voz del Beny entonaba ahora *Hoy como ayer* y Cayetano tuvo la sensación de que con el tema político avanzaba por un callejón sin salida. Le gustaban el rostro moreno y los ojos vivaces de Gloria, también su piel canela, y habría preferido que la conversación tomase otro derrotero, menos comprometedor para él bajo las circunstancias que enfrentaba.

Invitó a Gloria a bailar. Comenzaron a hacerlo con la complicidad del Beny, que aderezaba la noche cantando

"Oh, vida" mientras por entre las persianas del departamento se filtraba el perfume del mar con los faroles de los botes pesqueros. Cayetano se acordó en ese instante de Débora, de las horas espléndidas que había pasado con ella en Valparaíso, de su estilo directo y desenfadado, pero admitió que la mujer que ahora tenía entre sus brazos ejercía una fascinación indescriptible sobre él. Presionó el cuerpo de Gloria contra el suyo y buscó sus labios.

—No, por favor, no, Cayetano —dijo ella e interpuso su brazo entre ambos. El Beny ya había dejado de cantar.

—¿Qué pasa?

—¿Por qué tendría que aceptar, Cayetano? ¿Por qué me trajiste el pomito? ¿Por qué llegaste con una bolsa con vino y salchichón? —preguntó ella—. ¿Por qué los detectives en las novelas siempre terminan templándose a las mujeres o por qué piensas que busco un extranjero para irme de la isla?

—Disculpa, no quise ofenderte —tartamudeó Cayetano, avergonzado de sí mismo—. Entendí que era lo que querías cuando me invitaste a tu apartamento.

—Pues las cosas no son como tú te las imaginas, ni yo soy jinetera —dijo ella y volvió a sentarse—. No todas las cubanas somos jineteras, Cayetano.

—Lo sé, lo sé.

—¿Crees que soy mesera porque no estudié nada? Pues te equivocas. Soy traductora de alemán y como no pude conseguir trabajo, terminé en ese hotel. Pagan una miseria, pero con las propinas gano más que una profesora de idiomas. Claro, ganaría diez veces más si me dedicara a la prostitución, porque así están desgraciadamente las cosas aquí.

Cayetano llenó de nuevo los vasos en silencio.

—Esto es una pesadilla —comentó Gloria. Había desaparecido de su rostro el aire despreocupado del hotel—.

Mis amigas tratan de irse con el primer extranjero o se meten a putas, al menos esporádicamente, para sobrevivir, y las otras esperan a que pase el tiempo y el hombre se muera. Pero mientras pasa el tiempo para él, también pasa para nosotras.

—Ya no pueden quedarle muchos años...

—No es el paso del tiempo lo que me jode, Cayetano, sino la falta de coraje de la gente, que calla y acepta, que aplaude y vitorea al mismo que la oprime. ¿Dónde están los hombres y las mujeres de esta isla, Cayetano? Si esta ha sido tierra de valientes.

Cayetano comenzó a pasearse frente a la ventana. Por el oeste se extendían los edificios, un cine, una escuela y un policlínico; del piso inferior llegaban las voces agitadas de una telenovela y las luces de Cojímar parecían próximas. Estaba desconcertado, Gloria no solo lo rechazaba con una dignidad que le tocaba el corazón, sino que al mismo tiempo, y sin saberlo, cuestionaba el sentido de su misión. Sí, debía ser sincero y admitir que aceptaba la misión por miedo, por el mismo miedo que tal vez le impedía a sus compatriotas rebelarse.

—Y nunca nadie se ha atrevido a hacer algo —masculló Gloria.

¿No sería Gloria un agente provocador?, se preguntó Cayetano. ¿Por qué hablaba de matar al Comandante delante suyo, que estaba en la isla precisamente para evitar su muerte? Si examinaba lo que Gloria había hecho por él, ciertas cosas resultaban inquietantes: lo había contactado con Menéndez y con La Manuela, e invitado a su apartamento, donde le mencionaba, sin mediar gran confianza entre ellos, la necesidad de atentar contra el Comandante.

—Haré como que no he oído —dijo Cayetano mirándola fijo.

—Me da lo mismo. Es lo que pienso. Si no lo matan, tendremos que sufrirlo hasta que muera. Y lo terrible es que sus padres fueron gallegos longevos, vivieron más de noventa años. ¿Sabes lo que eso significa para mí? Que habré nacido, envejecido y tal vez muerto bajo el régimen de un solo hombre.

—La violencia solo engendra más violencia, Gloria. El crimen político no resolvería nada, surgiría simplemente otro caudillo.

—¿Y qué? Esa ha sido la tónica en este país. Cada uno llega a reescribir la historia y fusilar al que no lo aplaude.

—Es hora de cambiar, entonces —dijo Cayetano y bebió de su vaso. La conversación no conducía a ninguna parte, pero tampoco podía evadirla—. En otras partes lo hicieron de otra forma, impusieron elecciones libres.

Gloria se puso de pie con la copa entre las manos y caminó hasta la ventana.

—Llevas muchos años fuera de la isla, Cayetano —dijo mirando hacia la noche—. Esto es África y América Latina, aquí las cosas no son como en el Cono Sur o Europa del Este. Después de todo, estás más jodido que yo, porque a ti te despojaron de tu identidad y, lo que es peor, del recuerdo de la isla donde naciste. Por eso no me entiendes. Cuídate mejor, Cayetano, que vas por mal camino.

El sol acomodaba su pátina dorada sobre los centenarios edificios habaneros cuando Lucio cruzó la Plaza de la Catedral, dejando atrás las mesas y sombrillas de El Patio y entró a La Bodeguita del Medio, en calle Empedrado.

Podía sentirse satisfecho pese a todo, pensó bebiendo un café. Kamchatka recuperaría su nivel de adiestramiento, la plasticina estaba en el refrigerador del sótano de la casa, y el *Granma* confirmaba al fin su sospecha: el objetivo asistiría a la inauguración del Cristóbal Colón. Aunque el gobierno no solía revelar con antelación la asistencia del Comandante a ceremonias oficiales, esta vez la noticia aparecía en el *Granma* probablemente por descuido de un redactor: en una entrevista el jefe de la brigada a cargo de restaurar el Cristóbal Colón anunciaba que terminarían el día previsto la construcción del hotel para que el Comandante pudiera inaugurarlo.

Volvió a la calle con una sensación de euforia y se sumergió en la marea de transeúntes. No tardó en llegar al Cristóbal Colón. A través de las ventanas vio a maestros que colocaban baldosas de estilo mudéjar en el piso y pulían los pilares de una arcada. Desde un andamio alguien recuperaba el color original de los muros con un pistón de agua. Decidió ir a Tejadillo para examinar la entrada posterior del palacete que se extendía, en medio de una cuadra, de una a otra calle.

El principio supremo de la escolta es garantizar la seguridad del Comandante al costo que sea, ya que de su vida depende la revolución, recordó Lucio. Sin embargo, a veces la escolta desechaba una ruta estudiada y escogía en el último minuto otra, quizá más riesgosa, que obedecía a una decisión del Comandante, quien al violar las medidas de seguridad se tornaba un blanco fácil aunque imprevisible. En ese caso a Azcárraga no le quedaba más que desechar el itinerario diseñado y confiar en que el capricho del Comandante no resultase letal.

Observó la cara posterior del palacete construido en el siglo dieciocho por un arquitecto andaluz y constató que carecía de ingresos subterráneos. Eso significaba que la escolta tendría que aproximarse al hotel por una de las dos entradas y que el Comandante cubriría el trecho final a pie. ¿Dónde instalarse entonces si era imposible averiguar la ruta definitiva de la caravana? ¿En la parte delantera o trasera del edificio? En ambos casos los blindados se acercarían al hotel para reducir la incertidumbre que acechaba en esas calles estrechas, oscuras y enrevesadas.

La entrada posterior tenía un portón alto con dos hojas de madera maciza empotradas en el empedrado, imposibles de cerrar sin un sistema de rodamientos. Tres postes de acero de metro y medio de altura cada uno impedían la entrada de vehículos al patio interior. Por la entrada principal la situación era, sin embargo, diferente. Los Mercedes Benz podrían llegar hasta el patio interior, pero quedarían encajonados, representando un riesgo inquietante para Azcárraga. ¿Cómo averiguar de antemano el trayecto que escogería la caravana del Comandante?

Se aferró a las correas de su mochila verde olivo y pensó que era tiempo de volver donde Kamchatka.

La Habana

FEBRERO 23, 19.09 hrs

—¡No quiero más recados o mando todo ahora mismo al carajo! —fue lo primero que dijo Cayetano cuando se sentó a la mesa donde lo esperaba Chuck Morgan bebiendo un Lagarto. El hombre de la CIA lo había citado a un modesto barcito del callejón Hammel, frente a un mural de varias cuadras pintado con motivos africanos—. No me venga con más amenazas, estoy harto de todo esto y de la forma en que me involucraron.

—¿A qué se refiere? —preguntó Chuck apartando el vaso de cerveza.

—Al pendiente de Débora, que me enviaron con el desayuno —dijo Cayetano.

Apenas podía controlar su ira. Detestaba el cinismo de Chuck, su tendencia a hablar como si actuase siempre de acuerdo a la ley y el decoro.

—No tenía idea de eso —repuso Chuck perplejo—. ¿A qué pendiente se refiere? ¿No quiere acaso beber algo para tranquilizarse? Lo veo alterado.

—Mire, Chuck, usted y yo llegamos a un acuerdo, y yo lo estoy cumpliendo. Pero no necesito que me envíen amenazas de mafia para recordarme que lo cumpla.

Chuck pidió un ron doble para Cayetano y luego lo miró serio y le dijo:

—No se olvide nunca de esto: si usted cree que firmó un acuerdo conmigo, se equivoca. Lo firmó con la compañía. Ese recado del que habla no es mío, sino de una sección de la agencia que no conozco. ¿Me entiende?

Estaban bajo un toldo desteñido y desde allí podían ver el paso de los turistas, a los artesanos ofreciendo sus obras y las casas que asomaban por sobre el mural. El mozo volvió con el vaso de ron, cobró y se fue. Cayetano vació el contenido de un sorbo largo. Estaba harto de todo aquello, pensó sintiendo cómo el alcohol encendía sus arterias y lo calmaba. Al final le daba lo mismo lo que ocurriera con el Comandante y los servicios secretos que espiaban y jodían al mundo. Él quería recobrar su libertad y volver a su oficina, a su casa y sus amigos, y especialmente a Débora, a quien extrañaba cada vez más.

—Esto es entonces más siniestro de lo que me imaginé —murmuró angustiado.

—Más siniestro —admitió Chuck—. El otro día liquidaron a Constantino Bento, fue en Texas.

—¿A Bento? —preguntó Cayetano. No lo había conocido, pero le había seguido tan de cerca las huellas que era como si lo hubiese conocido, pensó con una sensación de impotencia—. ¿Y qué hacía Bento allá?

—No sabemos. Pero no es el único que se desplazó de forma sorpresiva. También lo hizo Esteban Lara. Se fue de Cuba.

—No puede ser, no puede ser. ¿A Texas también?

—Solo sabemos que se fue hace días.

—Es que no puede ser, chico.

Ordenó otro ron doble, furioso. ¿Qué carajos era entonces todo aquello? ¿Bento asesinado en Texas? ¿Y Esteban Lara no estaba en la isla? ¿Entonces toda su investigación se iba al carajo? Coño, se había pasado los últimos días tratando de averiguar en qué mirador habanero estaría esperando a Lara la misteriosa mujer que firmaba con LL, y ahora descubría que Lara no estaba ya en la isla.

—¿Y dónde se encuentra ahora? —preguntó.

El dependiente puso otro vaso sobre la mesa, cobró y se fue.

—Parece que en México, pero da lo mismo —dijo Chuck—. El tipo nada tiene que ver con el asunto. Se fue justo cuando suponemos que la primera aparición de Castro en público será el 26 de febrero, durante la inauguración de un lujoso hotel en La Habana Vieja.

—Me vuelvo a Valparaíso, entonces.

—No puede —dijo Chuck cortante. Llevaba una camiseta blanca que resaltaba su musculatura, y el cabello erizado a lo puercoespín con gel. Parecía un turista, nadie sospechoso. ¿Con qué pasaporte viajaría?—. Hay que permanecer aquí a la espera de nuevas instrucciones.

Cayetano entendió súbitamente el significado del papagayito. Ellos estaban al tanto de que Lara había dejado la isla y temían que él quisiese aprovechar como pretexto esa novedad para desligarse del acuerdo. El recado del pendiente lo anclaba a Cuba.

—¿Y por qué no te avisaron antes que Lara andaba en México? —reclamó—. Acabo de pagar una fortuna por un video suyo.

—Tendremos que aguantarnos un tiempo para ver qué deciden en Langley.

—¿Y con qué pasaporte llegó Lara a México?

—Con uno venezolano.

—Con el que se registró en el Ambos Mundos.

—Está cambiando de identidades según el caso.

—Como Mijaíl Bajtín.

—¿Quién es ese tipo?

—Un ruso que no tiene nada que ver esto —dijo Cayetano y cruzó una pierna. Imaginó que Lara se escabulliría hacia Centroamérica. Miró el callejón, y sobre una banca vio a tres jineteras con su chulo, junto a ellas una bañera amarilla, y, tirado en el suelo, a un mendigo.

—Que Lara se haya marchado no significa necesariamente que no tenga nada que ver con RD —afirmó al rato, pensativo.

—No le entiendo —dijo Chuck.

—Es simple: sus desplazamientos son inexplicables desde la perspectiva de un turista.

—Pero Lara no es el tipo que buscamos. La prueba es que se marchó antes de la aparición pública del Comandante, que es cuando suponemos puede producirse el atentado. Si fuera el asesino, estaría aquí. Detectamos su presencia en México gracias a una cámara del aeropuerto capitalino, antes de que se escabullera de nuevo.

Bebió un sorbo de ron y trató de abstraerse del diálogo. Se preguntó por qué la amante le anunciaba a Lara en un papelito que lo esperaría. Era una buena pregunta: si Lara se había marchado definitivamente de la isla, ¿por qué su amante afirmaba que lo esperaría? Todo aquello resultaba irritante: la agencia de Chuck era capaz de interceptar un llamado telefónico desde un destartalado hotel habanero a un modesto apartamento de San Petersburgo, de identificar a un individuo en un aeropuerto latinoamericano, y no de desentrañar y comprender las cosas simples de la vida, pensó Cayetano.

—¿Y entonces? —preguntó—. ¿Qué haremos ahora en La Habana?

Chuck se restregó los párpados, soltó un eructo y luego dijo:

—Comer mierda.

281

La Habana

Se sentó a la barra de la cafetería del Ambos Mundos con el *Granma* bajo el brazo, ordenó un *espresso* y esperó a que Gloria apareciese. La mañana estaba espléndida y despejada, solo en la línea del horizonte se amontonaban unas nubes blancas, y una brisa fresca soplaba por las ventanas del local barriendo el embaldosado.

Tardó unos instantes en descubrir la noticia ya anunciada por Chuck. Venía en un recuadro inferior de la sección internacional. Informaba que Constantino Bento, el líder de una organización contrarrevolucionaria de Miami, había cometido suicidio en un motel de Texas ingiriendo una dosis excesiva de tranquilizantes. La nota agregaba que Bento atravesaba por un estado depresivo debido a que otra banda contrarrevolucionaria había asesinado a su mujer.

Cayetano dejó el diario sobre la barra con una sensación amarga y la convicción de que se internaba por un mundo cada vez más espúreo. Bebió el café dudando de la versión del suicidio. Aquello olía a una acción organizada por el régimen cubano. Bento era el hombre que había reclutado a Esteban Lara en el sur del mundo para que acabase con la revolución cubana, y le parecía extraño que de pronto hubiera decidido quitarse la vida. También era cierto que la muerte de su esposa y el fracaso de Foros podían haber precipitado su suicidio, pero le resultaba poco convincente. Especuló con la posibilidad

282

de que el viaje de Lara a México pudiese estar vinculado con la muerte de Bento.

Gloria sonrió al aparecer con su uniforme y una bandeja de aluminio detrás de la barra. Estaba en el servicio a los cuartos, que era rentable por las mañanas debido a las propinas.

—Tengo una pregunta simple —dijo Cayetano—. Ando buscando a alguien que espera a su amante en el mirador. ¿Qué puede significar eso?

—¿Aquí en La Habana?

—Me imagino.

—Es que si es en Santiago de Cuba, ciudad de colinas, hay varias posibilidades.

—Pero, ¿qué es lo primero que se te viene a la cabeza si yo te dijera que te espero en un mirador a secas?

Ella se apoyó en la barra frente a Cayetano, le acarició fugazmente una mano y le dijo:

—Lo primero que se me viene a la memoria es el mirador de la Loma del Puerto, pero ese está cerca de Trinidad, muchacho, lejísimo de aquí.

—¿Y en La Habana?

—No me vas a creer, Cayetano —dijo ella sonriendo—, pero lo primero que se me viene a la cabeza es un paladar que se llama El Mirador, y no está nada lejos de aquí. Claro, no compite con el elegante Mil ochocientos treinta al que me invitaste, pero tiene su encanto.

De sombrero panamá, guayabera celeste, pantalón de lino y mocasines suizos, prendas adquiridas en una tienda en dólares con la tarjeta dorada, Cayetano Brulé llegó hasta el restaurancito sintiendo un insoportable ardor en la rodilla izquierda. Había caminado por el Malecón contemplando a los bañistas y el horizonte difuminado por nubes vaporosas. El Mirador estaba en el portal de un edificio desconchado, frente al mar. Ocupó una mesa y examinó el menú disfrutando la brisa. Desde allí la primera hilera de casas de la ciudad parecía una foto en sepia del álbum de una abuela.

—Chico, tráeme un mojito, pero con ración doble de ron —le dijo al mozo, un tipo joven, de camisa blanca y arete en una oreja. No había nadie más en ese paladar de siete mesas.

Al echarle un vistazo a la carta se entusiasmó con la entrada de calamares en su tinta y unas masitas de cocodrilo en salsa de mostaza como plato de fondo. Definitivamente no le convencía que Esteban Lara se hubiese hecho humo. Carecía de sentido cruzar medio mundo de ida y vuelta solo para visitar a la carrera La Habana y después ir a México. Algo desafinaba en la presurosa salida de Lara de Cuba y en la interpretación de Chuck sobre los acontecimientos. ¿Además cómo encajaba en ese rompecabezas la muerte de Bento?

—¿Le apetecería un filete de kaguama? —preguntó

el mozo sacándolo de sus disquisiciones—. Le ponen aquello como una mandarria.

—No, chico, yo no como nada que esté en peligro de extinción —repuso Cayetano y recordó a la preciosa sueca ambientalista que había conocido años atrás en Estocolmo y le había inculcado aquella preocupación.

—Las que servimos ya están muertas, acere —insistió el mozo—. Si no, no las servíamos.

—Prefiero asumir mis años, compadre. Además que hasta ahora no he recibido reclamos. Tráeme mejor lo que te pedí, y quedo feliz como un titi.

No había sido fácil dar con aquel restaurancito privado que los cubanos denominaban paladar. Saboreó el mojito y se dijo que si LL no trabajaba allí, absorbería el fracaso y continuaría buscando miradores en La Habana.

—El mojito está literalmente de chuparse los bigotes —le dijo al mozo mirando hacia la corriente del golfo, que fluía azul y maciza a lo lejos—. ¿Quién es el barman?

—Está adentro, en la barra.

—Merece una felicitación —dijo Cayetano tratando de establecer cierta confianza con el mozo. Necesitaba soltarle la lengua—. ¿Cómo se llama?

—Pase a la barra, mejor, porque los calamares y el cocodrilo tardan su poco.

Cayetano entró al edificio y desembocó en una salita fresca, oscura. En un rincón, detrás de la barra, divisó al barman. Era en verdad una barwoman. Pelirroja.

—Preparas el mejor mojito que he probado —afirmó cruzando sonriente la sala. El sitio estaba vacío—. Solo comparable a uno que hacen en un local chileno, al otro extremo del mundo.

—Dudo que los chilenos sepan mucho de mojitos —repuso ella—. ¿Se sirve otro?

—Solo si te queda tan bueno como este. ¿Cómo tú te llamas, chica?

—Lety. Lety Lazo —respondió ella y cortó en dos un limón pequeño.

—Pues bien, vine a felicitarte por el mojito —dijo Cayetano y se acodó en la barra—. Y también para que hablemos de un amigo mutuo que se hospedó en el Ambos Mundos...

Febrero 25, 10.30 hrs.

El mozo de El Patio le prestó su ejemplar del Granma porque el diario se había agotado temprano. En primera plana anunciaban que en la víspera el general De la Serna y tres conspiradores de Foros habían sido condenados a muerte, pero ya las radios internacionales sostenían que habían sido fusilados en la madrugada. Lucio ordenó un jugo de piña y encendió un Cohiba contemplando la fachada de piedra ondulante de la catedral con sus campanarios, y después miró hacia la calle Empedrado, que conduce al Cristóbal Colón. Sobre los edificios coloniales reverberaba una luz plateada que los dotaba de un aspecto metálico, por las calles aún húmedas circulaban el rumor de camiones y el eco lejano de los gritos de estibadores.

Era el segundo golpe a RD en pocos días, pensó Lucio. La mañana anterior se había enterado por la prensa cubana de la muerte de Constantino Bento. Por supuesto que no se trataba de un suicidio, como afirmaban, sino de un asesinato. Él le había advertido a Bento que era un error desplazarse bajo su verdadera identidad en medio de la guerra que sostenía con La Habana. Su nombre habría llegado a los cubanos a través de un infiltrado en la inmigración norteamericana, o de los sistemas computacionales de las tarjetas de crédito o de los carros de alquiler. Se lo había dicho y Bento conocía el terreno que pisaba. Ahora él tenía que continuar con

Sargazo y confiar en que Santiago lo fuese a recoger como si nada inesperado hubiese ocurrido.

Vio que unos maestros levantaban graderías mecano frente al ingreso principal del hotel, lo que sugería que el Comandante arribaría necesariamente por la puerta trasera, puesto que la calle Empedrado resultaba estrecha para dar cabida a los carros presidenciales y a las graderías al mismo tiempo. Imaginó la escena: el Comandante entraría por la puerta de suministros y cruzaría el patio interior del establecimiento para participar en la inauguración, que se celebraría en Empedrado. Su Mercedes no podría ingresar al edificio debido a los barrotes de acero que impedían el acceso al embaldosado mudéjar del claustro. Solo tendré una breve oportunidad, calculó Lucio chupando su tabaco, será cuando el Comandante descienda del carro y camine entre los escoltas hacia la puerta trasera del hotel.

Bebió del jugo, tranquilo. Acababa de caminar desde la puerta de suministros hasta el interior de la catedral y le había tomado escasos minutos. Le tomaría menos si corría en medio de una estampida. Desde la catedral necesitaría diez minutos para coger el Chevrolet que parquearía cerca del Malecón, y otros diez para llegar al sitio desde el cual planeaba embarcarse en la lancha. En menos de media hora habría dejado la isla y, protegido por la noche, navegaría hacia el encuentro en alta mar con Santiago.

Llamó al dependiente, le devolvió el *Granma* y le dejó una propina generosa. Después cruzó la plaza bajo el sol matinal y subió los peldaños del templo. Necesitaba examinar con más calma su interior fresco y umbrío.

FEBRERO 24, 13.00 hrs.

—¿Y está seguro de que es casado? —preguntó Lety Lazo decepcionada.

—¿No te digo que estoy investigándolo por encargo de su mujer? —repuso Cayetano.

Bebían mojito en el Hanoi, un restaurante ubicado en Barnaza con Teniente Rey, que Lety le había propuesto discretamente en la barra de El Mirador temerosa de que Carlos, su novio, se enterase de que Cayetano la interrogaba sobre un amante.

—Necesito saber adónde pudo haberse ido —insistió Cayetano. El local, pequeño, ubicado en la casa más antigua de La Habana, estaba lleno de cubanos que comían aprisa, de turistas extranjeros en busca de lo auténtico, y de bellísimas jineteras con sus chulos de camisa abierta y collares de oro—. Tú tienes que saberlo.

—Ya le dije, yo pensaba que andaba recorriendo la isla y que volvía a La Habana.

—¿De qué país te dijo que era?

—De Venezuela, o al menos que vivía en Caracas.

—¿Y qué nombre te dio?

—Fernando Obregón.

—¿Te ofreció matrimonio? —azuzado por el temor que percibía en Lety Lazo, asumía el papel del investigador duro—. Mira que le ha ofrecido matrimonio a media Habana. A todas les cuenta que se las va a llevar un día para afuera y después se hace humo, como en el caso tuyo.

—Bueno, toda mujer se hace sus ilusiones cuando le ofrecen casamiento.

—Ya ves, tu príncipe azul se largó al extranjero y te dejó con un coro de estafadas.

Bebieron en medio del escándalo y el olor a fritanga del Hanoi, que se especializa en comida vietnamita aunque allí lo único vietnamita es una desteñida foto en blanco y negro del embajador de ese país, pegada a un espejo. Para conseguir mesa Cayetano había tenido que aceitar con diez dólares al administrador, un tipo de anteojos ahumados, traje safari y rostro de sinvergüenza. Ordenaron Cam Cari Ga, fuente de arroz preparado al vapor con pollo al curry, y cerveza.

—¿Cuando lo conociste en Miramar buscaba alojamiento, entonces? —le preguntó a Lety Lazo. Ella encendía un Populares.

—Le conseguí algo donde unos artistas, pero solo resistió una noche —dijo ella despidiendo una bocanada de humo. Tenía dientes amarillos y la piel reseca, aunque su escote mostraba el nacimiento de unos senos respetables—. Buscaba algo cómodo y amplio, como para quedarse por cierto tiempo.

—Y en esos días tenía también cuarto en el Ambos Mundos.

—Pero no le gustaba estar en hotel, decía que los países hay que conocerlos a través de sus casas.

—¿Y no te invitó al hotel?

Ella se sonrojó, inclinó la cabeza a modo de disculpa y dijo:

—Cuando quisimos estar solos, fuimos al departamento de un diplomático al que yo le cuido la mascota cuando viaja.

—¿Cuántas veces estuviste con él?

Ella titubeó unos instantes, irritada, y bebió del mojito.

Ahora el administrador traía el Cam Cari Ga y dos botellas de cerveza destapadas. Sirvió todo con agilidad y movimientos precisos.

—Estuvimos dos veces juntos y nos bastó para enamorarnos —afirmó Lety después de que el administrador se hubo alejado—. Fue un flechazo como nunca sentí antes, en serio, aunque usted se burle.

—No me burlo, y además te creo. Así es el amor. Pero dime, ¿sabrías cómo ubicar ahora a Obregón?

—No. Por eso le dejé mi teléfono. Nunca imaginé que se iría así nomás de Cuba.

¿Por qué buscaría Lara con tanto afán un alojamiento en Miramar? Se preguntó probando una masita de pollo que detectó en medio del arroz. No sabía mal. ¿Y por qué necesariamente en Miramar, si había alquilado cuarto en un inicio en el Ambos Mundos, plena Habana Vieja, lejos del reparto exclusivo? Y Lara conocía La Habana, porque había vivido en ella, no podía tratarse de una equivocación. ¿Qué aspiraba a encontrar Lara en una casa de Miramar que no podía encontrar en un hotel de La Habana Vieja?

—¿No te mencionó sitios donde le gustaba desayunar? —preguntó.

—Bueno, desayunamos una vez en el paladar La Esperanza, en Primera Avenida con Calle Veinticuatro, en Miramar.

—¿Y por qué crees que lo escogió?

—Dijo que allí tenían buena fruta. Le gusta el mango y el jugo de piña.

—¿La Esperanza, me dijiste?

—Así es.

—¿Y tú le creíste que iba a volver por ti?

—Claro, si me prometen algo, yo lo creo.

—Eso se lo contó a varias en Cuba y otros países.

Defraudada, Lety Lazo se miró las manos y esperó a que el administrador se llevara los vasos vacíos y se perdiera entre la humareda con olor a fritangas del Hanoi. Después dijo con amargura:

—Pero él va a volver, de eso estoy segura. No pudo haber buscado tanto un sitio en Miramar solo para instalarse allí unos días y engañarme. No tenía para qué engañarme, si yo estaba ya en sus manos y lo hubiese seguido hasta el fin del mundo.

Después del almuerzo en el Hanoi, Lety Lazo se maquilló en el baño del local y partió hacia el reparto de Miramar. Recordaba que Olivia Armenteros, la vecina del diplomático argentino, había enviado a su amante donde una mujer que conocía el teje y maneje de los alquileres. Si bien le había jurado a Obregón que nunca lo visitaría sin que él la llamara, violaría el juramento solo para aclararle unas cuantas cosas. Y después que se fuera al carajo si quería, pero a ella nadie la arrojaba a la calle como un trapo sucio.

Olivia Armenteros estaba en su apartamento durmiendo la siesta. Le dijo que había enviado a su amigo a ver a Charito, la que vivía en un garaje cerca de la bodega de La Copa. Aquella mujer, que revendía en el mercado negro el sobrante de la carne distribuida al barrio, sabría cómo ubicar al venezolano.

—Y cuídate, que a la legua se ve que el tipejo es un sátrapa y puede salarte, si es que ya no lo hizo —le advirtió Olivia cuando ella se iba.

Encontró a Charito, una negra gruesa y de mirada fiera, en la oscuridad maloliente de la carnicería. Según anunciaban en la cola que esperaba afuera, bajo el sol recalcitrante de la tarde, estaba por llegar en cualquier momento un cargamento de pollo por la libre.

—Mi amor, necesito ubicar con urgencia al venezolano —le dijo a Charito, y ella comprendió en seguida que la agitación de Lety Lazo solo podía deberse a razones del corazón—. ¿Sabes tú dónde se instaló al final?

Charito dejó su tabaco junto a los cuchillos manchados de sangre coagulada, se miró las sandalias de plástico, que aprisionaban sus pies de uñas carmesí, y dijo:

—Ese se ubicó en la mansión de Primera, a la altura de la calle 30. ¿Te dejó preñada?

Lety Lazo salió hacia el apartamento del diplomático, se tomó un jugo de mango y después llevó a la westie hacia la mansión de Ángeles. Tocó la aldaba, el timbre y dio unos golpes recios al portón, pero nadie abría. Decidió esperar a la sombra de un flamboyán. Nadie se reía de ella, pensó con furia mientras acariciaba a la perrita.

Tarde por la noche, cuando el calor ya había amainado y los paladares de las inmediaciones despedían a los últimos comensales, Lety Lazo vio llegar el Chevrolet plateado. Esperó a que el conductor bajase a abrir la puerta del garaje y se aproximó a él. Una repentina emoción la estremeció al ver de nuevo sus ojos verdes.

—Pasa, Lety, pasa —dijo él con voz ronca—. ¡Qué bueno que hayas venido!

Cuando Lucio arrojó la blusa de Lety sobre la cama, ella ocultó sus senos bajo los brazos y miró al hombre disimulando lo que en verdad ansiaba preguntarle. Se mantuvo así, de brazos cruzados, con su falda corta y los zapatos de tacón alto, en medio del dormitorio. Los ojos de Lucio recorrieron ese cuerpo bañado por la luz opalina de la lámpara del velador mientras afuera ladraba la perrita.

—Sácate la falda —ordenó Lucio a la vez que se despojaba de la polera sentado en el borde de la cama. Su tronco de atleta emergió magnífico.

—Eres pura fibra —dijo ella mientras descorría el cierre de su falda y la tela caía a las baldosas como un pájaro exangüe. Un minúsculo triángulo negro cubría su pubis resaltando el arranque de los muslos—. En tu país debes pasártela en el gimnasio.

—¿Te irías conmigo?

—Contigo me iría a donde me llevaras.

—Deberías irte entonces conmigo.

—Pero no te creo nada, porque eres un embustero.

Lucio se acercó a ella y su índice recorrió sus labios y su cuello, erizándola, y sus dedos aprisionaron luego con delicadeza sus pezones. Lety Lazo sintió que un calor repentino inundaba su cuerpo y que lentamente se diluía la imagen del detective en el Hanoi contándole que Fernando era casado. Tenía que reconocerlo, el venezolano la dominaba sin que ella pudiera oponer resistencia a la fascinación que ejercía sobre su ser. El deseo por tenerlo consigo la hizo olvidar la razón de su visita. Mientras los labios de Lucio descendían hasta su ombligo, pensó que al fin había encontrado al hombre de su vida, a alguien que podría sacarla de Cuba y amarla de veras. Sí, él también la amaba; de lo contrario, al verla llegar esa tarde sin aviso previo la hubiese enviado al carajo. No, él no se había ido de la isla como sospechaba Cayetano Brulé, no, él permanecía aún allí porque la amaba.

Lucio la libró de su último bastión y su desnudez lo embriagó. La cogió de las caderas y la depositó con delicadeza en el escritorio de caoba. Ella cerró los ojos y cruzó los brazos detrás de la nuca, y Lucio alzó sus piernas con las plantas vueltas al cielo y separó sus muslos con suavidad. Se quedó contemplando sus párpados cerrados, los pechos llenos con sus pezones alertas, y luego se abrió el pantalón y navegó entre la carnosidad suave y perfumada de la mujer. Se desfogó aferrado a sus caderas.

—Qué bueno tenerte otra vez —le susurró al oído, y la cargó hacia la cama, donde cerró los ojos mientras ella le acariciaba la cabellera.

—¿Dónde andabas?

—Por ahí.

—Yo sabía que volverías. ¿Lo hiciste por mí, verdad?

—Por ti.

—¿Realmente me llevarías contigo? —preguntó Lety. Él estaba a punto de quedarse dormido.

—Te llevaría —musitó él.

Lo despertó un trueno. Llovía a cántaros, estaba oscuro y Lety Lazo ya no descansaba junto a él. Dejó la cama y fue al cuarto adyacente. Kamchatka estaba inquieto y gruñía agitado. Lucio se asomó a la ventana y a través de las cortinas la divisó. Escarbaba de hinojos en el jardín, envuelta en una toalla. Regresó al dormitorio, se vistió a la carrera y atravesó sigiloso la puerta que conduce al jardín. Bajo la lluvia cerrada y los truenos se aproximó a la mujer sin que ella lo notara. La perrita ladraba furiosa contra la mano extendida que asomaba por un charco con un anillo en el meñique. En ese instante Lety Lazo vio la sombra proyectada sobre Marilyn. Se volvió con el rostro congestionado.

No alcanzó a gritar.

FEBRERO 26, 08.30 hrs.

Cayetano Brulé desayunó en la cafetería del Sevilla y luego caminó hacia la Plaza de la Catedral con una idea fija en la cabeza: si esa noche, como suponía Morgan, el Comandante aparecería por primera vez en público después del fracaso de la conspiración Foros, entonces era posible que Esteban Lara se hallase aún en la isla para realizar el atentado. Y en ese caso acudiría ese mismo día al Cristóbal Colón, porque los asesinos profesionales, recordó, no vuelven al lugar del crimen, pero lo frecuentan con antelación.

Unos descamisados barrían a esa hora la Plaza de la Catedral, y era imposible llegar hasta el hotel porque unas rejas cerraban la calle Empedrado. Frente al portal del Cristóbal Colón estaban las graderías y en los techos divisó guardias armados. Era evidente que todo estaba listo para recibir al Comandante.

Sin embargo, estudiando el lugar, le pareció que no se adecuaba para un atentado. Era difícil imaginar a un francotirador en una ventana de aquellos edificios ocupados por familias pobres y numerosas. El asesino no tendría posibilidad alguna. Seguramente la escolta ya había allanado las viviendas y dispuesto guardias en las puertas y azoteas. Además, el Comandante, al descender de su carro, alcanzaría en segundos el interior del hotel. Nadie podría disparar y escapar del barrio en tan poco tiempo.

Deambuló por las calles aledañas con la esperanza de divisar a Lara. El Patio aún estaba cerrado y la Plaza de la Catedral desierta y fresca. Se marchó hacia el paseo Martí, donde ingresó al barullo de la Cafetería Prado y Ánimas y bebió café en una mesa que da hacia el paseo. Se acarició el bigotazo mientras contemplaba aburrido las colas, los almacenes vacíos, los buses llenos y los rostros de la gente.

Mientras vaciaba su café con la sensación de que la investigación no prosperaba, vio pasar delante suyo a un hombre de cara vagamente familiar, que le evocó parajes y climas lejanos. Lo siguió con la vista escrutando su rostro anguloso y fino, sin ver sus ojos ocultos detrás de los calobares curvos ni su cabellera disimulada por un sombrero. Se alejaba a paso rápido mezclado entre los transeúntes de la mañana llevando zapatillas, jeans, polera y una mochila a la espalda.

—¡Coño, coño! —exclamó Cayetano, posó la tacita de café sobre la mesa y salió disparado hacia la puerta de la cafetería repartiendo codazos y empujones. Tenía que llegar al paseo Martí antes de que Esteban Lara se le escapase.

La Habana

Febrero 26, 09.25 hrs.

En el paseo Martí ya no vio a Esteban Lara. Cruzó al bandejón central y estuvo a punto de ser arrollado por un bus que corría enloquecido hacia el Malecón con racimos de pasajeros colgando de las puertas.

—¡Cuídate, Pancho Villa, o vas a terminar en la fosa común! —le gritó alguien.

Desde uno de los leones de bronce divisó de nuevo la mochila verde olivo que aparecía y desaparecía a la distancia entre los peatones. Lara torcía en el parque Central hacia la Plaza de la Catedral, y a Cayetano no le quedó más que apurar el paso, aunque la rodilla izquierda lo torturaba. Alcanzó Neptuno, pero el hombre de la mochila había desaparecido. Apresuró el tranco después de secar con el borde de la guayabera los cristales de sus anteojos, y al rato volvió a divisar a Lara. Caminaba por el parque Cervantes y cuando dobló hacia Aguiar, supo que buscaba la Plaza de la Catedral.

—No seas bobo, Cayetano, el camaján va al Cristóbal Colón —se dijo mientras cojeaba y lamentaba haber olvidado el tubo de *bengey*, que le apaciguaba el dolor de la rodilla.

Al alcanzar la plaza, vio que Lara se dirigía a Empedrado, la calle del Cristóbal Colón. Debía avisarle a Chuck. Mantuvo la distancia, porque supo que Lara volvería sobre sus pasos al toparse con las rejas. Buscó refugio en la Bodeguita del Medio, y al rato Lara regresó a la plaza.

—Esto es para no creerlo, caballeros —barruntó mientras reanudaba la marcha—, estoy persiguiendo a un hombre que legalmente no tiene existencia en Cuba, a un fantasma.

¿Cómo avisarle a Chuck sin perder de vista a Lara? ¿Y dónde había un teléfono público? Era inconcebible que la agencia de Chuck fuese incapaz de equiparlo con un celular. Al rato vio a Lara coger un taxi frente al Capitolio. El hombre se le escapaba.

Entonces Cayetano detuvo otro taxi.

—Mira, socio —le dijo al chofer, que escuchaba una canción de Beny Moré a todo volumen—, si quieres ganarte veinte fulas adicionales, sigue al turistaxi que va llegando a Malecón, pero sin que se dé cuenta.

—¡Coño, esto parece ya película de Hollywood! —exclamó entusiasmado el chofer.

—De película nada, mi hermano, que investigo si mi mujer me pega los tarros con el comemierda que va en ese carro. Tú síguelo na más sin que se den cuenta.

El vehículo avanzó por el Malecón y entró al reparto Miramar por el túnel de Almendares.

—Por lo que más tú quieras, compadre, no te vayas a detener ahora. Continúa, continúa —le gritó al viejo al ver que Lara se desembarcaba de su taxi a la salida del túnel.

A través del vidrio trasero lo vio escapar por entre los pinos que crecen sobre la boca del túnel.

—Los años que llevo en esto, señor, y nunca se me había pasado por la mente que a alguien le pudieran pegar los tarros en ese hoyo —comentó el chofer—. Debe ser una acción muy descocada. A su edad yo creo que ya no le conviene una jeba como esa.

—Pues así están las ninfas hoy en día —repuso Cayetano, y se bajó en Primera Avenida—. Quédate con el vuelto, y no le comentes a nadie que soy un tarrudo, compay.

Lara había desaparecido. Cayetano fue hasta Tercera. Una guagua se alejaba a la vuelta de la rueda llevando seguramente a Lara. Minutos después pasó otro turistaxi y le ordenó que siguiese al bus, que ya no se divisaba en el túnel formado por las copas de los flamboyanes. Le dio alcance en Calle Cuarenta, y lo siguió durante varias paradas, pero Lara no se apeaba.

—Deténte en la próxima, mi hermano —le dijo al chofer—, que voy a seguir en guagua.

Cayetano abordó el bus, pagó su pasaje y al avanzar por el pasillo su decepción fue portentosa.

FEBRERO 26, 13.20 hrs.

Lucio entró a la casa, acarició la cabeza de Kamchatka y le renovó el agua. Chequeó las marcas dejadas en el polvo del suelo y en la lancha plegada bajo la cama. La desaparición de la vieja no despertaba aún sospechas, y los familiares de la colorina no la extrañarían todavía debido al desordenado tren de vida que llevaba. Tampoco la desaparición de la perrita, que a esas horas debía vagar por Miramar, activaría alarmas porque su dueño se hallaba fuera de La Habana.

Después de examinar el manto oscuro de Kamchatka con la plasticina y los percutores, y de calibrar los walkietalkie, envió un mensaje codificado a Key West para que la *Cigarrette* estuviese a las ocho de esa tarde a la gira frente a Miramar. Si todo salía a pedir de boca, alrededor de esa hora estaría en condiciones de zarpar. El caos y la incredulidad iniciales se esparcirían, protestas y disturbios paralizarían la capital; nadie podría impedir su fuga. Cuando hallasen los cadáveres en esa casa, los atribuirían a un crimen ordinario. Echó en un saco figuras de porcelana, un crucifijo de plata y joyas de Ángeles, desordenó gavetas, donde halló dólares y euros, y metió después el saco en el Chevrolet. Lo arrojaría más tarde al agua para sugerir el móvil del robo, y la policía buscaría a los culpables en los bajos fondos de La Habana.

Fue al baño y se dio una ducha corta, se cepilló los dientes y finalmente se untó el rostro con gel protectora.

Se puso unos pantalones con cierre eclair en las rodillas, que permiten convertirlos en un dos por tres en bermudas, una camisa roja reversible de interior azul, calobares y un sombrero de yarey. Se miró satisfecho en el espejo. Después de la misión ocultaría el sombrero y la parte inferior del pantalón en un confesionario de la catedral, y mudaría el color de su camisa. Al retornar a la plaza sería otro hombre.

Febrero 26, 16.00 hrs.

¿En qué parada de Tercera Avenida se había bajado Esteban Lara? Cayetano Brulé se devolvió caminando bajo los flamboyanes y entró a La Fontana, donde ordenó agua y un café mientras ponía en orden sus ideas. Había perdido tontamente a Lara y nadie respondía en el teléfono dejado por Chuck.

—¿Desea algo más? —le preguntó al rato la dependienta. Era una muchacha de ojos grandes y cuello fino.

—Solo que me dé una orientación —dijo acomodándose los anteojos—. ¿Sabe usted cuántas paradas de guagua hay desde la Calle 10 a la Calle 30?

La muchacha sonrió desconcertada. No había nadie más en ese portal con piso de baldosas, y las calles se extendían rectas con sus antejardines, flamboyanes y mansiones.

—¿Y a qué viene esa pregunta?

—Un cálculo de guagüero que estoy haciendo.

—Hay dos paradas, aunque a veces los guagüeros paran donde le sale de los timbales —dijo seria.

Cayetano hizo memoria mientras jugaba con la punta de sus bigotazos: era evidente que Lara no se había apeado antes de la Calle 10, porque de lo contrario lo habría visto; y no había duda de que tampoco lo había hecho después de la Calle 30, porque él ya estaba encima de los acontecimientos.

—¡Entonces solo puede haberse bajado en Calle 20, cuando lo perdí de vista! —concluyó dándose un palmazo en la frente—. ¿Hay algún paladar cerca de Calle 20?

—Sí, claro. La Esperanza.

—¿La Esperanza? —repitió. ¿No era acaso el sitio donde Lara había desayunado con Lety Lazo?—. Entonces se bajó en Calle 20.

—¿Quién, señor?

—No se preocupe —repuso y sus ojos se empequeñecieron mientras limpiaba el cristal de sus gafas con la punta del mantel—. ¿Tiene usted un mapa de este reparto a mano?

LA HABANA

Lucio le ordenó a Kamchatka que se echara en el piso trasero del Chevrolet. Junto a la butaca del copiloto había colocado la mochila verde olivo conteniendo el manto del animal con la plasticina, el walkie-talkie que activaría la carga a control remoto y los percutores. Luego puso el sombrero de yarey a su lado e hizo arrancar el carro. Lo sacó retrocediendo y cuando se bajó a echarle llave al garaje no pudo evitar que le volviera a la memoria la imagen de Lety Lazo emergiendo allí súbitamente de la oscuridad la noche anterior. La mujer había estado a punto de arruinarlo todo y a él no le había quedado más remedio que actuar como había actuado, pensó mientras subía al carro con la convicción de que nunca más volvería a esa mansión de Miramar.

Condujo lento por Primera Avenida y cogió después por Calle 16 en dirección a Quinta, alejándose de la costa. Se proponía atravesar el túnel bajo el río Almendares y continuar por Malecón hasta las inmediaciones del Castillo de la Real Fuerza, en La Habana Vieja. Cuando pasó frente al restaurancito La Esperanza, sintió que alguien le dirigía una mirada sorprendida desde la terraza, mas aquello no lo inmutó, pues muchos vecinos sabían que él manejaba el Chevrolet durante la ausencia de Ángeles. Y al final de cuentas, se dijo, ya todo aquello le daba lo mismo, era su última noche en La Habana.

Febrero 26, 18.05 hrs.

—¿Vio el carro que acaba de pasar?

—¿El carro?

—Un Chevrolet viejo, negro, con techo blanco. ¿Es de por aquí?

La dependienta le anunció que llamaría a Vladimiro, un mozo que atendía las peticiones insólitas de los turistas. Cayetano bajó a la vereda.

—¿Le interesa comprar el carro? —le preguntó Vladimiro, quien apareció en un dos por tres en la puerta del paladar.

—Tal vez —dijo Cayetano desde la calle, abanicándose con el mapa que le habían entregado en La Fontana. No podía distinguir la patente del Chevrolet que ahora, con luz verde en el semáforo, doblaba por Quinta Avenida hacia El Vedado—. ¿Es de por aquí?

—¿Chevrolet negro con techo blanco, dijo?

—Ese que va allá, compadre. ¿No lo ves? Lo veo yo, que no veo nada.

El mozo bajó a la vereda y miró hacia Quinta. Alcanzó a ver el carro de costado.

—Ese es un Bel Air, año cincuenta, de dos puertas y visera, una joyita, señor —y regresó de inmediato al local dejando a Cayetano solo.

Estaba seguro de que el conductor era Esteban Lara. Llevaba horas recorriendo Miramar con la convicción de que alguien debía conocerlo. Si el carro era del reparto, no sería difícil dar con la casa del dueño. En cuanto supiera la ubicación, llamaría a Chuck, y era de esperar que esta vez atendiera alguien el maldito teléfono.

—Ya sabía yo —exclamó Vladimiro regresando con los ojos encendidos de entusiasmo—. Es de una compañera de aquí cerca, de Miramar.

—¿Y sabes dónde vive?

—¿Lo va a comprar, señor? Pregunto yo, por la comisión.

—Tal vez o quizá solo lo alquilo por unos días.

—Da lo mismo. Por una u otra cosa, comisión es comisión. Aquí se ve pasar mucho dinero, pero a la hora de la propina son todos una mano de miserables.

Cayetano extrajo de su guayabera un billete de cincuenta dólares, que era más de lo que el mesero ganaba en un mes, y se lo entregó diciéndole:

—Chico, ¿qué tal si me acompañas hasta la casa de la compañera esa?

La Habana

FEBRERO 26, 18.40 hrs.

Lucio estacionó el Chevrolet cerca del Castillo de la Real Fuerza, que se hallaba sumido en las primeras sombras de la noche, y echó a caminar con Kamchatka atado a la correa por la Avenida del Puerto. Vio las primeras medidas de protección para el Comandante: dos lanchas Griffing cerraban la bahía y una poderosa nave lanza-aguas estaba frente al muelle. Kamchatka paseaba tenso, pero tranquilo.

Se internó entonces por la oscuridad maloliente de Tacón y al rato se instaló en el portalito de un paladar de calle Aguacate, donde pidió agua para Kamchatka y un café para él. Desde allí, difuminado por las penumbras, con aspecto de turista, podía espiar el desplazamiento de los miembros de la seguridad. Estaba por llover de nuevo. De un busecito Toyota de color azul y cortinillas descendieron hombres de civil que no tardaron en desperdigarse por el barrio con sus Browning de rigor bajo la camisa. En una esquina un Ladalfa hizo chirriar los neumáticos, y más allá alguien descargaba cadenas de un camión Zyl para cerrar calles. El cerco ya estaba echado sobre La Habana Vieja. Menos mal que nadie se ocupa de los turistas, masculló Lucio acariciando a Kamchatka en el portal a oscuras.

Febrero 26, 19.00 hrs.

Cayetano Brulé se encaramó por la parte baja del muro lateral de la mansión que le había indicado el mozo del La Esperanza y cayó en una terraza que daba a una piscina en ruinas. Si la información de Vladimiro era correcta, no habría nadie en esa vivienda, porque su dueña se encontraba en Cienfuegos y el pensionista acababa de salir en el carro de la mujer.

Se puso de pie y se sacudió las manos sintiendo ardor en la rodilla. De La Esperanza había llamado al teléfono de Chuck, donde la voz de un hombre le anunció que «el compañero» volvería dentro de poco. A juzgar por el silencio y la oscuridad, la mansión estaba desierta. Cruzó por un jardín dejando a su espalda una casa pequeña, e ingresó a la casona por una puerta sin seguro. Encendió su diminuta linterna con forma de lápiz y se halló en una cocina.

Lara podía regresar de improviso. ¿No estaría yendo demasiado lejos? ¿No se trataría tal vez de una equivocación? ¿Y qué si aquel hombre del Chevrolet no era Lara y Lara se hallaba en México, como lo afirmaba la CIA? Ni siquiera tenía consigo la inservible pistola italiana que portaba en Valparaíso, pensó mientras veía cuartos en desorden, cajones registrados y vajilla regada por el suelo. ¿Es que Esteban Lara había viajado de Chiloé a La Habana vía San Petersburgo solo para desvalijar esa mansión?

Cruzó de vuelta el jardín y entró a la casa adyacente. Estaba también a oscuras. En el piso de un cuarto tropezó con un plato. Se quedó quieto esperando alguna reacción, pero no escuchó nada. Proyectó la luz de la linterna sobre las baldosas y examinó el plato, tenía alimento para perro. ¿Esteban Lara cuidaba un perro en Cuba? ¿O no era Esteban Lara? Abrió una puerta y entró a un baño donde colgaban toallas aún húmedas. Sobre el lavamanos había champú, pasta dentífrica y protector solar. Examinó las envases y comprobó que eran productos para alérgicos. No le cupo duda. ¡Había dado al fin con Esteban Lara!

Pasó a otra pieza, a un dormitorio donde reinaba también el desorden. Debajo de la cama había ropa tirada y unos zapatos de mujer, y en una esquina yacía un minúsculo calzón femenino. Volvió al pasillo y se encontró con una escalera que bajaba. Comenzó a descenderla con cuidado.

El subterráneo era un espacio amplio, fresco y húmedo, con piso de baldosas y una mesa de billar sobre la cual se apiñaban libros y diarios viejos. A un costado vio un refrigerador de dos cuerpos, oxidado, y un escritorio sin gavetas. Paseó la luz de su linterna debajo del mueble.

—¿Y qué es eso? —se preguntó.

Era una bolsa transparente con una tira de delgados envases plásticos en forma de almohadilla que contenían plasticina. Alguien chapistea el refrigerador, supuso al palpar la masa gris entre sus dedos. Dejó la bolsa en su sitio, y cuando pasó el foco sobre el embaldosado antes de subir a llamar a Morgan, descubrió un manto con cierre velcro y bolsillos interiores. Es de un perro, concluyó, extrañado de que en el Caribe un perro necesitase de abrigo. Cogió una almohadilla con plasticina y trató de introducirla en uno de los bolsillos del manto.

Calzaba a la perfección. Y en ese instante notó las manchas junto al refrigerador. Sus mocasines resonaron sobre las baldosas cuando cruzó hacia el aparato. Abrió la puerta de golpe.

—¡Coño, coño! —exclamó.

Adentro, sentado, abrazando sus rodillas, estaba el cadáver desnudo de la pelirroja.

La Habana

Febrero 26, 19.15 hrs.

Subió corriendo las escaleras hasta el segundo piso y llamó al teléfono de Chuck. Era evidente que Lara actuaría esa noche, tal vez cuando el Comandante se desplazara hacia la inauguración del hotel en La Habana Vieja. Los platos del perro, el manto con bolsillos, las bolsas de plasticina, todo aquello revelaba el carácter de lo que Lara se proponía, y el cadáver de la mujer indicaba la premura que tenía.

—¿Sí? —dijo la voz de un hombre al otro lado de la línea.

Cayetano intentó tranquilizarse, pero la imagen del cuerpo desnudo y ensangrentado de Lety Lazo en el refrigerador aparecía una y otra vez ante sus ojos.

—Necesito hablar con el compañero... —dijo Cayetano.

—El compañero no está —repuso la voz.

—¿Cuándo puedo hablarle?

—¿Quién llama?

—Cayetano. Es urgente.

En eso sonó el timbre de la casa. Cayetano se asomó a la ventana y lo que vio a través de la reja del jardín lo hizo erizarse: en la calle aguardaban una miliciana y dos hombres de civil. Calculó que no podría salir del lugar mientras ellos estuviesen afuera. Si lo veían, lo acusarían del asesinato de Lety Lazo y no tendría forma de explicar la razón por la cual se hallaba ahí. Probablemente el dependiente del paladar lo había denunciado al Comité de Defensa de la Revolución de la cuadra.

—Mire, el compañero no está —insistió la voz—. Déjele un mensaje, él se pone después en contacto con usted.

—Es que es urgente, coño —reclamó Cayetano sin dejar de mirar hacia la calle, donde la miliciana tocaba una vez más el timbre.

Uno de los hombres abrió la puerta de la reja y el grupo atravesaba ahora el sendero junto a los cocoteros. No tardarían en entrar a la mansión. Tenía que huir, pensó Cayetano. El sudor le adhería la guayabera a la espalda. Ahora hurgaban abajo, en la chapa de la puerta de casa.

—¿Dónde puedo encontrar al compañero?

—Fue a la plaza, solo allá podrá ubicarlo —dijo la voz, y Cayetano tuvo que colgar el aparato.

Salió a la carrera del dormitorio. Bajó en penumbras por las escaleras de mármol, que desembocaban junto a la puerta que el grupo trataba de abrir, pasó raudo junto a ella en el momento mismo en que comenzaba a ceder. Alcanzó a deslizarse a la cocina.

—Compañera Ángeles... —escuchó gritar a la miliciana—. Compañera Ángeles, es Teresa, la del CDR...

Cayetano hizo girar el pomo de la puerta de la cocina y salió al jardín. Tenía que olvidarse del dolor de rodilla y correr hasta los roqueríos. Por allí podría salvar el muro y escabullirse hacia Primera Avenida. Solo le quedaba confiar en que afuera no hubiese guardias.

Cayó al otro lado del muro empapado en sudor y se mantuvo por unos instantes agazapado, recuperando el aire y sobándose la rodilla. Unas nubes bregaban por instalarse en el cielo nocturno de La Habana con su carga de agua y relámpagos.

Avanzó por el callejón a oscuras y salió a Primera Avenida. Estaba desierta. Si Morgan se encontraba en lo que la voz describía como «la plaza», eso en Cuba podía significar solo una sola cosa: que estaba en la Plaza de la Revolución, la inmensa superficie de concreto donde Fidel Castro pronunciaba sus discursos ante millares de adherentes. Ahora necesitaba un taxi.

Lucio Ross se sintió tranquilo. Bajo la llovizna de las calles mal iluminadas de La Habana Vieja y en medio de la gente que volvía del trabajo o salía de parranda, el manto de Kamchatka se mimetizaba magníficamente con su pelaje.

Cuando el hombre y el perro desembocaron en la Plaza de la Catedral, la fachada barroca del templo parecía una catarata de agua congelada flotando luminosa en la noche caribeña. Desde los balcones resplandecían los arcos de medio punto, y los palacios de piedra se alzaban macizos, ajenos a la algarabía. Lucio guió a Kamchatka entre los atriles sin cuadros, las mesas atestadas de El Patio y los grupos que conversaban en la plaza mientras de algún lugar llegaba una canción guajira.

Ya los curiosos se habían agolpado en calle Empedrado frente a las vallas policiales. Cincuenta metros más allá, en las graderías mecano, un público escogido agitaba banderitas cubanas y de la Unión Europea. Tal como lo había supuesto, sería imposible cruzar esa línea de protección con Kamchatka, por lo que se dirigió a la cara posterior del Cristóbal Colón. Pronto se encontró, sin embargo, con algo inesperado: las calles estaban cerradas y no había forma de aproximarse al hotel. Soltó una maldición. Azcárraga era más cauteloso de lo que había supuesto.

Siguió buscando un atajo hacia Tejadillo. Tenía que llegar hasta las inmediaciones de la entrada posterior del

Cristóbal Colón. Lejos de ella no podría dirigir a Kamchatka mediante el silbido. El animal disponía de un gran olfato, pero sería incapaz de detectar a Azcárraga desde lejos y en medio de la gente. Encontró una calle expedita cuadras más adelante y llegó por fin a Tejadillo. Pasó entre automóviles destartalados y gente sentada en los umbrales de los edificios, y trató de acercarse a la parte trasera del hotel. Llegó hasta unas cadenas que impedían el paso a vehículos, y se dio cuenta de que los guardias controlaban más allá a los cubanos, pero no a quienes parecían turistas. Hizo entonces lo único adecuado bajo aquellas circunstancias: cruzó como turista. Sin embargo, a media cuadra del Cristóbal Colón el paso estaba prohibido para todos. Allí se congregaban ahora los curiosos de siempre.

—Azcárraga solo puede hacerlo ingresar por aquí —masculló Lucio al ver despejada la calle frente al hotel.

La Habana

Febrero 26, 20.05 hrs.

Cayetano Brulé detuvo un viejo Pontiac en Quinta Avenida y ordenó que lo llevasen a toda velocidad hasta la Plaza de la Revolución. La orden era inaudita porque el coche, conducido por un viejo que fumaba tabaco y escuchaba boleros, se estremecía por completo al acercarse a los cincuenta kilómetros por hora.

—¿En qué parte de la plaza? —preguntó el viejo al rato bajando la voz de Omara Portuondo.

El manubrio cimbraba independiente del tablero atestado de relojes hechizos mientras el taxi dejaba el lujoso barrio de Miramar por el túnel bajo el río Almendares y emergía traqueteando en El Vedado. ¿Dónde le convenía que lo dejaran? ¿Dónde se encontraba a esa hora Chuck? Se dio cuenta de que ni él mismo sabía adónde iba.

—Vamos a la plaza, simplemente. Allí le indico —le dijo al conductor.

El viejo cogió por Calzada, a esa hora desierta, y luego subió por entre las mansiones de Paseo. Una vez en lo alto de la colina comenzó a bajar y Cayetano divisó a lo lejos el obelisco iluminado en el cielo nocturno como un índice de yeso.

—Esa es la construcción más alta de La Habana —dijo el chofer—. En honor a Martí. Tiene 140 metros de altura y está cubierta con placas de mármol.

—Déjeme cerca de Martí —ordenó Cayetano. El vehículo ingresaba a la inmensa explanada de concreto, donde no había ni un alma ni carros estacionados.

Cuando el Pontiac se alejó con su escándalo de chatarras, Cayetano quedó en la soledad fantasmal de la Plaza de la Revolución. Una brisa suave le sacudió el bigote y le calmó el sofoco. Frente a él, formando un enorme hemiciclo, se extendían los edificios gubernamentales, entre ellos destacaba el Ministerio del Interior con su gran retrato del Che Guevara y el lema «hasta la victoria, siempre». A su espalda se alzaban el obelisco y la gigantesca estatua de José Martí en actitud pensativa.

Subió por las escalinatas hasta el sitio desde el cual Castro solía pronunciar sus discursos y recordó los documentales que lo exhibían en su época de gloria, ante una muchedumbre que coreaba su nombre. Ahora no había nadie allí, solo la noche vacía y silenciosa.

—Morgan —gritó Cayetano hacia la explanada de concreto iluminada por reflectores—. Morgan...

Le respondió el eco de su voz. Era imprudente lo que estaba haciendo, admitió, pero lo que había descubierto en la mansión de Miramar lo estaba sacando de sus casillas. ¿Qué debía hacer ahora que lo sabía todo?

—Morgan —volvió a gritar mientras recorría la tribuna vacía, donde se sentaba la dirigencia comunista a escuchar a Castro—. Morgaaaan...

—¿Qué pasa ahí?

Se viró y junto a la base del monumento a Martí vio a dos soldados.

—Busco a un amigo —explicó—. Soy turista. Me iba a esperar aquí.

—Aquí no hay nadie —replicó uno de los soldados desde la distancia—. En toda la plaza no hay nadie, y además está prohibido andar por aquí a estas horas. El museo está cerrado. Vuelva mañana, mejor.

No le quedó más que retornar a la explanada, defraudado.

Febrero 26, 20.10 hrs.

Lucio Ross se quitó por unos instantes el sombrero pensando que aún disponía de tiempo. La inauguración estaba fijada para las ocho de la tarde, pero el Comandante nunca llegaba puntual. Buscó una posición desde la cual observar el desplazamiento de su objetivo sin despertar sospechas entre los guardias.

Pese a todo, se sentía tranquilo porque la gente reunida en esa calle mal iluminada le ofrecía una suerte de refugio. Por fortuna siempre había curiosos interesados en ver de cerca a sus líderes, y en Cuba, donde el Comandante llevaba decenios en el poder, aquel interés era mayor. Si los escoltas temían un atentado para esa noche, imaginaban tal vez uno clásico: un francotirador en la ventana de algún edificio aledaño con fusil de mira telescópica, o una bomba oculta en el hotel y activada desde la distancia por un terrorista. Por ello, equipos de Azcárraga ocupaban seguramente desde la mañana los edificios del barrio, y ya habían paseado los perros detectores de explosivos por el Cristóbal Colón y sus alrededores. Azcárraga solo podía imaginar lo imaginable, no algo inverosímil como Sargazo, por ello supondría que la zona no presentaba riesgos para su jefe.

Se fue ubicando gradualmente detrás de un grupo de jóvenes, en el extremo opuesto a la entrada posterior del hotel, desde donde dominaría mejor el panorama. Le ordenó a Kamchatka que se echara, luego le acarició

321

la cabeza y le dio una galleta. Echado en la oscuridad, entre las piernas de los curiosos, era difícil que los guardias descubriesen desde la distancia al animal con el manto oscuro.

Febrero 26, 20.15 hrs.

Cayetano Brulé se bajó del Pontiac en el parque que se extiende frente a la entrada del puerto de La Habana, y caminó presuroso entre los árboles hasta el Seminario de San Carlos y San Ambrosio. Ahora solo le quedaba confiar en que el contacto se hubiese referido a la Plaza de la Catedral y no a la de la Revolución durante la breve conversación telefónica. Echó a correr por el asfalto de San Ignacio, pero al rato redujo el paso porque le ardía la rodilla y unos hombres de civil, de pelo corto y guayabera, lo observaban desde un portal.

¿Dónde diablos se había metido Morgan? Se preguntó. ¿No sospechaba acaso que podía producirse un atentado contra el Comandante durante su primera aparición pública? Esteban Lara los había engañado a todos marchándose de la isla y regresando bajo otra identidad. El cadáver de la pelirroja, los explosivos y los indicios de la existencia de un perro, sugerían que Lara ya tenía preparado su golpe maestro.

—Oye, ven acá —le dijo alguien a su espalda.

Se dio vuelta y se encontró con dos tipos de civil. Llevaban el cabello corto, el arma bajo la guayabera y bototos, como los del portal.

—Carnet de identidad —dijo uno de ellos.

Al ver el pasaporte de Cayetano, el policía se sorprendió.

323

—¿Turista extranjero? —preguntó hojeando el documento.

—Efectivamente. Y estoy apurado. Voy a escuchar a Fidel.

—Entonces corra, que ya comienza.

Llegó a la Plaza de la Catedral, donde había una multitud bulliciosa. Las mesas de El Patio estaban abarrotadas, los pintores exhibían óleos envueltos en plásticos, y la catedral brillaba nacarada contra la noche. Iba a ser difícil hallar a Morgan en ese mar de gente.

Cuando quiso acercarse a la entrada principal del Cristóbal Colón, constató que la calle Empedrado estaba cerrada de lado a lado con rejas metálicas. Calculó que el perro de Lara jamás podría salvarlas sin llamar la atención. Se abrió paso a empujones y llegó hasta las rejas, desde donde observó el hotel a través de las mallas de alambre. En las graderías la gente agitaba banderitas ante las cámaras de la televisión.

Cuando estaba por dirigirse al acceso posterior del hotel, divisó a Morgan entre la gente. Lo llamó varias veces, pero Chuck no podía oírlo, por lo que comenzó a abrirse paso entre la muchedumbre para aproximarse a él.

—Morgan, Morgan —gritó de nuevo.

Chuck pareció escucharlo, pero no sabía de dónde lo llamaban. Cayetano propinó empujones y codazos, y volvió a gritar su nombre.

Fue entonces que sus miradas se cruzaron. Le hizo señas para que se dirigiera hacia la catedral, e instantes después se reunieron en el atrio, donde había menos gente.

—Lara va a actuar hoy, no hay duda de eso —dijo Cayetano sudando, sofocado.

—¿Aquí? ¿Lara? ¿Está seguro? —preguntó Chuck incrédulo. Sus ojos recorrieron los balcones de las cercanías en busca de movimientos sospechosos—. No se atreverá, sería suicida, no podría disfrutar ni del pago.

—Hazme caso, Chuck —insistió Cayetano bajando la voz—. Esta noche va eso, pero no será como lo imaginas. Esteban Lara atacará antes de la ceremonia, y no por este frente. ¡Sígueme!

La Habana

FEBRERO 26, 20.20 hrs.

Lucio Ross vio aparecer el primer coche de la caravana. Su techo refulgió al entrar desde calle Cuba. Lo seguían otro Ladalfa y dos Mercedes Benz bruñidos e idénticos. Activó el walkie-talkie que llevaba en la mochila, extrajo de ella el silbato y se echó la mochila a la espalda, y luego palmoteó la cabeza de Kamchatka. Dos Ladalfas más arribaron al lugar. Los escoltas dejaron los vehículos portando sus AKM-45 en ristre y se desplegaron frente al hotel electrizando al público. De pronto Lucio divisó la figura imponente de Azcárraga que bajaba por la puerta delantera de un Mercedes. Llevaba el maletín *ataché* con el escudo antibalas del Comandante. Al ver a Azcárraga bajo la tenue luz de los faroles, recordó con una mezcla de nostalgia y rechazo los años en que habían operado juntos en Tropas Especiales. Azcárraga le parecía ahora más viejo, lento y grueso, aunque era el mismo hombre cejijunto, de frente amplia y rostro huraño, que había conocido en Luanda. Lo vio barrer los alrededores con sus ojos impenetrables, intercambiar miradas y luego abrir con unción la puerta trasera del blindado.

Febrero 26, 20.21 hrs.

Cayetano llegó sin aliento hasta las inmediaciones de la fachada trasera del Cristóbal Colón, donde los escoltas impedían al público acercarse a la caravana presidencial. Intuyó que ya era tarde, que el Comandante había ingresado al hotel. Trató de avanzar hasta la primera línea del público, pero no lo logró porque nadie quería ceder su puesto privilegiado para contemplar al Comandante de cerca.

—¿Ya entró al hotel? —le preguntó a unos muchachos aferrados a los barrotes de una ventana.

—¡Qué va! —exclamó uno con la camisa abierta—. Fidel sigue en su Mercedes. Debe estar hablando por teléfono algo importante, pero aparecerá en cualquier momento.

Cayetano bregó de nuevo por abrirse paso entre el público. Tenía que llegar de alguna forma hasta la primera línea de los curiosos.

Febrero 26, 20.23 hrs.

Fue entonces que el Comandante emergió lentamente del Mercedes Benz. El público rompió en aplausos y vítores. Rodeado de escoltas enfiló con paso frágil bajo la llovizna hacia el Cristóbal Colón, seguido por Azcárraga, quien, como era costumbre, caminaba levemente retrasado con respecto a su jefe. Lucio palmoteó a Kamchatka, lo libró de la correa y le ordenó avanzar hacia el grupo.

Con la cola baja y el pelaje tornazulado, el perro cruzó entre la gente y el primer círculo de guardias sin que nadie lo advirtiese. Mediante el silbato, inaudible para el oído humano, Lucio le indicó que se aproximara a los Ladalfas, después introdujo una mano en el bolsillo del pantalón y halló el obturador que se conectaba con un cable al *walkie talkie* que portaba en su mochila. Destrabó el seguro y aguardó con pulso firme lo que vendría. Pero súbitamente el Comandante torció hacia un costado, desviando su curso como si hubiese olvidado algo en el carro, y salió del ángulo visual de Lucio, que no pudo desentrañar qué ocurría. Con el silbato le ordenó a Kamchatka que se replegara hacia los muros del hotel, de lo contrario la persecución se tornaría ostensible. La gente seguía aplaudiendo y coreando el nombre del Comandante. En el momento en que éste pasaba cerca de los Mercedes, Lucio entendió lo que sucedía: el Comandante saludaba a unos turistas que lo llamaban a gritos y agitaban banderitas británicas.

Lucio soltó una imprecación. Inesperadamente se complicaba el desenlace de la misión. Jamás hubiese imaginado que Azcárraga pudiera permitirle a su jefe despilfarrar minutos preciosos en una calle mal iluminada y llena de turistas. Mantén la calma, se dijo mientras examinaba la posición de Kamchatka, que ahora esperaba en la oscuridad, a solo diez metros del objetivo. Aún tenemos tiempo, pensó con el obturador en la mano, el Comandante pronto reanudará la marcha. Lo crucial era que el perro se acercara al objetivo por atrás, de forma subrepticia, sin que los escoltas previeran la maniobra.

Otra circunstancia estremeció de pronto a Lucio. Atraído seguramente por el manto, uno de los escoltas dirigía su mirada a Kamchatka, y comenzaba a caminar hacia él. Tendría que ordenarle el repliegue total, pensó alarmado. Pero no todo estaba perdido, se dijo. Si persistía la euforia callejera, y el escolta no daba la voz de alarma y el Comandante tardaba en llegar al hotel, alcanzaría a ordenarle a Kamchatka que regresase hasta sus pies para escoger el instante preciso en el cual proseguir el ataque.

329

Febrero 26, 20.24 hrs.

Cayetano lo divisó junto a la fachada del hotel cuando sus ojos seguían el desplazamiento del Comandante hacia el grupo de turistas británicos. Debe ser el perro de Lara, se dijo creyendo ver confirmada de golpe su especulación inicial. Aguardaba en las sombras, cerca de la caravana, tranquilo. ¿O era solo un perro callejero que vagaba por el barrio? De pronto, gracias a un reflejo inesperado, distinguió el manto sobre su lomo, y entonces ya no le cupo duda. Lo vio ponerse en marcha con la cola baja y las orejas echadas hacia atrás, con la actitud de un lobo, pero no se dirigía hacia el Comandante, como era de esperar, sino hacia el público. Nadie más se percató de lo que ocurría, porque todos tenían su atención puesta en el Comandante. El perro desapareció entre la gente. ¿Dónde estaba ahora? Cayetano observó al público que aplaudía en las penumbras, y de pronto sus ojos se fijaron en un hombre alto y de sombrero guajiro, algo inusual en La Habana, que desapareció de pronto de su vista como si se agachara. Cuando volvió a emerger, empinándose para seguir con la vista al Comandante, Cayetano distinguió la mochila verde olivo. ¡Ahora sí todas las piezas del rompecabezas calzaban a la perfección!

Buscó a Morgan, que patrullaba cerca con gente vestida de turistas, y de pronto se preguntó si realmente debía hallarlo. ¿Debía intervenir ahora que lo sabía todo, o debía dejar que la historia fluyese sin interferencias? ¿Por qué él, precisamente él, tenía que influir de modo decisivo en un desenlace crucial para la isla? ¿Lo hacía solo impulsado por miedo al chantaje de Chuck y su gente, o por su convicción de que el asesinato político era repudiable? El Comandante seguía estrechando manos entre los vítores de los británicos. ¿Y si permitía que las cosas ocurrieran simplemente? Chuck no tendría modo de enterarse que él, un simple detective, un proletario de la investigación privada, al tener momentáneamente el destino de la isla en sus manos, había permitido que la historia siguiese su curso. Ahora el Comandante se alejaba de los europeos y se dirigía al Cristóbal Colón. El perro de Esteban Lara le saldría al paso en cualquier instante.

Fue entonces que sus ojos vislumbraron algo que lo llenó de espanto: por la puerta del hotel surgían dos hileras de niños, unos de capa, casco y espada, vestidos como conquistadores españoles; los otros de lanza, plumas y túnica blanca, representando a los indígenas caribeños. Avanzaban serios y solemnes, y al mismo tiempo emocionados por el privilegio de ver de cerca por primera vez en sus vidas al Comandante en Jefe y de escoltarlo hacia la ceremonia que se iniciaría en el interior del Cristóbal Colón.

Febrero 26, 20.25 hrs.

Cuando Lucio vio que el Comandante se despedía con la mano en alto de los británicos y Azcárraga lanzaba una mirada hacia el trayecto que debía cubrir hasta la entrada del hotel, supo que el instante decisivo había llegado. Extrajo el silbato del pantalón, le dio dos palmadas cariñosas a Kamchatka en la cabeza y le ordenó que cruzara entre la gente que aplaudía y vitoreaba al Comandante.

FEBRERO 26, 20.28 hrs.

Cayetano se abalanzó sobre el perro y lo abrazó sin dejarse amedrentar por sus gruñidos. Desde el suelo, aferrado al collar, gritó entre los aplausos y vítores de apoyo al Comandante:

—Coño, qué mascota más bella, coño.

—Suéltelo, que muerde, suéltelo —respondió su dueño furioso.

—¡Qué va a morderme un perro así! Solo lo haría si usted se lo ordena. ¿Cómo se llama?

—¡Déjalo tranquilo, carajo! Te va a morder. ¡Déjalo!

—Pero si el pobre lleva abrigo con este calor —dijo Cayetano tocando el manto del animal, deseando que la gente a su alrededor se diese cuenta de lo que ocurría y lo ayudara a evitar lo que podía ocurrir—. Este es un abuso. ¿Le gustaría acaso que yo le pusiese abrigo a usted ahora?

La masa seguía aplaudiendo y coreando el nombre del Comandante, que ahora cruzaba la calle hacia el Cristóbal Colón, en cuya puerta los niños, disfrazados de conquistadores e indígenas, empuñaban banderas cubanas y de la Unión Europea. Fue entonces que el dueño del perro le propinó a Cayetano una patada en un hombro, que no logró hacerlo soltar al animal ni distraer la atención de los espectadores, hipnotizados por la figura del Comandante. Cayetano trató de ponerse de pie, pero recibió una segunda patada, en el otro hombro, tan precisa y salvaje como la anterior. Sin embargo, no soltó el collar del perro.

Y cuando esperaba el embate siguiente, vio que dos hombres abrazaban por la espalda a su agresor y lo inmovilizaban. Uno de ellos le propinó un golpe tan contundente como discreto en la nuca, aguándole las piernas de inmediato. Sin que nadie reparara en lo que ocurría, los hombres desaparecieron del lugar cargando a Lara como si fuese un borracho.

—Déjeme esto a mí —le dijo Chuck a Cayetano emergiendo entre el público. Lo ayudó a ponerse de pie y despojó del manto al husky mientras la gente seguía hipnotizada el desplazamiento del hombre de la barba y uniforme verde olivo hacia el Cristóbal Colón—. Márchese hoy mismo de la isla, ya lo contactaré.

Cayetano dejó atrás el eco de vítores y aplausos, los gritos de «¡Fidel, Fidel!» y vagó por el asfalto cariado de las calles habaneras sin poder reprimir el llanto. En una esquina creyó divisar al perro bebiendo de una poza, y luego lo vio desaparecer tragado por la noche. No supo cuánto rato vagó sin rumbo por la ciudad, pero de pronto se halló frente a la fachada resplandeciente del Floridita.

Franqueó la puerta y se encontró con una atmósfera oscura y gélida. En la barra y las mesas vio a extranjeros viejos con muchachitas y muchachitos cubanos, mientras del piano brotaba delicada una canción de Lecuona por sobre el tintineo de platos y cristales. Cayetano pasó al baño, donde arrojó hasta casi perder el alma, luego se refrescó el rostro con agua del grifo y salió a tomar asiento en la barra bruñida.

—¿Qué se sirve, caballero? —le preguntó el barman. Era un hombre ojeroso, de camisa blanca y pajarita, y tan discreto que no le comentó lo sucia que lucía su guayabera.

Cayetano hurgó con mano temblorosa en un bolsillo de su pantalón y sus dedos hallaron un objeto extraño.

Lo sacó para examinarlo a la luz del local, y se sonrió al reconocer el pendiente de madera con forma de papagayo.

—¿Alguna preferencia, caballero? —insistió el barman.

—Sírveme lo que tú quieras, compadre, pero que tenga mucho ron, y te quede dulce y aromático —dijo Cayetano guardando el pendiente en su bolsillo—. Lo necesito. Este es uno de esos días que uno jamás debió haber vivido.

Cayetano Brulé pudo regresar tres días después a Valparaíso, justo cuando el *Granma* informaba sobre el hallazgo de dos mujeres asesinadas en una casona de Miramar. Chuck Morgan no volvió a llamarlo. En rigor, no lo llamó nunca más. Desapareció sin dejar huellas, al igual que Tom Depestre, el presidente de la asociación internacional de detectives privados que lo había invitado a Chicago. Semanas más tarde, Cayetano leyó un cable breve, fechado en Washington DC, que informaba sobre la aparición del cadáver de un oficial de la CIA en el ascensor de un centro comercial de la capital norteamericana. Se sospechaba que lo habían asesinado para despojarlo de la billetera. Su apellido, solo el apellido mencionaba la noticia, era Morgan, y Cayetano recordó con tristeza y escalofríos que Chuck Morgan era un hombre que sabía demasiado.

Por cierto, Cayetano no pudo nunca cobrar lo que Chuck le había prometido, aunque sí disponer de la tarjeta dorada recibida en el Phillies de Chicago. La usó a discreción hasta que una noche, al pretender pagar la cena a la que había invitado a Débora Pessoa al Café Turri, la tarjeta le fue rechazada por falta de fondos. No le quedó otra que pedirle fiado al dueño del local y reanudar su existencia franciscana en la casa del paseo Gervasoni, que mira hacia la bahía y los cerros porteños, y volver cada día a su despacho ubicado en el entretecho de un antiguo edificio de Valparaíso con la esperanza de que aparecieran nuevos clientes, algo difícil en una ciudad en decadencia perpetua.

Volvió a frecuentar los cafés y boliches llenos de humo, a jugar al cacho en las mesas del antiguo Bar Inglés, a conversar con el profesor Inostroza en torno a una copa de oporto, y a sostener apasionados encuentros con Débora, quien se tornó más bella, fogosa y locuaz de lo que era antes de su viaje a Chicago.

Pero una mañana, mientras desayunaba a solas un cortado y un berlín en el Café Riquet, tuvo que admitir que su retorno a la rutina no era nada más que un espejismo y que su vida jamás volvería a ser lo que había sido, pues un secreto inconfesable lo separaría de sus amigos para siempre.

Una noche de lluvia, después de echarse unos tragos en el antiguo Bar Inglés con el profesor Inostroza y sus amigos del puerto, cuando ya caminaba solo y algo mareado por Esmeralda, presto a subir la escalera del cerro para llegar a casa, frenó a su lado, silenciosa y mullida, una Expedition con los vidrios ahumados.

—¿Cayetano Brulé? —preguntó una voz de hombre.

El vidrio del copiloto bajaba lentamente.

El detective dio unos pasos hacia el vehículo, pero un reflector lo encandiló. Se detuvo en la calle desierta, a merced de quien le hablaba y de la lluvia que caía ahora tupida. Un trueno retumbó portentoso a lo lejos, después de un furibundo latigazo de luz.

—Yo soy Cayetano Brulé —dijo sintiendo que la lluvia humedecía su frente y sus mejillas, y le perlaba el bigotazo.

—¿No se acuerda de mí?

Escuchó la pregunta a través del bateo del agua contra los techos de calamina y el rumor sordo del vehículo.

—La verdad es que no —repuso y alzó el cuello de su saco azul con botones dorados y zurcido en la espalda.

—Se olvidó de mí pese a lo mucho que me buscó —dijo la voz detrás del foco.

—No tengo idea de quién pueda ser usted.

—Una lástima. En fin, solo quería verlo una vez más para despedirme. Como van las cosas en este mundo, es probable que tropecemos de nuevo en otra esquina de esta puta vida, Brulé.

—Momento. ¿Quién coño es usted?

—Mi nombre no importa, Brulé, pero algunos me dicen Lucio Ross.

La Expedition alzó lentamente el vidrio del copiloto, apagó el foco lateral y reanudó su marcha por Esmeralda. Cayetano Brulé permaneció con las manos en los bolsillos y el cuello del saco en ristre, contemplando bajo la fría lluvia del Pacífico el vehículo sin patente que se desvanecía en la distancia.

26 julio, 2004
Iowa City - Roma - Big Sand Lake

Quiero expresar mis agradecimientos a:

Mike Chasar
Pocho Madden
Rafael Puga
Pedro Yanes
JC y DV

por todo lo que me enseñaron para escribir esta novela.

9990 -
Oay 2/05